QINGSHAONIAN
XIHUANKAN DE
MINGRENXIAOYUAN
YANJIANG

青少年喜欢看的

名人校园演讲

本书编写组◎编

世界图书出版公司
广州·北京·上海·西安

图书在版编目（CIP）数据

青少年喜欢看的名人校园演讲／《青少年喜欢看的名人校园演讲》编写组编．—广州：广东世界图书出版公司，2010.7（2024.2 重印）

ISBN 978－7－5100－2530－3

Ⅰ．①青… Ⅱ．①青… Ⅲ．①演讲－世界－选集
Ⅳ．①I16

中国版本图书馆 CIP 数据核字（2010）第 147776 号

书　　名	青少年喜欢看的名人校园演讲
	QING SHAO NIAN XI HUAN KAN DE MING REN XIAO YUAN YAN JIANG
编　　者	《青少年喜欢看的名人校园演讲》编写组
责任编辑	康琬娟
装帧设计	三棵树设计工作组
出版发行	世界图书出版有限公司　世界图书出版广东有限公司
地　　址	广州市海珠区新港西路大江冲 25 号
邮　　编	510300
电　　话	020-84452179
网　　址	http://www.gdst.com.cn
邮　　箱	wpc_gdst@163.com
经　　销	新华书店
印　　刷	唐山富达印务有限公司
开　　本	787mm×1092mm　1/16
印　　张	13
字　　数	160 千字
版　　次	2010 年 7 月第 1 版　2024 年 2 月第 10 次印刷
国际书号	ISBN　978-7-5100-2530-3
定　　价	49.80 元

前　言

演讲是指演讲者面对广大听众，以口头语言为主、非口头语言为辅，就某一问题发表自己的意见，或阐说某一事理，并互相交流信息的真实的社会活动过程，也叫演说或讲演。

演讲最早起源于古罗马共和国议会的辩论，是希腊政治民主的产物。演讲在历史当中具有极其重要的作用，它们是历史的音符、时代的记录、艺术的绝唱、文化的结晶。随着演讲活动的蓬勃开展和日益普及，喜爱并研究演讲的人越来越多。

演讲是工具、是武器，演讲是一门艺术，更是一门科学。按类型演讲，一般可分为：①陈述型演讲，是为了面向大众陈述一个事件、过程、计划或其他。②说服型演讲，是为了某一种或多种目的，通过演讲渲染一种气氛，通过逻辑性的演讲达到演讲要说服的行为等目的。

《青少年喜欢看的名人校园演讲》选收了一些励志的篇目，如《人的一生是奋斗的一生》、心理健康的篇目，如《如何进行情绪调控》等，鉴于名人自身从平凡到卓越的历程，以在大学演讲的形式为青少年如何培养自己成为有用之才给出了许多规划和答案。他们虽不同领域但都同样优秀，望这些名人的演讲能在青少年成长的路上给予导航。

中小学生课间十分钟阅读系列丛书

编　者

目 录

中小学生课间十分钟阅读系列丛书

◆ 成长:你唯一的把握

杨 澜

演讲人介绍 杨澜,国内著名资深电视节目主持人,现任阳光媒体投资控股有限公司主席。曾在国内具有强大影响力的电视台担任电视栏目主持,以极具亲和力的主持风格备受广大电视观众的喜爱。曾主持《正大综艺》、《杨澜访谈录》、《天下女人》等电视栏目;曾被评选为"亚洲二十位社会与文化领袖"、"能推动中国前进、重塑中国形象的十二位代表人物"、"《中国妇女》时代人物"。

演讲时间 2006 年 5 月

演讲地点 北京大学医学部

在我来之前,曾委托院方向同学们征集问题。我注意到大家都希望我来谈谈"如何成功?"这个问题。说实在的,这个题目,让我感觉很惶恐。首先现代社会的多元化,对于什么是成功,没有一个统一的说法。我不敢肯定自己是不是成功。因为一个人的成功与否更多的是你周围的人对你的评价和判断。正如古人所说:"是非审之于己,毁誉听之于人。"的确,毁誉就不是自己能说了算的。再者我认为所谓的成功,在很大程度上取决于机遇,外界的环境等等的影响,很难在人与人之间进行一种简单的复制。甚至可以说,成功是难以把握的。成功是一种结果,而今天,我更想谈一谈这个过程,也就是成长。对于我来说,我有一个很深的体会就是:人生在世,你唯一能够有把握的也就是成长。因此,我把"成长:你唯一的把握"作为今天与大家交流的题目。

　　什么是个人的成长？我觉得我做了母亲以后，我对成长有了一个更新的认识。有一次，我女儿幼儿园的老师给孩子们出了一道题："如果世界上只有一种颜色……"让孩子们自己来回答。有的小朋友说："如果只有一种颜色，就不可能有彩虹了。"有的小朋友说："我最喜欢粉红色，如果只有一种颜色，我希望是粉红色。"我注意到我女儿的回答，她对老师说："如果只有一种颜色，那么连白天和黑夜都没有。"所以，我觉得一个孩子的成长，就是他对外部世界的不断探索和认知的过程。

　　那么对于一个成年人来讲，什么是一个人的成长？以前的儒家思想要求人成长的轨迹是：修身、齐家、治国、平天下。而哲学家罗素则认为，人的成长要遇到三个方面的矛盾：一是人与自然环境的矛盾，二是人与社会，也就是人与人的矛盾，三是人与自己的矛盾。我觉得，人的成长过程实际上就是不断地寻找自己人生坐标的过程。人从小到大，视野不断开阔、知识不断丰富、经验不断积累，从而越来越深刻地认识自己，同时也在认识周围世界，我想恐怕这就是人的成长过程了。人的成长路径不同，人生追求也千差万别，无论成功与否，人的最终归宿大致是相同的。而区别就在于每个人所走过的道路不同，每个人对自己人生的了解程度和自己内心的真实体验是不可复制的。人的成长就是要不断地突破自己的小环境，而进入一个更广阔世界的过程。这种突破，不仅要突破物理空间的界限，也要突破心灵空间的界限。

　　然而，对于个人的成长，什么是最重要呢？每个人可能侧重不同，而我今天还是想就这 3 个方面：人与外部世界、人与人、人与自己来谈。我觉得对于人的成长，要是寻找坐标的话，应该去寻找以下三个坐标：一是时代的坐标，二是与别人比较，你的比较优势是什么？三是自己内心的坐标。

一个人的成长需要寻找时代的坐标

　　先来说说时代的坐标，今天我们在座的一位主任的儿子 18 岁，要考大学了。虽然，高考对我来说，已经过去了许多年。但现在想起来，还是有一种胆战心惊的感觉。在座的各位也都是经过高考的鏖战了。记得当时要考大学了，我不知道自己要学什么。我想去学电影导演，而我父亲不愿我去从事艺术。我对社会学、历史学感兴趣，想去学历史。我父亲就问我：那你毕业后，打算去做什么工作呀？经过许多的犹豫和彷徨之后，我父亲最终帮我做了一个决定。他说：你还是去学英语吧。中国正在改革开放，正在逐渐与世界融合。无论将来在哪个领域，英语都会成为一个有用的工具。而且等到你再成熟一点之后，还可以有进一步选择的自由。这样，当时我就选择了去北外学英语。但是我越来越感觉到，外语绝对不仅仅是一种工具，她让你得到了一种新的思维方式，甚至是让你进入了一个新的世界。

我在接到这次演讲的邀请后，对自己的职业生涯进行了一下梳理。发现其实我一直在做的就是一件事：做一个沟通者，一个中国文化与外部世界的一个沟通者。如果大家还记得《正大综艺》的话，就会对90年代初的中国社会有一个大致的认识。也许那时大家都还小。那个时候，绝大多数的国人都没出过国。但是看看现在发展多快啊！正如余华在《兄弟》一书的最后所说：别的国家400年的经历，我们却在40年就全部经历了，这是一个被压缩的历史过程。那么这个过程当中，人们对外部世界的需求，就不仅仅是《正大综艺》时，那些走马观花啊，去看看人家厨房是什么样子？去看看人家在吃什么、穿什么？而更多的是对外部世界一种更深层次的需求。那么在这个时候，我开始从做旅游类、综艺类的节目去开始做人物的访谈。从1998年到现在，我已做过400多位国际知名人士的访问了。我想这个过程也是中国不断加深了她与世界的融合程度，也是西方世界和外部世界对中国逐渐加深了解的过程。这一过程其实在我的节目中也能反映出来。

说到英语，还有一个小插曲，当时，我在考《正大综艺》时，

虽然我既不是广院，也不是艺术院校毕业的，但却占了一个便宜。就是当时制片方要找一个懂点英语的主持人。经过了 7 轮的竞争，到进入最后一轮决赛时，就剩下我和另外一个女孩子了。要求我们在门口准备 5 分钟，准备用英语介绍自己和讲讲为什么喜欢这个节目。若干年后，当时的制片人，也就是对我有知遇之恩的辛少英导演与别人谈起那段往事。说：当时杨澜给我留下一个很深的印象的就是，虽然当时每个女孩子非常希望自己得到那个主持人的位置，而且每个人只有 3 分钟的时间准备，但我路过时，发现杨澜还在辅导另外那个女孩子的英文。所以当时就觉得这个女孩很特别。其实当时我很自信，心想，我是学英语出身，别人在英语上有些地方没搞清楚，我就帮她准备几句。所以这些年来回头看看，我非常感谢父亲当年为我作出的这个决定。因此英语对我而言，不仅仅是个工具。利用它，我不仅可以做采访，搜集更多的资料，更让我进入一种文化的比较，对于不同世界的一种比较。

这种体验在我代表北京做奥运陈述时，感觉尤其强烈。记得当时在莫斯科，那天中午大家都比较紧张。虽然大家都觉得很有希望，但总怕有什么闪失。后来许多人问我，杨澜你当时紧张不紧张？说实在的，我只是在进入大厅前，有点紧张，手心有点冷汗，但当何振梁先生宣布，该我做陈述了，我突然感觉特别放松，这我在做主持都很少见。当然，我也是嘟囔很多遍了，准备的应该没问题了。更重要的是，我觉得我不是一个人在这儿说，也不等待他们对我的评价，而是我有话要告诉对方，而且这对于他们很重要。所以也就是这一心态，把紧张、生怕自己出错、患得患失这些，给压过去了。专心于把我们想说的话，传递给了这个世界。

寻找时代的坐标需要了解时代的三个特征

既然我们要寻找这个时代的特征，那么这个时代有什么特征呢？我觉得有 3 点。

1. 世界越来越变得扁平化了。

有一个叫托马斯·弗里德曼的人写了一本书，名字是《The World is flat》（世界是平的）。书中讲了三次全球化浪潮：第一次是哥伦布发现新大陆，是以国家为单位的全球化扩张时期，在全球范围内摄取生产资料和市场；第二次是从美国经济大萧条、一战和二战开始，是跨国公司为单位的全球化扩张时期，也是为获取生产资料和市场；第三次是随着互联网技术的应用，以个人为单位开始进行全球性伸展的时代。也就是说，你学的可能是很冷僻的印度梵文，却能在德国找到知音，并通过互联网结成网上的社区。还比如，过去美国中学生的足球比赛，大众传媒是不可能转播的，而现在通过网上 IPTV 就可以转播。通过互联网，使能几百万人同时观看这一比赛。越来越多的，以个人为单位，你可以在全球范围内，摄取你所要的信息和服务。给予个人很多权利，英文叫 Empowerment，赋予个人更多能力的时代。我采访过 E - Bay 的总裁惠特曼，她被评为世界上最有权力的女性。因为 E - Bay 主导了大量的网上交易。我当时问她：对于这一称谓，是否感到开心？她是怎样理解权力的？她说：实际上，权力给人的印象一直不太好，权力被认为是控制别人的一种力量。但是她认为：在新的网络时代，权力不再意味着控制。因为 E - Bay 不可能控制网上的交易者。她的权力是体现在能够帮助许多人成功。比如说帮助一些身体有残疾，不能正常工作的人，在自己的家里开一个小店，通过网上交易，实现正常的收入，过上了比较富裕的生活。所以在网络时代，并不是说，让你干什么或不让你干什么，而是能帮你干什么，这可能是与以往世界有很大不同的一点。

2. 需要想象力和创新的时代。

过去我们谈到知识产权，总觉得是美国人、欧洲人给了我们很大的压力，才要保护知识产权。但现在，无论政府还是民间，都认识到保护知识产权就是在鼓励创新。我们不仅希望全世界的很多产品都是 Made in China，更希望是 Created in China（中国原创）。这种创造力远比单纯的制造，更能保证一个国家的长期发展。爱因斯坦说：想象力比知识更重要。无论是在大家熟悉的医学领域、其他科学领域、人文领域，很多重大的发明和发现，最初都是由一个假想开始的。刚才还在和韩院士和刘博士探讨医学需要不需要想象力。按说对人的身体总不能乱想吧，但是像幽门杆菌与胃溃疡的关系，基因螺旋体的构想，也都是来自想象力。一个外国教授曾说过，如果给中国学生一个假想，他们会做出很好的推论，但却不是假想的提出者。但我想随着教育体制和社会氛围的变化，会有越来越多的中国人提出假想，并得以求证。

刚才大家也看到了，就是我今年开始做的一本用我的名字命名的电子杂志。是针对城市职业女性的一本女性杂志。这本杂志在短短的三四个月，从第三期开始，就突破了每期 100 万的下载量。到第八期和第九期，下载量已经突破了 200 万份。这对于我们做传媒的人来说，就是创新。因为在过去，报纸就是报纸，杂志就是杂志，电视就是电视。而现在通过这本电子杂志，我们可以把视频、电脑动画、互动问卷等所有有趣的东西，都结合进来。那个感觉，用我们一位主编的话，就像每天在编哈里波特的杂志。这无论对我们传媒人还是受众，都是一种新鲜的刺激。对于社会来说，我们希望我们的社会能减少创新的成本，而增加创新的回报。

3. 时代的第三个特点就是边界不断被冲破，而走向融合。

一星期前，我在北京接待了一个朋友的朋友，他是洛杉矶西奈山医院的医疗部主任，这家医院是好莱坞最高档的一家医院。我问他来做什么？他说是来发展业务。我就问他来中国发展什么业务？他说：我知道中国的医生医术都很高明，而我们可以提供一些高端复杂的医疗技术，比如脑部手术的服务。也就是说，他是来中国发展病人的。过去医院都是比较 Local 的，地方性的。而现在通过网络，可以进行网上会诊，远程临床的讲解等等，这都是很大的突破。

再有，我采访过一些艾滋病的专家，他们说以前只是要了解疾病本身的原因，针对原因治疗就行了。而现在在艾滋病的治疗中，必须学习临床心理学。因为这些病人往往承受很大的社会压力和心理负担。如果从心理上不对这些病人进行疏导，治疗效果也不能得到充分的体现。所以在医学领域，这种跨界的学习和交流越来越多了，越来越把人作为一个整体来看。

"五一"期间，我去了敦煌，感觉到那里的"大唐气象"，即使是在1000年后，也给人以震撼。不仅是那些绘画的生动和颜色依然保持那样的鲜艳，而是儒、道、释三种文化的交融，人物神态的生动，服饰的多样，让你感到，盛唐气象实际是一种文化融合的现象。有幅壁画给我印象很深，画的是许多穿着华贵衣服的仕女。经讲解，知道画的是那时当地一位节度使的家眷。这个节度使家族一代一代，在当地统治了百余年。那么他是怎样保持地方的稳定，和文化的融合呢？他是靠联姻的方式，儿子迎娶当时西域各国的公主，又把女儿嫁给各国的君主、王子。通过血液的融合，而达到了一个地区政治、经济的相对稳定，也保证了当地文化的繁荣。今天再依靠这种血缘关系，恐怕就很难实现。而我们更需要的是文化的融通。虽然现在具备了技术上的条件，但大家并不是都准备好了。比如语言就是一个很大的问题。也是"五一"期间，我陪几位美国朋友先去敦煌，后又去丽江。到了丽江，一位美国朋友要等一个传真，就和酒店的服务生说：我要我的Fax。大概是服务生的语言没有过关，所以一开始没明白什么意思，后来突然恍然大悟，说：我知道老外要什么了，他要Sex。就在他的房间里放了一些避孕套，弄得我这位朋友哭笑不得。（全场大笑）。所以说语言是很大的问题。特别是2008奥运会临近了，我一点不担心场馆的建设，交通、空气啊，我想这些都会管理的很好。但语言会有问题。并不是每个人会说Hello, Good-bye就行了，而需要更深层次的交流。再有，就是思维方式的不同。比如说我刚去美国的时候，有点不习惯，就是我们在国内，向外国

介绍中国的时候，总是说中国有"四大发明"，有老子、孔子、孟子等，用这些来说明我们的文化。但我发现其实这很难说清楚。因为在国际通用的语言里，并没有"四大发明"这个固定词组。而其他重大的技术发明和科学原理的发现，还有很多，如果你给人讲，我们的孔子是如何重视"礼"，如何重视"仁"，如何普及了教育和文化。那么人家看到一个随地吐痰的中国人，在公共场合大声喧哗的中国人和在听音乐会时不关手机的中国人，恐怕给人家讲多少遍孔子和孟子也没用。据统计文化一共有 183 种定义。其中有物质生活层面的，像景德镇的瓷器；有精神生活层面的，像我们的昆曲、京剧、武术。而更重要的，也是更直观的，应该是生活方式和思维方式这个层面的。前不久，看了新闻，由斯皮尔伯格担任顾问，张艺谋、陈维亚担任导演的奥运会开、闭幕式的创作班底已经组成。我想他们遇到的最大的问题，并不是怎样展示一个正在腾飞的中国的气象，这并不难。展示古老文明的悠久也不难。最难的是，怎样让人家心动起来。不是说一万人的震耳欲聋的安塞锣鼓，就能打动人。而是现在的中国有什么能感动人。我觉得如果能做到这一点，东西方文明才真正达成一种交流。刚才说的是在我们这个时代的层面里，大家都可以试着找找自己的定位。无论是中国与世界的融合；还是自己学术和专业领域的创新；还是通过信息技术，扩大自己知识搜索和捕捉的范围，这些都会对个人的成长有很大的好处。就个人的品质而言，"逆流而上"固然是令人钦佩的，但是，我觉得我们每个人还是很渺小的，当我们设计自己的成长之路时，我们还是要顺应时代的潮流，借潮流之势，推动自己事业的发展。

个人的成长需要找到自己的比较优势

人与人虽然没有优劣之分，但却有很大不同。一次参加一个论坛，有位教授说了一个观点：一个人不需要每件事都做得好。其实只要一件事做得好，你就有下一次机会。我觉得很有道理。像我遇

到很多做记者的同行，他们说：杨澜你多幸运，能采访那么多国家元首和政府首脑，我们都没有这个机会。而我其实是从采访一个区长开始的。所以要是区长没采访好，就不要去采访市长；市长没采访好，就不要采访部长；等部长采访好了，再想副总理、总理、总统。

对于医学，我不是很懂，但我也了解到，也有这种比较优势存在。有的医学生，在学校理论学得很好，但手比较笨，所以在临床上就不适合做外科医生。有的理论学的不是很精专，但手很灵巧，就可以成为外科的"一把刀"。这就是每个人有不同的比较优势。

一般来讲，一个人刚刚大学毕业，走上工作岗位的时候，容易产生这种思想：我一定要做一项很有意义的工作，或者我很有兴趣的工作。其实根本不用着急。可以先做一些看上去"大材小用"，或者完全事务性的工作。但如果你能在这件工作上做得比别人好一点点，不需要很多，你就有下一次机会去做更大的事。但如果你什么都不做，停在那儿抱怨：我在其他方面还比他们强呢。那根本没用，这个世界没有人想听这样的话。大家只关注你做事的结果。所以你只要在某一方面，比别人好一点点，你就有成长的机会。

两年前，当时的俄罗斯总理卡西亚诺夫来中国访问，只停留两天，就接受了一个采访，就是我的采访。应该说，作为民间的传媒机构，能得到这样的机会很难。所以我很好奇，问他为什么会接受我的采访？他的随行人员告诉我：很有意思，是因为在这之前，我采访过他的副总理。副总理告诉他：如果你去中国，应该接受这个女记者的采访，她提的问题很有水平。我听了之后很高兴。但是我想说，这种口口相传，千万不要小看。你做的每件事都会对你今后的成长产生影响。希望更多的是正面的影响而不是负面的影响。

为什么当时我会离开《正大综艺》？这是不断有人问我的问题。我不知道是否说清楚了，急流勇退也好，有学习的精神也好，这都不是问题的实质。实质是，我觉得我不擅长做综艺节目。我既不会

中小学生课间十分钟阅读系列丛书

唱歌，也不会跳舞，更不会演小品。只有一次和赵忠祥老师合作演魔术，叫什么大变活人。还没走出去呢，就让别人认出来了。魔术的效果一点没有。所以我想，我真是没有什么艺术天才。我还是老老实实做自己能做好的事。我什么事情做得好呢？也许从小受家庭影响，我还比较喜欢读书，还有学习的能力。所以日后开始做访谈节目，每次我都是坚持尽可能的阅读相关的资料，看所有的东西。按别人的说法：这很笨，主持人就是靠口才好，现场反应快就行了。我恰恰认为不是这样。拿我做访谈节目来说，你事先准备的程度和你做出的节目的效果完全是成正比的。

我还记得我第一次采访基辛格博士，那时我还在美国留学，刚刚开始做访谈节目，特别没有经验。问的问题都是东一榔头，西一棒子的，比如问：那时周总理请你吃北京烤鸭，你吃了几只啊？（全场笑）。你一生处理了很多重大的外交事件，你最骄傲的是什么？这类问题。当然我也在电视上看过别人问这类问题。凡是问这类问题，就是事先没做准备。后来在中美建交 30 周年时，我再次采访了基辛格博士。那时我就知道再也不能问北京烤鸭这类问题了。虽然只有半小时，我们的团队把所有有关的资料都搜集了，从他在哈佛当教授时的论文、演讲，到他的传记，有这么厚厚的一摞，还有 7 本书。都看完了，我也晕了，记不清看的什么。虽然采访只有 27 分钟，但非常有效。真是准备了一桶水，最后只用了一滴。但是你这些知识的储备，都能使你在现场把握住问题的走向。记得我问他的最后一个问题是：这是一个全球化的时代，有很多共赢和合作的机会，但也出现了宗教的、种族的、文化的强烈冲突，你认为我们这个世界到底往哪去？和平在多长时间内是有可能的？他就直起身说，你问了一个非常好的问题。随即阐述了一个他对和平的理解：和平不是一个绝对的和平，而是不同的势力在冲突和较量中所达到的一个短暂的平衡状态。把他外交的理念与当今的世界包括中东的局势结合，做一番分析和解说。这个采访做完，很多外交方面的专家认为很有深度。虽然我看了那么多资料，可能能用上的也就一两个问题，但事先准备绝对是有用的。所以我一直认为要做功课。我不是一个特别聪明的人，但是一个还算勤奋的人。通过做功课来弥补自己的不足。

作为记者和访谈节目的主持人，我也许还有一个比较优势，就是容易和别人交流。1996 年我在美国与东方卫视合作一个节目叫《杨澜视线》介绍百老汇的歌舞剧和美国的一些社会问题。其中有一集就是关于肥胖的问题。一位体重在 300 公斤以上的女士，接受了我的采访。大家可以想象，一般的椅子她坐不下，宽度不够，我就找来另外的椅子，亲自搬来，请她坐下，与她交谈。最后她说：我一直不知道中国的记者采访会是什么样？但我很愿意接受你的采访。我就问她为什么？她说别的记者来采访，都是带着事先准备的题目，在我这挖几句话，去填进他们的文章里。而你是真正对我有兴趣的。这句话给我的印象很深。所以在镜头面前也好，在与人交流时也好，你对对方是否有兴趣，对方是完全可以察觉的。你的一举一动、你的眼神都在建立一个气场，所以我能建立这样一个气场，就适合做访谈节目。

去年年底，采访马来西亚巴达维总理。我们事先研究资料时发现，那年他的妻子刚刚去世，就想是不是应该问一问这方面的问题？因为他们感情很好。但坐在你对面的毕竟是一个总理，一上来就问人家妻子去世的事，很唐突，也不礼貌。在谈完了许多政治方面的话题之后，就想怎样让他自己把这个问题谈出来。所以我就决定这样问他：在过去的 2005 年发生了很多事，但对你影响最大的事情是什么？他就说，对我来说，2005 年是哀痛的一年，因为我妻子去世了。一直讲了十几分钟的时间，将他和他妻子的感情，她最后的日子，讲得非常好。采访结束后，他的新闻秘书就说，你们中国记者真有本事，因为我们的总理在公共场合从来不谈个人生活。我估计是我的气场把他罩住了。

中小学生课间十分钟阅读系列丛书

所以这是我对自己的比较优势的一个挖掘。其实你们在座的各位都有自己的比较优势。可以考虑考虑这个问题。当然这不会一开始就知道，只能通过尝试做不同的事情才知道。对于我来说，我已经做电视，做了 17 年，中间也经历了许多挫折。比较大的，大家可能也知道，就是 2000 年在香港创办阳光卫视，虽然当时是抱着一个人文理想在做这件事，至今我也没后悔，但由于商业模式和现有的市场规则不是很符合，确实经历了许多商业上的挫折。这让我很苦恼，因为我觉得自己已经这么努力了。甚至怀孕的时候，还在进行商业谈判。从小到大，我所接受的教育就是：只要你足够努力，你就会成功。但后来发现不是这样。如果一开始，你的策略，你的定位有偏差的话，你无论怎样努力也是不能成功的。

后来我去上海的中欧商学院进修 CEO 课程，一个老师讲到一个商人和一个士兵的区别：士兵是接到一个命令，哪怕打到最后一发子弹，牺牲了，也要坚守阵地。而商人在好像是在一个大厅，随时要注意哪个门能开，我就从哪出去。一直在寻找流动的机会，并不断进出，来获取最大的商业利益。所以听完，我就心中有数了——我自己不是做商人的料。虽然可以很勤奋的去做，但从骨子里，这不是我的比较优势。在我职业生涯的前 15 年，我都是一直在做加法，做了主持人，我就要求导演：是不是我可以自己来写台词。写了台词，就问导演：可不可以让我自己做一次编辑？做完编辑，就问主任：可不可以让我做一次制片人？做了制片人，就想：我能不能同时负责几个节目。负责了几个节目后，就想能不能办个频道？人生中一直在做加法，加到阳光卫视，我知道了，人生中，你的比较优势可能只有一项或两项。

在做完一系列的加法后，我想该开始做减法了。因为我觉得我需要有一个平衡的生活。我不能这样疯狂的工作下去。所以就开始做减法。那么今天我想把自己定位于：一个懂得市场规律的文化人，一个懂得和世界交流的文化人。在做好主持人工作的同时，希望能

够从事更多的社会公益方面的活动。所以可能在失败中更能认识自己的比较优势。当然我也希望大家付出的代价不要太大，就能了解自己的比较优势和缺陷所在。

个人的成长需要明确人与自己的关系

经常有人说，这个人有多重性格，其实我们每个人都有多重性格。总保持一致，不出现混乱，那我们就是神仙，不是人了。但是否可以通过成长，追求一个相对完整的人格呢？我认为是可以有这样的机会的。虽然对于教育改革，大家都有不同的想法：说分数教育不好了，我们要进行素质教育，而素质教育后来又变成了学钢琴，学画画等技能的培养。但这是不是培养了想象力和创造力，也未见得。我觉得最欠缺的，从幼儿园开始，应该提到议事日程上的，是人格教育。

你在世界的很多地方都会听到一个词是 INTEGRITY，这个词就是指人格的完整性。作为人应该有尊严，有行为的准则，这恰恰是我们教育中所欠缺的部分。其实大家都应该有这样的体会：无论人成功与否，人最大的快乐和痛苦都是来自精神层面的。

记得采访 1998 年诺贝尔化学奖获得者、美籍华人崔琦，是在普林斯顿大学。他讲到：自己出生在河南最贫穷的农村，十几岁前从未读过书，只是在家放猪。这时有了一个机会，可以出外读书，他母亲把家里仅有的面粉做了几个馒头，给他带上。跟他说：你要出去好好读书，只有这样才有前途。当时他还不太愿意出去，就问他妈妈：什么时候可以回来？他妈妈说：到秋收，你就能回来看我们了。这样他就和一个远房亲戚走了。可没想到，之后的战乱让他这一走，就再也没能回来，再也没见到他的父母。谈到这里，我问："如果当年你妈妈不坚持把你送走，今天的崔琦又会怎样呢？"其实我的问题是有诱导性的，我想让他说，如果人不接受教育，会依旧很贫困这类的话。崔琦的回答大大出乎我的意料："我其实并不在乎，如果我留在农村，也许我的父母就不会饿死。"因为他的父母是在 50 年代末，活活饿死的。他的话给我很大的震撼。我在其他场合也经常说起这个故事。

虽然我是 1998 年采访他的，过了这么多年，至今有人问我采访了这么多人，给我印象最深的是谁时，我仍然是说他。诺贝尔奖算不算成功，应该算成功，对许多人都是终生难以企及的。但在亲情和人的伦理面前，相对于人的生命，就不那么重要了。所以我前面说，我们的时代是一个鼓励和刺激每个人要去追求成功的时代。但在成功之上，是不是还有些其他的东西，比如人格，是人生更重要的基础和基石。

另外一个给我印象很深的采访就是采访王光美女士。以前她给我的印象就是一个老革命。其实大家不知道，她是我国第一位核物理专业的女硕士。而且现在大家想得到的机会，当时她都有，出国留学、全额奖学金等等。但是作为当时一个有理想的年轻人，她有自己的追求，就毅然去了延安。后来的故事大家都知道了。但给我印象最深的是在特殊的年代中。大家可以想象当时她所经历的压力，那是一种排山倒海一样的，能把个人撕碎和吞噬掉的压力。但她并没有背叛自己的丈夫。她讲到，当时刘少奇被批斗，她也在旁边陪斗。有一次批斗会，刘少奇在一个舞台的中间，被揪打得很厉害。她不顾一切地就跑过去，拉着他的手，和他一起挨斗。这绝对不是一般人能做到的。但最让我感动的还不是她在巨大的灾难中所表现的原则和对自己感情的忠实。而是在特殊的年代过去之后，她给我讲到：当时她身边有个工作人员，教她小女儿唱打倒她爸爸妈妈的歌谣，并怂恿女儿当着王光美的面唱。可以想象这种设计是非常刻薄和阴毒的。我就问她：你后来找到这个人了吗？她说：我不想知道。我要是想知道，这个人会倒霉的。所以我根本不去问，不去调查这件事。因此，她也是给我极大震撼的采访人物；在受到了一个巨大的不公之后，能去宽恕，不去追究，我认为这不是一般人能达

到的境界。这些心灵的震撼和撞击，包括对我的人生观，都产生过一些非常大的影响。

毋庸置疑，我们现在这个社会是个繁荣的，一切都在建设当中，是有很多的希望。人家有美国梦，我们也可以有中国梦的，这样一个时代。诸位都有很好的前景。但是目前也有着巨大的生存压力，许多人是缺乏安全感的和心理平衡的。从医学上讲，恐怕也是诱发许多疾病的深层次原因。培养人格，我觉得特别是学医的人，在这方面的文化背景和熏陶中有着特别强烈的切合点。如果我们说以人为本，没有什么比医生更要以人为本了。医学在中国古代被称作"仁术"。

对于医生人格的培养，被希波克拉底和孙思邈都演绎得淋漓尽致了。大家恐怕早已知道，我在这里是班门弄斧了，不过当我查到孙思邈的《大医精诚》里的一段话，仍然特别感动："凡大医治病，必当安神定志，无欲无求，先发大慈恻隐之心，誓愿普救含灵之苦。若有疾厄来求救者，不得问其贵贱贫富，长幼妍蚩，怨亲善友，华夷愚智，普同一等，皆如至亲之想，亦不得瞻前顾后，自虑吉凶，护惜生命。见彼苦恼，若己有之，深心凄怆，勿避险巇、昼夜、寒暑、饥渴、疲劳，一心赴救，无作功夫形迹之心。如此可为苍生大医"我觉得凡人成佛了也不过如此了。但是我想他为医生提出了一个极高的人格和道德要求，不用我赘言，大家都有这种心情的感应。这样真正的以人为本的精神，对于我们今天的社会，繁荣，些许有些嘈杂和混乱的社会非常有意义。

我们希望看到是一个有爱心的、和谐的社会。当然这里也会有一些不和谐的声音。我也在博客上写了：在这世界上，并非人人都有，被称为心的东西。那是因为前些天，看到深圳的歌手丛飞生前帮助了300多位贫困的学生来求学，但是当他去世后，有人采访这些学生的时候，有的学生就说：我怎么知道他有什么目的呢？有记者问：丛飞去世时家庭生活也很拮据，如果当时你知道，会帮助他

中小学生课间十分钟阅读系列丛书

吗？请注意，记者问的是你当时知道的话，完全是个假设，因为他已不在人世了。得到的回答是：我怎么帮他，我一月才挣三四千。说得非常理直气壮。请注意说这些话的，都是曾接受过他帮助的人。所以作为旁观者都觉得很寒心，我们这个社会真是什么地方搞错了。

你可以不成功，但是不能不成长

今年"母亲节"所在的那个星期大家看到的天下女人节目是我采访一位叫潘芏的母亲。她是吉林人，在外企做到一个中层的管理职位，收入也不错，在当地已经非常好了。她放弃了这些，和几个朋友一起到大连，开了个儿童村，收养单亲的服刑人员的子女。这里给大家一个概念：中国的刑事犯罪，一半以上是青少年，而青少年犯罪中30%～40%是服刑人员子女。所以她做这件事真是一件功德无量的事。不仅给这些孩子爱心，也为我们这个社会增加了安定的因素。当然这些年做得很苦，而她自己的儿子，长期见不到妈妈，写了一篇作文，题目是："请允许我哭泣"，说："我的生活太压抑了，每天那么多功课，妈妈也不在我身边，我的苦恼没机会去和人说，真想到旷野里去大哭一场。"十几岁的孩子写的一篇作文，我觉得非常感动。我当时就问潘芏：这边是你自己的孩子，你连自己的孩子都没照顾好，怎么照顾那边的孩子呢？潘芏很诚实，说："我不知道怎么办。我走了，那边孩子又该怎么办？"有一个观众说得好："这是我们社会的缺失，我们不应该让潘芏面临这么一个选择，我们的社会在做什么呢？"所以这些，大家是要看人身体的疾病，我们这个社会也同样有很多疾病。需要大家共同努力来克服它，救治它。也正是这样一些原因，所以我希望今后将更多的时间放到公益事业方面。

我成立了阳光文化基金会，希望推动慈善文化的普及、推动慈善的培训等等。有人问："你图什么？"我觉得很难说清，你觉得有一种动力要你去做这件事，而且做了以后，心理有一种非常大的满

足感。我想当你们未来，伸出你们的手把一个病人从死亡上拉回来时，不需要别人问你："你图什么？"你是为了挣你那工资，当然不是，我相信，当你这么做时，你心里一定充满了极大的满足感和快乐，我希望这种快乐被加倍放大，我们的社会也会变得更加和谐。

最后，我想说的是每个人都在成长，这种成长是一个不断发展的动态过程。也许你在某种场合和时期达到了一种平衡，而平衡是短暂的，可能瞬间即逝，不断被打破。成长是无止境的，生活中很多是难以把握的，甚至爱情，你可能会变，那个人也可能会变；但是成长是可以把握的，这是对自己的承诺。我们虽然再努力也成为不了刘翔，但我们仍然能享受奔跑。可能会有人会妨碍你的成功，却没人能阻止你的成长。换句话说，这一辈子你可以不成功，但是不能不成长。

◆ 人的一生是奋斗的一生 （选载）

俞敏洪

演讲人介绍 俞敏洪出生于 1962 年 10 月，于 1980 年考入北京大学西语系。1985 年从北京大学毕业，留校担任北京大学外语系教师。1991 年 9 月，俞敏洪从北大辞职，进入民办教育领域，1993 年 11 月 16 日，创办了北京市新东方学校，担任校长。从最初的几十个学生开始了新东方的创业过程。截至 2000 年，新东方学校已经占据了北京约 80%、全国 50% 的出国培训市场，年培训学生数量达 20 万人次。在 2000 年为止，俞敏洪在教育过程中出版了数本英语教学与学术著作，其中包括：《GRE 词汇精选》（学生称为"红宝书"）《GRE 词汇逆序小辞典》《英语词根词缀记忆大全》《英语现代文背诵文选》等，俞敏洪励志类著作

包括：《永不言败》《生命如一泓清水》《新东方精神》（策划）等，主编了《英语我爱背单词》光盘、《英语 GRE 词汇大突破》光盘、《GRE 模考》光盘、《GMAT 模考》光盘等。成为中国颇有名气的英语教学与管理专家，推动了中国留学教育事业的发展，被社会誉为"留学教父"。

演讲时间 2008 年 9 月

演讲地点 北京大学

各位同学、各位领导：

大家上午好！

非常高兴许校长给我这么崇高的荣誉，谈一谈我在北大的体会。（掌声）可以说，北大是改变了我一生的地方，是提升了我自己的地方，使我从一个农村孩子最后走向了世界的地方。毫不夸张地说，没有北大，肯定就没有我的今天。北大给我留下了一连串美好的回忆，大概也留下了一连串的痛苦。正是在美好和痛苦中间，在挫折、挣扎和进步中间，最后找到了自我，开始为自己、为家庭、为社会能做一点事情。

学生生活是非常美好的，有很多美好的回忆。我还记得我们班有一个男生，每天都在女生的宿舍楼下拉小提琴，（笑声）希望能够引起女生的注意，结果后来被女生扔了水瓶子。我还记得我自己为了吸引女生的注意，每到寒假和暑假都帮着女生扛包。（笑声、掌声）后来我发现那个女生有男朋友，（笑声）我就问她为什么还要让我扛包，她说为了让男朋友休息一下（笑声、掌声）。我也记得刚进北大的时候我不会讲普通话，全班同学第一次开班会的时候互相介绍，我站起来自我介绍了一番，结果我们的班长站起来跟我说："俞敏洪你能不能不讲日语？"（笑声）我后来用了整整一年时间，拿着收音机在北大的树林中模仿广播台的播音，但是到今天普通话还依然讲得不好。

人的进步可能是一辈子的事情。在北大是我们生活的一个开始，而不是结束。有很多事情特别让人感动。比如说，我们很有幸见过朱光潜教授。在他最后的日子里，是我们班的同学每天轮流推着轮椅在北大里陪他一起散步。（掌声）每当我推着轮椅的时候，我心中就充满了对朱光潜教授的崇拜，一种神圣感油然而生。所以，我在大学看书最多的领域是美学。因为他写了一本《西方美学史》，是我进大学以后读的第二本书。

为什么是第二本呢？因为第一本是这样来的，我进北大以后走进宿舍，我有个同学已经在宿舍。那个同学躺在床上看一本书，叫做《第三帝国的兴亡》。所以我就问了他一句话，我说："在大学还要读这种书吗？"他把书从眼睛上拿开，看了我一眼，没理我，继续读他的书。这一眼一直留在我心中。我知道进了北大不仅仅是来学专业的，要读大量大量的书。你才能够有资格把自己叫做北大的学生。（掌声）所以我在北大读的第一本书就是《第三帝国的兴亡》，而且读了三遍。后来我就去找这个同学，我说："咱们聊聊《第三帝国的兴亡》"，他说："我已经忘了。"（笑声）

我也记得我的导师李赋宁教授，原来是北大英语系的主任，他给我们上《新概念英语》第四册的时候，每次都把板书写得非常的完整，非常的美丽。永远都是从黑板的左上角写起，等到下课铃响起的时候，刚好写到右下角结束。（掌声）我还记得我的英国文学史的老师罗经国教授，我在北大最后一年由于心情不好，导致考试不及格。我找到罗教授说："这门课如果我不及格就毕不了业。"罗教授说："我可以给你一个及格的分数，但是请你记住了，未来你一定要做出值得我给你分数的事业。"（掌声）所以，北大老师的宽容、学识、奔放、自由，让我们真正能够成为北大的学生，真正能够得到北大的精神。当我听说许智宏校长对学生唱《隐形的翅膀》的时候，我打开视频，感动得热泪盈眶。因为我觉得北大的校长就应该是这样的。（掌声）

我记得自己在北大的时候有很多的苦闷。一是普通话不好，第

二英语水平一塌糊涂。尽管我高考经过 3 年的努力考到了北大——因为我落榜了两次，最后一次很意外地考进了北大。我从来没有想过北大是我能够上学的地方，她是我心中一块圣地，觉得永远够不着。但是那一年，第三年考试时我的高考分数超过了北大录取分数线 7 分，我终于下定决心咬牙切齿填了"北京大学" 4 个字。我知道一定会有很多人比我分数高，我认为自己是不会被录取的。没想到北大的招生老师非常富有眼光，料到了 30 年后我的今天。（掌声）但是实际上我的英语水平很差，在农村既不会听也不会说，只会背语法和单词。我们班分班的时候，50 个同学分成 3 个班，因为我的英语考试分数不错，就被分到了 A 班，但是一个月以后，我就被调到了 C 班。C 班叫做"语音语调及听力障碍址"。（笑声）（……在不影响上下文衔接的前提下，部分内容省略。）

我常常跟同学们说，如果我们的生命不为自己留下一些让自己热泪盈眶的日子，你的生命就是白过的。我们很多同学凭着优异的成绩进入了北大，但是北大绝不是你们学习的终点，而是你们生命的起点。在 1 岁到 18 岁的岁月中间，你听老师的话、听父母的话，现在你真正开始了自己的独立生活。我们必须为自己创造一些让自己感动的日子，你才能够感动别人。我们这儿有富裕家庭来的，也有贫困家庭来的，我们生命的起点由不得你选择出生在富裕家庭还是贫困家庭，如果你生在贫困家庭，你不能说老爸给我收回去，我不想在这里待着。但是我们生命的终点是由我们自己选择的。我们所有在座的同学过去都走得很好，已经在 18 岁的年龄走到了很多中国孩子的前面去，因为北大是中国的骄傲，也可以说是世界的骄傲。但是，到北大并不意味着你从此大功告成，并不意味着你未来的路也能走好，后面的 50 年、60 年，甚至 100 年你该怎么走，成为每一个同学都要思考的问题。就本人而言，我觉得只要有两样东西在心中，我们就能成就自己的人生。

第一样叫做理想。我从小就有一种感觉，希望穿越地平线走向

远方，我把它叫做"穿越地平线的渴望"。也正是因为这种强烈的渴望，使我有勇气不断地高考。当然，我生命中也有榜样。比如我有一个邻居，非常的有名，是我终生的榜样，他的名字叫徐霞客。当然，是500年前的邻居。但是他确实是我的邻居，江苏江阴的，我也是江苏江阴的。因为崇拜徐霞客，直接导致我在高考的时候地理成绩考了97分。（掌声）也是徐霞客给我带来了穿越地平线的这种感觉，所以我也下定决心，如果徐霞客走遍了中国，我就要走遍世界。而我现在正在实现自己这一梦想。所以，只要你心中有理想，有志向，同学们，你终将走向成功。你所要做到的就是在这个过程要有艰苦奋斗、忍受挫折和失败的能力，要不断地把自己的心胸扩大，才能够把事情做得更好。

第二样东西叫良心。什么叫良心呢？就是要做好事，要做对得起自己对得起别人的事情，要有和别人分享的姿态，要有愿意为别人服务的精神。有良心的人会从你具体的生活中间做的事情体现出来，而且你所做的事情一定对你未来的生命产生影响。我来讲两个小故事，讲完我就结束我的讲话，已经占用了很长的时间。

第一个小故事。有一个企业家和我讲起他大学时候的一个故事，他们班有一个同学，家庭比较富有，每个礼拜都会带6个苹果到学校来。宿舍里的同学以为是一人一个，结果他是自己一天吃一个。尽管苹果是他的，不给你也不能抢，但是从此同学留下一个印象，就是这个孩子太自私。后来这个企业家做成功了事情，而那个吃苹果的同学还没有取得成功，就希望加入到这个企业家的队伍里来。但后来大家一商量，说不能让他加盟，原因很简单，因为在大学的时候他从来没有体现过分享精神。所以，对同学们来说在大学时代的第一个要点，你得跟同学们分享你所拥有的东西，感情、思想、财富，哪怕是一个苹果也可以分成6瓣大家一起吃。（掌声）因为你要知道，这样做你将来能得到更多，你的付出永远不会是白白付出的。

我再来讲一下我自己的故事。在北大当学生的时候，我一直比

较具备为同学服务的精神。我这个人成绩一直不怎么样，但我从小就热爱劳动，我希望通过勤奋的劳动来引起老师和同学的注意，所以我从小学一年级就一直打扫教室卫生。到了北大以后我养成了一个良好的习惯，每天为宿舍打扫卫生，这一打扫就打扫了 4 年。所以我们宿舍从来没排过卫生值日表。另外，我每天都拎着宿舍的水壶去给同学打水，把它当作一种体育锻炼。大家看我打水习惯了，最后还产生这样一种情况，有的时候我忘了打水，同学就说"俞敏洪怎么还不去打水"。（笑声）。但是我并不觉得打水是一件多么吃亏的事情。因为大家都是一起同学，互相帮助是理所当然的。同学们一定认为我这件事情白做了。又过了 10 年，到了 1995 年年底的时候新东方做到了一定规模，我希望找合作者，结果就跑到了美国和加拿大去寻找我的那些同学，他们在大学的时候都是我生命的榜样，包括刚才讲到的王强老师等。我为了诱惑他们回来还带了一大把美元，每天在美国非常大方地花钱，想让他们知道在中国也能赚钱。我想大概这样就能让他们回来。后来他们回来了，但是给了我一个十分意外的理由。他们说："俞敏洪，我们回去是冲着你过去为我们打了 4 年水。"（掌声）他们说："我们知道，你有这样的一种精神，所以你有饭吃肯定不会给我们粥喝，所以让我们一起回中国，共同干新东方吧。"才有了新东方的今天。（掌声）

人的一生是奋斗的一生，但是有的人一生过得很伟大，有的人一生过得很琐碎。如果我们有一个伟大的理想，有一颗善良的心，我们一定能把很多琐碎的日子堆砌起来，变成一个伟大的生命。但是如果你每天庸庸碌碌，没有理想，从此停止进步，那未来你一辈子的日子堆积起来将永远是一堆琐碎。所以，我希望所有的同学能把自己每天平凡的日子堆砌成伟大的人生。（掌声）

最后，我代表全体老校友向在座的 3000 多位新生表一个心意，我代表全体老校友和新东方把 200 万人民币捐给许校长，为在座同学们的学习、活动和成长提供一点帮助。

创新的主意从哪里来

马 云

演讲人介绍 马云，1964 年出生于浙江杭州，毕业于杭州师范学院外语系。阿里巴巴集团主要创办人，现任阿里巴巴集团主席和首席执行官，他是《福布斯》杂志创办 50 多年来成为封面人物的首位中国大陆企业家，曾获选未来全球领袖。他还担任软银集团董事、中国雅虎董事局主席、亚太经济合作组织（APEC）下工商咨询委员会（ABAC）会员、杭州师范大学阿里巴巴商学院院长、华谊兄弟传媒集团董事、北京华夏管理学院特聘教授。

演讲时间 2009 年 7 月 4 日

演讲地点 北京大学

　　我很激动能够再次到北大和很多同学和朋友进行交流。我自己今年被提名中国经济年度人物很荣幸。我觉得机会是大家创造的，机会也是大家共享的，我们互联网能够再度荣获经济人物提名，说明一点：互联网再度影响中国经济。我 1995 年离开大学，教了六年半书，开始创建第一家互联网公司，那时候非常艰难，中国还没有真正连上互联网，当时注册名字比较难一点，我注册的名字想叫"杭州 internet 网络有限公司"，我们注册的时候"internet"在字典上都没有，后来就注册了"杭州电脑网络公司"（音），到后来我们创办的所谓的 B2B 阿里巴巴，所谓创新，很多人讲创新是技术人员的事情，很多人想到技术的创新，但是模式的创新，市场发展的创新，管理、资本运作这方面的创新是可以做得更好。

中小学生课间十分钟阅读系列丛书

像我这样不懂技术，所以我给自己编了很多理由，我们可以在各行各业进行创新。讲到这些，我想我们在做阿里巴巴的时候，我最早的想法，我创新的主意是哪里来。刚才有一张照片是在长城上，那天在长城上面做了两件事，在长城上面我们发誓这辈子一定要做一家中国人创办全世界最好的公司，我们把钱、把名一切都搁在一边，只专注做这一件事。第二件事，我发现长城上面很多都写着"张三到此一游"、"李四到此留念"，我发现这是中国最早的 BBS，所以从 BBS 入手，阿里巴巴最早就是从 BBS 入手的。BBS 的原理又是必须创新的，我当时和我们的技术人员讲我要把 BBS 每一条贴上去都要检测，都要进行分类，他们觉得这是违背了互联网精神，我觉得每 一句贴上去都要进行检查，进行分类。

另外，我们当时并不知道自己叫 B2B，现在大家认为阿里巴巴在全世界 B2B 是做得最大的，因为我们有 1300 万会员，后来人家说你们是 B2B，我们做的时候不知道，我们说就是帮助中小企业成功。这个思想从哪儿来呢？我记得应邀到新加坡参加亚洲电子商务大会，我发现 90% 的演讲者是美国的嘉宾，90% 的听众是西方人，所有的案子、例子用的都是 E-bay、雅虎这些，我认为亚洲是亚洲、中国是中国、美国是美国，美国人打篮球打得很好，中国人就应该打乒乓球。回国的路上我觉得中国一定要有自己的商务模式，是不是 E-bay 我不知道，是不是雅虎我也没有看清楚，但是如果围绕中小企业帮助中小企业成功我们是有机会的。

1999 年我们构思阿里巴巴的时候我们考虑的是中国的经济，第一，大局的判断中国加入 WTO 组织只是时间问题，WTO 组织如果缺乏组织是不可思议的组织，中国企业可以到国外做生意，如果我们通过互联网帮助中国企业出口，帮助国外企业进入中国，这是我们第一个构思。第二，我们认为推动中国经济高速发展是中小企业和民营经济，我们要帮的永远是那些需要帮助自己的企业，能够帮助自己的企业。中小型企业使用电子商务这是他们的趋势，而不是

有些大型企业使用电子商务是为了炫耀。所以帮助那些真正需要帮助的人、帮助那些需要帮助的企业，这是我们最早的构思。

一直有人说阿里巴巴的这个模式这样不好那样不好，所以做创新要挡得住压力，挡得住诱惑，我们最早被人说是疯子到今天的狂人。（不管别人怎么说，我们坚信一定不在乎别人怎么看待我们，我们在乎怎么看待这个世界，如何按照我们的既定梦想一步一步往前走，这是做企业做任何事儿一定要走的路。）所以到今天为止有人说阿里巴巴的 B2B 没有被世界认可，所以我们推出了 C2C，因为我们的 C2C 也没有被认可，所以我们购并了雅虎引擎，这是外界的猜测而已。电子商务在中国一定会成为超越美国电子商务的模式，这是我个人的判断。为什么 C2C 领域我们觉得一定会有巨大的发展？我经常讲中国 13 亿人口，通过这几年的努力，这几年的经济高速发展，3 亿人上网只需要几年，而美国搞 3 亿人上网，生孩子就要生好几年。

现在外面传言很多，有人说阿里巴巴收购雅虎是一种炒作，我们并不认为是这样。事实上收购雅虎是我们自己提出了整个模式，这个收购行为，我们收购了雅虎，雅虎又在我们的总部占 40% 的股份、35% 的投票权，这个想法是我们自己独创的，华尔街没有这样的模式，全世界也没有听说可以这样收购的。为什么这么做呢？第一，电子商务在中国的发展必须有搜索引擎做这样的工具，我们考察了大批搜索引擎以后发现只有雅虎，一般要选择合作伙伴要选择犯过错误又是很聪明的人合作，所以我们选择好就和雅虎谈，第一必须给雅虎面子，我们就想了一个办法，我们收购你雅虎中国，你在阿里巴巴总部必须拥有一些股份，但是这个股份不能控股阿里巴巴，永远不能控股阿里巴巴，也不能操纵阿里巴巴，因为我们这个公司成立的第一天起，我们的使命是在中国诞生由中国人创办的全世界公司，如果这个是使命，我们股份控制的结构必须改变，不能让任何人控制，所以马云第一天起就控制这样的事儿。所以大家猜

中小学生课间十分钟阅读系列丛书

测是孙正义控股还是杨致远控股，我很负责地告诉大家我不会让任何人控制这家公司。这家公司是中国人创办在市场经济下向全世界发展。

所以我们的结构非常巧妙，而且做整个收购获得雅虎投入的全世界看起来不可思议10亿美金，雅虎的所有资产、所有的品牌和技术折价为7亿美金，这是世界上去年最大的收购案，我们没有用顾问公司，因为我们不相信顾问公司，说的写的全都对，干起来全错的。我们也没有用投资银行，我们觉得怎么对就做下去，做一切对的事情，如果加上投资银行这个事情会搞得很复杂，所以我们快速地做了这个决定，迅速地决定，短短的时间内收购了雅虎公司，同时给了雅虎面子。同时在整个组织结构里面不让任何人控制这家公司，以及在整个公司里我们加入了一条这辈子阿里巴巴要活102年，在活102年前一天如果这个公司死掉我们是失败了，所以我们永远不会谈我们是成功，我们现在不会谈我们成功。102年以内这家公司永远有一个中国人做这家公司的董事，这家公司可能走下去成为跨国公司，技术国际化、市场国际化，但是有一点，DNA里面必须有一个中国人是这家公司的董事，我要求写进章程里面，这就是创新，那些董事傻掉了，我说没办法，这就是我的想法。

我们坚信中国市场本身就是跨国市场，在中国一定能诞生世界级的公司，中国一定能诞生世界级的企业家。所以在阿里巴巴不仅帮助中小企业成功，也帮助青年人学习使命感、价值观，强调我们的文化，强调我们的价值观的企业，这是我特别希望和北大的同学们交流的地方。我还是老师，刚才小丫问我将来会不会回学校当老师，我还会当老师，我叫自己首席教育官，作为老师我们的责任就是学习世界上最先进的经验，和世界上的高手较量，学习以后把这些思想告诉年轻人，老师最大的期望是学生超越自己，天下没有一个老师说我的学生是要饭的，老师总是希望自己的学生做得非常好，他超越了我。我也希望重返课堂，不仅在自己公司里当老师还在校

园经常和学生沟通。所以办这家公司有一种强烈的感觉告诉我自己，你可以用各种各样创新的手法，但是不能用各种各样流氓的手法做事情，不能容忍的事情。否则有一天学生会问你，马云你当年打天下是用了流氓的招数，所以这是我今天想提醒自己也是提醒创业人，也是提醒各位学生的创业精神。

谢谢大家！

你一定要做你喜欢做的事情

丁 磊

演讲人介绍 丁磊，1971 年生于浙江宁波。1993 年毕业于成都电子科技大学，1993～1995 年就职于浙江省宁波电信局，1995～1996 年就职于 Sybase 广州公司，1996～1997年就职于广州飞捷公司，1997 年创办网易公司，现在任网易首席架构设计师。2000 年 6 月，网易股票在纳斯达克挂牌，这时候科技股已经开始崩盘，所以网易的股价从第一天开始就节节下滑。2001 年，网易将被收购的传言层出不穷，最有可能的一个买家香港有线宽频终因网易财务问题放弃收购。网易没卖成，反倒让丁磊决定静下心来本分地经营网易。丁磊成为第一个靠做互联网做成富豪的国内创业者，丁磊成为首富，第一次让中国富豪的财富数字可以被清晰而准确地度量。

演讲时间 2005 年 11 月 11 日
演讲地点 浙江大学玉泉校区永谦活动中心小剧场

经历过的事情是一种收获。我是学工科的，我今天演讲的主题，选了李白的《行路难》："长风破浪会有时，直挂云帆济沧海"，其

中小学生课间十分钟阅读系列丛书

实前面还有两句："行路难，行路难，多歧路，今安在？"我有时候自己也不知道创业，从 1993 大学本科毕业到现在，12 年来怎么走过来的，跌跌撞撞，非常契合。

丁磊谈成长：你一定要做你喜欢做的事情

其实我也和在座的大家一起，我自己不认为自己是一个非常聪明和有智慧的人。我在 1989 年考大学，我是班上第 10 名，只高出重点分数线 1 分。我隔壁班的同学现在是你们浙大的老师，他当时是第一名呀，他高考的分数刚好比我高出 100 分。我当时的时候，看学校的介绍，叫电子科技大学，这个大学 1956 年成立的，在四川成都，我也不知道成都在什么地方，我看它地处天府之国应该挺好玩的，我不想在浙江读大学，就填了志愿电子科技大学，没想到第一批就收到录取通知书了。其实我填的专业的也是很被动的，坦白地讲我在中学的并不是一个成绩非常优秀的学生。我在读初中的时候，我们所在的中学从来没人考上过大学，好在我在高中考上了奉化一中，我在奉化一中的第一学期，全班 54 个人，我的成绩倒数第 6 名，还被老师痛骂一顿，说你们这 6 个人拖了班上后腿，我印象非常深刻。后来我的成绩慢慢上升，考大学的时候最好，上升到班里的第 10 名。

我在选择专业的时候，我很喜欢电脑，我在高中时候就在苹果电脑上写游戏，我自学完了 BASIC 语言。我很想选计算机专业，我父母说什么专业都可以选，计算机不要选，因为计算机对人体有害，你每天坐在电脑前就像照 X 光。这个说法不是没道理的，因为当年计算机显像管的辐射是非常大的，对健康多少是有影响的。所以，我就填了成都电子科技大学的通讯专业，我被分到了全校最小的系——微波通讯，一个系只有 30 个人。我有个同乡说，你们这个系历来是最难分配的，而且分配之后的地方也非常不好，通常要跑到山沟沟里去，因为微波和卫星通讯都是在边远的农村。所以我在大

学4年里挺郁闷的，认为自己的专业不好。

我那时经常跑图书馆去看计算机方面的书，还到计算机系里坐到后面去蹭课旁听。我觉得我在大学最大的收获就是学习方法，我可以坦诚地对同学们说，我在大学里学到的知识在我后来的工作里基本上就从来没有用到过。我经常在上课的时候看另外专业的书，每次到考试前我只要把书翻出来，复习一个星期就足够了。我在1997年开始搞互联网的时候，没有几个人能教你互联网是什么，关于互联网的书还非常少，我印象中TCPIP的书还要请别人吃饭才能借到，而且看书的时候要不停做笔记，因为那时候原版书非常少。我上大学的时候，如果对课程感兴趣，基本上能快速地掌握和领悟，这样的学习过程对我后来创业影响非常大。

后来我自己也在思考，为什么我还比较顺利，我觉得我蛮顺利，我想有一点要向今天的同学们交流——你一定要做你喜欢做的事情，你不要勉强自己去干一件自己不喜欢的事情，这我觉得是非常非常重要的。当你喜欢做一件事情的时候，你一定很愿意把它做好，一定会钻进去，会成为一个领域的专家。我从高中毕业1986年到2005年，我根本没有离开过计算机相关专业领域，一个人像我这样专注于一个行业将近20年，当然也会成为一个专家。所以同学们喜欢一件事的时候，一定要深入下去，不要浅尝辄止，这是我非常深刻的一个体验。我前些日子在网上看一篇文章，苹果电脑创始人史帝夫·乔伊斯在读大学的时候退学，他发现大学的英文书法很好，就去听英文书法的课。他说英文书法的课对他日后创建苹果电脑公司有巨大的帮助——他发现电脑用来做排版没有一点艺术性可言，所以他把苹果电脑一出来就定位在艺术家专用的排版服务，而且他把大学里学习的书法艺术利用到了苹果电脑排版软件中，他第一个发明了人机交换图形操作界面，这一灵感完全来自于他读大学时对书法的爱好。所以我给同学们的一个建议就是，如果你在读大学的时候喜欢一件事情，就一定要深入下去。

我在读大学的时候，有一件事情很辛苦，我每年 4 次往返宁波和成都，都是坐 72 个小时的火车硬座，我读大学时候从来没坐过一趟飞机。我后来在创业时候，回想到当年坐火车那么脏、那么拥挤，这种环境都过来了，创业时候遇到点困难算什么？对我人生的磨砺很大，这点我要感谢我的父母，他们一直不鼓励我坐飞机或者卧铺，他们说："你长大了，你应该自己去开拓，人生有甜也有苦。"我非常感谢父母对我的教育。

我 1993 年分配到宁波电信局，我在那里度过了将近 2 年，我不喜欢电信局那里的环境，论资排辈很严重，年轻人没有什么机会，同时每天做的工作又是重复和枯燥，没有一点创新性，没有一点开拓。1995 年的时候，我一个人离开宁波去了广州。那时我要离开电信局的时候，电信局领导说："我们这里从来没有大学生辞职的，你是国家培养的大学生，你怎么能够辞职？"单位说不能辞职，只能除名。后来到了 1995 年 4 月，我跟领导说，我明天不来上班了，十几天后单位出了个文件，说丁磊旷工两个多星期，被除名了。

我去广州之前经过选择。我在宁波时候就考虑过，1995 年时候的浙江不是一个做 IT 的好环境，比较保守。我的几个朋友对我说，广州自从邓小平南行讲话后，经济发展很快；而且临近香港，人的思想意识都比内地开放。所以我一个人提个皮箱，辞职以后就跑到广州去了。

到广州第一步是找个工作糊口，我当时找了一个美国的数据库公司叫"萨维斯"（音）找了份编程的工作。工作之余，我开始寻思创业的问题。当时没有人可以教我怎么创业，我父母都是国企员工，那时也没有一本书教你怎么当个老板。广州当时就有些年轻人很积极地办公司创业，这个给我启发很深刻。

丁磊谈创业：我们一定要做出一个东西出来，技术含量很高

在 1997 年 5 月的时候创办了网易公司，那时中国的互联网用户

不到 10 万人。我们取名叫"网易"的意思，就是希望上网变得容易一点，这是一个很简单的想法。当时开公司要 2 个人，2 个身份证，我就问朋友借了一个身份证，2 个人到工商局去登记注册。在登记之前，我跟朋友说，我们要写个合约，合约中规定你要把股份无条件地转让给我，因为我是唯一的出资投资人。注册好了之后，我们找了一个很小的房间，大概只有 8 平方米，没空调，很热。我们成立网易后的第一个业务是帮人家写软件，先生存下来。有一天我和几个同事在商量，我们做互联网一定要找到一个好的商业模式。我们发现我们电脑的硬盘很大，有 9 个 G 的容量，大家不要笑，在 1997 年的时候，9 个 G 的电脑硬盘是当时最大的了，不像现在硬盘可以有 300G、500G。而我们当时网易的网页页面一共才 3 页，加上图片 1M 都不到。我当时和我同事说，9G 的硬盘浪费了好可惜啊，要不我们做个免费的个人主页吧！于是我们就推出了 20M 的免费个人主页业务。就是这样一个非常简单的想法，对我们的公司产生了巨大的影响。我们当时抱着一个好玩的心态，做免费个人主页，给中国不到 10 万的互联网用户，让大家上传个人主页到我们一台服务器上。结果很莫名其妙的，我的印象中有 2 万多个人，包括国外的人，来申请我们的免费个人主页。结果我们在 CNNIC 的年度最佳网站排名，我们就排到了第一名。

自从我们被 CNNIC 排到中文优秀网站第一名后，华尔街的投资人就在我们门口排队了，我是隔三差五地接待香港过来的投资银行的人，他们抢着要给我们钱。那时候是 1998 年年中，我们公司才 10 个人左右。那时候我们除了会写软件，什么也不会做，我们当时开发了一套免费电子软件，我自己当销售，我另外两个搭档是开发软件的，我就拿着软件到处卖，我们卖得挺贵的，一套软件能卖 10 万美金。投资人认为我们这个 10 个人的小公司很厉害，又能写软件又能赚钱。

我们当时的机会真的是很好的，非常重要一点就是把公司开在

中小学生课间十分钟阅读系列丛书

广州，离香港近，风险投资银行主动找我们，要给我们钱。从 1999 年年初到 2000 年 6 月 30 日美国上市，18 个月时间我们一共融资了 1 亿 1500 万美金。我作为公司的领导，不知道那么多钱怎么用，感到很困惑。公司本来是赚钱的，搞上市之后，不但不赚钱，而且老亏钱。我们当时的主要业务是网络广告，而 2000 年 7 月以后，全球互联网泡沫破灭，纳指从 50000 点跌到了 1500 点，市值蒸发了 2/3。

所以我在 2000 年的时候，我也面临着一个很大的转型。创办网易的时候，我只是想做一个小老板，我从来没有一个远大的理想，从来没有想要成为一个很有钱的人。我那时的理想就是，有个房子有辆汽车，不用准时上班可以睡懒觉，有钱可以出去旅游。你们千万不要以为我当时抱着一个伟大的理想去创办一个伟大的公司，绝对没有这个想法。

到 2000 年以后，我们面临一个非常大的挑战，除了经济衰退，网络广告大滑坡，公司内部也面临了严重的问题。我那时很苦闷，员工也很没信心，不知道公司该往哪里走。

我觉得当时有件事情做得很对，我苦闷的时候不是每天闷在办公室里，而是自己跑下去做市场调查，问了好多人，调查过好多行业，去调查人家怎么赢利。我后来发现了短信业务，一毛钱一条短信，成本只要 5 分 5 厘，我非常积极地与移动合作。我说，网易有用户，有邮箱，有免费个人主页，如果我们每月从一个用户身上赚一块钱的话，我们公司就能赢利持平。就这么一个很简单的 4 分多钱的生意，我们跟移动合作，利用自己巨大的用户资源和移动的接入平台，我们从广告的阴影中走出来。

第二件事情，我跟我们同事说，我们做网页这个东西没有多少技术含量，我们每次出现点有创意的东西，我们的竞争对手新浪搜狐他们老抄我们，而且抄的速度很快。我说我们一定要做一个东西出来，技术含量很高，这帮人抄不了。所以我们决定做游戏，做网络游戏。其实网络游戏这个东西，我在 1996 年的时候就打过主意，那时候主要是文字 MUD。到了 2000 年，索尼和 EA 已经开发出了图形的网络游戏，我就找索尼和 EA，要做代理把他们的产品引进到中国。但是索尼和 EA 公司很高傲地说，不和中国公司合作，说中国都是盗版，不考虑中国市场，他们就直接把我赶出来。我回来之后很生气，我就对同事们讲，第一个，老美能做出来的东西，我们也一定能够做出来；第二个，我们有钱。我们虽然从来没有做过游戏，但我们可以出钱买一家做过游戏的公司。

丁磊谈公司运营："创新"是个很危险的事情

我后来在广州找到一家很小的公司，跟我几年前创业的时候一样，七八个人拨号上网在做游戏。我问他们怎么做游戏，他们一五一十地跟我说了，我就把他们这个公司买下来了，很便宜的，花了 30 万美金。我对网络游戏的信心非常强，因为网络游戏能防止盗版。网络游戏做出来之后，必须联到服务器上才能玩；同时网络游戏的技术含量相对高，我相信我的竞争对手像新浪抄不会，抄起来要很漫长。买下这个公司后，我还抽调了公司最优秀的技术团队过来参与开发游戏。游戏开发的时间很漫长，我们从 2001 年开发，到 2002 年 1 月的时候，出来了第一款网络游戏产品——《大话西游》，结果这个游戏是失败的。失败的原因是，我们有一个工程师想创新，在我们的游戏客户端里嵌入了一个 IE 浏览器，结果这个浏览器很不争气，经常导致游戏客户端 crash，电脑要重启。

我没有放弃，我对我们同事说，能不能重写一下，我的目标是稳定。同事说，老板没问题，给我们 6 个月时间。2002 年 6 月，我们的《大话西游 2》诞生，从客户端到服务器都很稳定。但是开始的时候用户不多，大概只有 3000 人。我对同事说，不要怕，只要产品好，我去做营销。我当时也不知道怎么做营销，所以我就买了好多营销的书一个人看。光看书没有用，我翻开通讯录找。我想，中国谁的营销做得好，我去请教他总可以吧。后来我就找到了步步高

中小学生课间十分钟阅读系列丛书

33

的老总段永平，他当时在东莞。我找到他的名片后，就打电话给他请教，能不能去拜访他，他很客气地说："那你就过来吧"。见面之后，我就请教他营销怎么做。我就是这样一边看书一边请教学习营销知识的。我们的《大话西游2》，也是从最初的3000人的规模，到现在最高在线人数达到55万人。

我总结《大话西游2》的成功营销原则是，我们的定价原则，我们定了市场上最高的价格。当时市场上别人都是3毛钱一小时，我4毛钱一小时，当时我的同事听说我定4毛钱一小时都认为我发疯了，韩国游戏都只有3毛钱一小时，你敢定4毛钱一小时？我说我敢这样定，是因为真正想玩这个游戏的人不会在意这1毛钱，在网吧玩1小时就需要2元钱，产品好多1毛钱是值得的。而4毛钱和3毛钱相比，给公司增加了33%的利润，在公司起步阶段是非常重要的。我们从来不做短期利益的事情，那时很多游戏都有包月。我说我们千万不要做包月制度，首先包月会缩短游戏的寿命；此外我们做游戏的目的，是"你玩游戏"而不是"游戏玩你"，包月制度会造成玩家过度沉迷。由于不包月产生的经济压力，我们的玩家相对都比较理性。而我们的竞争对手，由于包月，把游戏产品的寿命缩短了。前几年整个市场上大概有140多个游戏，其实真正做得好的就这么五六个，真正赚到钱的也就是这么三四家公司。

所以我想对大家说的是，我在做企业的时候，是个不断学习的过程，从来没有人教过我们怎么运作这个公司。做企业的时候，一些优秀的人才对公司非常重要。我认为虚心求教和咨询很重要。同时，我认为公司人才储备很重要。公司人不是越多越好，而是优秀的人才越多越好，一个出色的人才能顶好几个人。

我们希望，员工在这个公司的时候是自己的兴趣，因为有兴趣你才会钻进去；第二个要"自我学习，自我管理"，要有不断进取的精神。这个行业进步很快，你不学习就会落后。我们当时派过去做

游戏的几个工程师，自己都是非常热爱游戏的，所以他们能把游戏做好。

我要跟大家分享的是，"信心"很重要。

我刚开始做游戏的时候，所有的媒体所有的同行都说我疯了。那时候的报纸我还留着，都是一片责骂声。员工也不相信。但我有信心。

结果呢，当时说我们坏话的儿女，他们现在都眼馋我们了。所以我送一句话给大家："有信心不一定会成功，但没有信心一定不会成功。"

除了"信心"，我要跟大家讲的另外一个词是"付出"。我们做企业那么久，每个项目时间很长，做游戏 3 年，做免费邮箱则是从 1998 年到 2006 年，积累了大批免费用户。我始终相信一句话："付出不一定有回报，但是不断地付出，你一定有回报。"

我觉得"创新"是个很危险的事情，我这个公司到今天，我很害怕创新。我觉得创新的风险非常大，尤其对于新公司来说，一不小心创新就把一家公司搞死了。创新的风险为什么大？首先创新需要很多钱，其次创新的东西需要用户有一个逐步接受的过程，还有创新要克服很多技术难关。

我坦白地讲，如果你要创新的话，你首先要把别人的东西搞明白了，摸透了，你再去搞创新。我看一本书讲微软公司的。微软公司的很多产品都不是自己发明的，譬如 windows，word 和 excel 等等，都是 follow 别人的，但是它不断地做，不断地改进，就做成功了。

所以我说，我们一定要做正确的事情，这个在我们企业里叫战略，战略要正确，动作可以慢，但战略一定要正确，看准了再跟上去，这样风险比较小，这样别人犯过的错误就不会再犯。我们现在在制定营销战略的时候，都首先看我们的竞争对手在干什么，他们做完了，我们把他们的问题全都找出来，这样我们就不再犯了，少走很多弯路。

但是，你光有"战略"不行，还需要"执行"，要正确地做事。我们认为人是关键，同样的事情，不同的人做出来是不同的。微软的成功，跟他的创始人非常专注在产品上很有关系。所以我说，一个企业的成功，产品是至关重要的。我现在很郁闷，一些媒体老是说资本运作，我到现在搞不清楚资本运作是怎么回事情。现在很多企业沉迷于收购和兼并，我最不敢作收购和兼并，我觉得兼并和收购我看不懂。我公司除了2001年收购了这个七八人的游戏公司外，没做过收购兼并。做事情就是踏踏实实地，把你的产品做好，当你的产品做得好，赢利才是顺理成章的。

最后，我觉得我在做企业的过程中一直在学习。网易现在已经成为中国互联网行业中赢利能力最高的公司，我们现在有1800人，其中还包括400个客户服务人员。我做梦都没想到我有朝一日会掌握一家赢利超过千万人民币的公司，我也是一路跌跌撞撞，边打边学的走过来的。我最后要送给同学们两句话，是句英语的 stay hungry 保持饥饿的状态，stay fulish 保持充实，保持求知状态，因为只有这样，你在人生的路上才能不停地进步。

❖ 成长·成才·成功

孙祁祥

演讲人介绍 孙祁祥，女，北京大学教授，博士生导师，享受国务院政府特殊津贴专家。现任北京大学经济学院副院长兼风险管理与保险学系主任、北京大学学位委员会应用经济学分会副主席、北京大学中国保险与社会保障研究中心主任、中国金融学会学术委员会委员、中国保险学会常务理事、教育部高等学校经济学类学科专业教学指导委员会委员、美国国际保险学会学术主持人、亚太风险与保险学会副主席、美国哈佛大学访问学者。曾经获得"北京大学最受学生爱戴的十佳教师"称号。

演讲时间 2008 年 9 月 25 日
演讲地点 北京大学

说实话，作为一名老师，能够受到学生的真挚邀请来做演讲，我感觉是一个很大的荣幸。虽然很忙，但在绝大多数情况下，我还是很乐意接受邀请来和同学们进行交流的。我听校团委的同学说，我们这一场讲座主要是针对新生的，因为你们刚进入燕园，可能对这个新的环境有些陌生，想听一听"过来人"是怎么过来的，有些什么体会。我是一个从学生到老师的"过来人"，特别是在北大待了也快 20 年了，教了很多届的北大学生。从自己做学生、当老师的体验中间，以及在我跟北大这么多届学生的交往中间，也有一些体会、一些感想。我想校团委主办这场讲座的目的，也是想给同学们这样一个机会，让同学们感受一下校园的氛围，特别是听"过来人"讲一下切身体会，这样可能会少走一些弯路，减少一些迷茫。我不知道今晚的讲座能不能达到这样的目的，我试着来。

我想利用这个时间，结合自己的亲身体验和经验，给大家讲 3 个方面的问题。因为我是经济学院的老师，是学经济学出身的，那我在讲体验的时候，可能会更多地与经济学联系起来。

第一，打好 3 个基础。

作为一个学习经济学的学生，或者是将来想转入经济学的学生，这 3 个基础非常重要。

第一个就是经济史学。经济史学我们知道有两条主线，就是经济发展本身的历史，还有就是研究经济的思想学说史，这两个方面在我们经济学院都有课程。那么，为什么要学习经济史学，而经济史学在我们经济学中间为什么这么重要呢？经济学大师熊彼特曾精辟地说过，经济学的内容实际上是历史长河中的一个独特的过程，

如果一个人不掌握历史事实，不具有适当的历史感，或者是所谓的历史经验，他就不可能指望理解任何时代包括当前的经济现象。他还说："我相信目前经济中如果犯了根本性错误，大部分是由于缺乏历史的根基。而经济学家在其他方面的欠缺倒是次要的。"

我们经常会讲到历史是惊人的相似，那既然是惊人的相似，了解历史上出现的一些现象，对于我们了解当前的经济现象都会很有帮助。我们也知道"以史为鉴，可以知兴衰"；历史之流，现实之源。可见，学好经济史学，对学经济学的学生非常重要。

第二个是数学。在经济学院学习的学生，将来也要学很多数学的课程，包括高等数学、线性代数、概率论与数理统计等。如今经济学的现象分析会用到很多数学知识。当然，在历史上，我们去翻阅经济史，关于数学在经济学上的利用是有很大的分歧和争论的。因为有很多的经济学家实际上并不看重数学。记得我们当时学经济学的时候，虽然也开了数学课程，但没有现在这么多。在马克思的《资本论》中，他主要是运用质的分析比较多，量化的东西相对来说比较少。传统的马克思主义经典经济学中，人们把当时专门用数学或者是数学的分析方法来研究经济的学者称作庸俗经济学家，认为他们搞些模型，只会用数学分析工具。

现代经济发展这么多年以来，我们可以看到，数学的确是一种分析工具，我们常常用数学的方法来研究经济学，使分析的过程和分析的结论更加直观、更加精确。当然，现在也有一种为人们所诟病的现象，那就是为模型而模型，为数学而数学，有些人擅长或者喜欢写一些很多人都看不懂的经济数理分析文章，这也是需要防止的一种倾向。但是总的来说，数学方法在经济学中的应用是大趋势，是一个非常重要的基础分析工具。

第三就是英文。我想可能大家都会觉得：孙老师，英文这个不用你来强调。我们从小学甚至从幼儿园开始就已经知道英文的重要性了。你们的父母可能在你们还咿呀学语的时候就把你们送到了某

一个班，你们从那时开始就学 ABC，就学很多很多的词汇。但实际上也有一些同学，他们并不了解，一种语言的学习，特别是英语学习对于我们而言是非常重要的。

我记得有一年迎新的时候，作为系主任，我致完欢迎辞后，请学生们用英文做自我介绍。大约十几位同学介绍完之后，有一个男生站起来说："孙老师，我们都是中国人，为什么要说英文呢？"他很坦率。我说，英文很重要，我是想用这样一种方式告诉你。之后，他很不情愿地用英文作了介绍。等到 4 年后的毕业晚会上，这位男生说："我还记得 4 年前进入北大，孙老师让我们用英文介绍我们自己，我当时说的那些话让我特别内疚。我现要特别感谢孙老师。因为我觉得英文真的是太重要了。"他后来读了研究生，之后进入一家很著名的外企工作。他通过他的亲身实践和体验由衷地感受到了在全球化的今天，无论是对外经贸往来还是学习交往，乃至接人待物，英文都非常重要。

为什么英文重要？大家知道，现在世界上大概百分之七八十的文献或者是其他的信息载体都是用英文来进行的。如果你英文的程度、能力和水平高的话，那么在其他条件相同的情况下，你获得机会的概率就比别人要高。前两天有一个老总给我打电话，说他现在想招一个秘书，问我能不能给他物色一个。我问有什么条件，他说男性。我说你这不是性别歧视么？他说："你也知道，我经常出差，带一个女秘书多不方便啊？"我说，对的，我理解。他说第二就是身高这些方面都好一点，这也是歧视，但是这也涉及公司对外形象，没有办法。第三，英文要好。他说："因为我这是个外企，每天接触的所有文件都是英文，电话、邮件也全都是英文。我说我非常理解。这就是实例。

以上是我讲的 3 个基础，根据经济学专业的要求要打好的 3 个基础。一个是经济史学一个是数学，一个是英文。下面我讲第二个大问题，就是要坚持的 5 个原则。

第一，学会放弃。如果在座各位在高中期间学过经济学基础知识，你们就知道，经济学是一门关于选择的学科。人的欲望是无限的，但资源是有限的，所以我们要在无限的欲望中间通过某种方式做出一个合理的、最有效率的选择。经济学有个很重要的概念叫"机会成本"，你做这件事情，你就不能同时做另外一件事情，因为时间是有限的。比如说今天晚上你到这来听孙老师这个讲座，你是不是就不能去看一场电影，或者不能去和朋友聊天，或者不能去教室里去上自习啦？你不可能在同一个时间段里面去做无数的事情。也就是说你做这件事情，你就不能同时做另外一件事情，那么做另一件事情可能获得的收益也就是你做这件事情的成本。对不对？如果说你觉得孙老师这场讲座对你来说有意义，而你放弃的那件事情收益是很小的，那么你的机会成本就是很小的。但如果说你放弃的那件事，比如说今天晚上一个男孩要和一个女孩子约会，那女孩子说："你要是今天晚上不来和我约会，咱俩吹！"（笑声）那这件事就很重要了。你来听这场讲座，但那边吹了，那你的机会成本就很大。不过还是要看你怎么去想了。比如你觉得孙老师这场讲座对我今后 4 年特别有意义，能改变你的人生，能找到一个比她更好的女朋友，（大笑）可能你的机会成本就是很小的。机会成本实际是衡量你本人的一个价值取向，也就是你的偏好，受你所具有的信息等诸多因素的影响。

那么，为什么要学会放弃呢？因为事情很多呀！你考到北大来，从某一个城市到了北京，才知道北京原来这么大，到了北大才知道原来北大的燕园这么美，到了经济学院或者其他学院才发现原来有这么多的事情可以做，那就开始做吧。于是你就又上课，又做学生工作，又做志愿者，又做家教，还有其他许多事情。一年以后发现，我做了很多很多事情，但一件事情都没做好。看课程，GPA 很低；做学生工作，同学们抱怨服务不到家；做志愿者，人家说心不诚，因为该你去做的工作你老说事情多做不了；做家教，让你 7 点钟到，

8点半才到，因为又被别的事情耽误了。你会发现很多事情你想做都没有做好，因为太多了，你什么都不想放弃，结果呢？你可能什么事情都没有做好。

当然有的人可能效率特别高。我们经常发现这样的一个情况，比如说两个人同时做事情，并且做相同的事情，有的人所有的事情都能做得很好，有的人可能每件事情都没做好。这就有能力方面的问题。但总的来说，人的精力、时间是有限的，你一定要学会选择，学会放弃，这一点对于刚入校的学生来说特别重要。因为很多在北大待了一年两年甚至三年的学生，他们后来跟我说到这个事情的时候，会非常悔恨地说："我当时进入燕园，不知道我应该选择做什么，因此就什么都做，做了以后我才发现什么都没做好。"这是我们许多过来的同学的体会。

第二个原则，不轻易随大流。这个事情说起来容易，做起来可能不容易。这些年有很多学生，包括我自己带的研究生，他们说我考C，考托，考这考那。我问你是想出国吗？他们说也不是，没想好。我说那你为什么考呢？他们会说，因为别人都在考。我说别人都在考，你就一定要考么？他们说，别人都有这个成绩我要没有的话就觉得好像我挺傻的。我说，傻就傻呗，你干吗一定要人家说你聪明呢？你自己感觉怎么样是最重要的，对吧？我发现很多学生，特别是我们北大的学生，在做一件事情的时候，未必是他自己想做的，但是因为我周围的人在做，我宿舍的同学在做，我们班的同学在做，所以我就要去做，至于做完以后，效果怎么样，结果怎么样，对我的学习和职业生涯的成长重要与否倒在其次。

我是想结合我自己的亲身经历来说这件事。我从小到大，基本上是一个不随大流的人，当然，不敢说所有时刻都是这样。我也跟同学们一样，有个天真烂漫的童年。（笑声）那个时代，我们小姑娘都喜欢买那种勾花，小伙伴都在勾，一个勾得比一个好看。我就对我妈说："妈，你也给我买钩子和线吧"。她问我"你喜欢么？"说实话，我在这方面没有太多天赋，我并不太喜欢。我妈说那你为什么要勾呢？我说人家都在勾啊。她说人家都在勾，你不喜欢，你干吗要去做那个呢？我父母都是军人出身，属于严父严母那种类型，对我的要求很严格，但是却很开明，我们兄妹想学什么他们都非常支持。但是，如果你做某事的原因是因为别人在做，那他们就劝我们别做。我妈妈对我影响最大的一句话就是"不要去跟别人比"。因此，我这个人的优点之一是不跟别人比。有人说谁有钱了，谁做官了，你应该怎么样，你应该超过谁谁谁，我根本就不去想那些事。有些同学总来问我年轻的秘诀，我说不跟别人比是一个重要的秘诀，因为别人成功有他客观和主观的原因，有机遇和准备，而你的自我估价不一定准确，别人成功的事情你做未必很成功，你非要和人家比活着就很累了。你应该去做你喜欢做、经过努力能够做到的事情，这样你会很潇洒地学习和工作，感觉学习和工作是美好的。我是一直坚持这样一个原则来做人做事的。

我上研究生的时候，也有很多同学出国、考托等等。但实际上呢，你说我想不想出国？也没有说不想。你说我喜不喜欢英文？喜欢，实际上我是很喜欢语言的。别人就问我那你怎么都不考？我说考试的机会成本太大，考试要花很多时间去做那些应试的东西，没什么太多用的。

我上博士的时候有个美国人教我们英文写作。有次上完课后她问我，你们同学好多都跟我来说他们想出国，但是你从来没和我说过，你不想出国么？我说倒也不是。我说到国外去看看、长长见识也挺好的。她说你从来没跟我谈过，我说是，我不但没和你谈过，我也没考过任何这样的试。她说，那为什么呢？我说如果要是有机会我还是非常愿意出去的。她说你要是愿意出去，我非常愿意给你写推荐信。她后来回到美国。即使这样，我也一直没有考过试，没有考过任何的英文方面的这种资格考试，但实际上直到现在，我仍然很认真地、持之以恒地在学习英语。我的同事经常开玩笑地对我

说，你从来没有参加过英文考试，但你现在恐怕是出国交流最多的学者之一了。再比如，有人跟我说，孙老师啊，现在像你这样年龄资历的人都会开车，你不想学学车啊？你看开车多帅啊！不开车多土啊！你看将来到哪里去别人都开车去，你只能打车去，多掉价。我说我不怕掉价。我真的不会觉得打个车会掉什么价，而我想学车的原因是因为别人都在开车。我干吗要按照别人的都有的东西来要求我自己呢？将来别人都有驾照，我没有还显得我特立独行呢（笑）。

我讲这些例子的目的就是说，做事情千万不要说别人做什么你就跟着去做，应做你自己喜欢做的事。我在儿时，没有去学勾花，我妈妈说你喜欢干什么我支持你。我想学音乐我妈就去买二胡，学了没两年不想学了，就买了把小提琴。后来我哥对我妈说你别给妹妹买这些东西了，她只有3分钟的热度，干什么事情都没有一些持之以恒的精神，多浪费钱。我爸妈说小孩学一些什么东西去玩，又不一定要成为什么家，喜欢就好，做自己喜欢做的事情。不过，二胡我早就不知道扔到哪里去了，小提琴还在，但琴弦二三十年前就没了（笑声），可能作为一个古董，还是有纪念意义的。这就是我想讲的第二个问题，不轻易随大流。

第三个原则就是开阔视野。视野这个东西，我觉得特别特别重要。比如很多新生到了学校以后，他会很迷茫地说我不知道该怎么学习，坐在课堂上听老师讲课，与同学交流，在图书馆、上网查资料……这就叫学习么？这只是学习的一种方式，学习是多方位的，有多种途径的。在北大，我觉得拓展你思维的最重要的一个途径，就是听各种有益的讲座。

我一直跟我的学生说，你一定要学会利用讲座这种方式去提高你的综合水平，拓展你的知识面，开阔你的视野。据我的观察，有深厚理论功底的或者是有实践基础的这样一些大师级的人物，他们在一两个小时的时间里，用简洁的语言展示他们丰富的人生经历，

向你传递他们的人生智慧和深邃思想,你想想这是多么好多么快捷的接受知识、开阔视野的方式啊?可是我们很多同学不知道利用这个方式和途径。我经常和经济学院的同学说,我们也组织了一些很好的讲座,比如外国大使眼中的中国经济等。但有的学生你让他去听讲座,他觉得用处不大,因为可能与CPA没有直接关系。但事后听他的同学说了以后感到真后悔。那个时候他在干吗呢?可能在未名湖旁边拿着一本书在念单词,可是这场讲座可能正好是用外语讲的。你要是听两个小时的讲座不比你在未名湖旁边背两个小时的单词效率高得多吗?因此,我经常跟同学说:要选择性地多听听讲座。

我前两年看了一个电视节目"挑战主持人"。当时看的时候是两个挑战者最后进入PK阶段,主持人马东说:你们这一场的题目是"世界烹饪大赛",作为主持人,你们现在要介绍这个烹饪大赛的嘉宾以及厨师和端出来的各种菜的菜名。等马东把这个题目布置下去以后,这两个主持人就开始了。他们的做派非常好,因为他们经过这种训练,他们的举手投足也有点像主持人的样子,满脸带笑,手势也非常规范,但是他们说的是什么呢?一位主持人说,"你看现在5号厨师出来了,他手里端着一盆京酱肉丝"。另一位主持人说,"你看6号厨师现在也出来了,他端着一盆猪肉炖粉条"。她们所说的许多菜名都跟我们学校餐厅里提供的是一样的(笑声)。马东开玩笑说:"这可是世界厨艺大赛呀,怎么都是这个'猪肉粉条'、'京酱肉丝'之类的餐食呀。"我当时就在想,这些学生没有吃过鲍鱼、鱼翅等高档菜肴啊。既然如此,她们当然报不出这些菜名了。这就是一个眼界问题。为什么我们说刘姥姥进大观园,她看什么都新鲜,贾府的那些东西我们在座的同学可能不稀罕看,可是刘姥姥没有看过呀。这就是为什么说眼界非常重要的理由。而眼界这个东西就是靠平常各种机会,包括讲座等各种获取各方面知识的渠道来积累的。我们讲"见多识广",见多识广以后,对于你的学业、你的人生经历等都是非常有帮助的。所以大家要利用、抓住机会增长你的见识,

开阔你的视野。

第四个原则是要掌握正确的学习方法。学习方法是非常重要的。我们平常讲"事半功倍""事倍功半"等这些话。有些人可能效率非常高，有些人效率非常低，有的是和他的智商水平有关，有的是和学习方法有关，当然也跟我们老师传道授业解惑的方式有关。我现在在经济学院负责教学这块工作有 6 年了。这 6 年我非常非常强调我们老师在传授给学生知识这方面运用正确方法的重要性。前两年，我们北大搞教学改革，我也代表经济学院去讲了我对教学改革的一些看法和认识。

外面也有很多公司跟我抱怨过学生的能力问题。比如说，他们抱怨我们学校的学生走向社会以后，动手能力很差，好高骛远，眼高手低等等。在这种情况下，我往往要在合适的场合，一方面检讨我们教学方面的问题，另一方面要强调大学教育的特点。大学教育与公司培训是两个不同的层次，也就是说我们在大学里所学习的一些东西不能跟我们在公司培训中学到的东西是一样的。如果这样的话就没有必要办大学了嘛。大学强调的是一个 why 的问题，而公司培训强调的是一个 how 的问题。

我强调在给学生传授知识的时候，更重要的是传授一种学习方法。"授人以鱼，不如授人以渔。"大家都知道这么一个道理。你教给他一种学习方法，就如同给他一把钥匙，他自己就能够在他的岗位上继续学习。

第五是日积月累，这很重要。你们千万不要认为学习就是我只要把课堂上老师给我讲授的那本书学完就好了。因为教科书上讲到的很多东西，在现实的经济生活中会有对应的一些案例及对应的很多宏观的数据，这些东西也需要你有意识地去记一下。如果你脑子空空如也，就那几个模型，没有任何鲜活的数据和鲜活的经济事实，就很难让你对一些问题产生联想和思考。而这些东西是怎么来的呢？就是靠日积月累。所以，这一点很重要，我希望同学们在今后的学

中小学生课间十分钟阅读系列丛书

习中特别注意。当然我讲的是经济学，你学其他的学科也一样有这个特点。

这是我从学科的角度讲的要坚持的五个原则。

第三个大问题，我想讲一下培养 6 个方面的素质和品德。我觉得这对于你们成长、成才、成功非常重要。

今天讲座的题目叫做：成长、成才、成功。当校团委请我做这场讲座时，我就给了这么一个题目，这也是去年剑桥大学跟国内的几所大学联合举办的一个讲座上我给出的题目。结合我自己的体会和生活感悟，我认为以下 6 个方面的素质和品德对于成就你们的人生非常重要。

第一，要有一颗感恩的心，感激生活。

我们都有父母、朋友，都有亲人、同学。我不知道你们在成长的过程中间，你们对父母的付出持一种什么态度。我接触过很多小孩，特别是现在的孩子，他们中有一些对父母的付出抱着一种理所当然的态度。他们觉得父母生养我是他们要生我，又不是我自己要出生的。（笑声）他们生了我就有养我的义务。但想想看，我们对父母真的应当持有一颗感恩的心。没有他们，我们不可能来到这个世界，来享受这一切。当然在享受的过程中间，我们肯定会有一些挫折甚至苦难。

讲讲我自己的经历吧。在"文革"期间，我父亲是走资派，加上爷爷还是地主，当时很受歧视。小朋友在一起一吵架，别人就会说你出身不好。上中学的时候，我最怕受表扬，为什么呢？因为班主任很喜欢我，但她也是地主出身，她怕表扬我别人会说她，所以每次表扬我的时候，她都会说"孙祁祥同学虽然出身地主，但是，怎么怎么地"。我上学时，个子比同龄人都高一些，总是坐在最后一排。每到这时，同学们就都回过头来看着我，这种表扬其实很让我受伤。实际上，我出生于革命家庭，父亲是三八年参加革命的老干部，但那个年代是特别讲究阶级出身的，讲祖宗三代。我那个时候

年纪小，这种心灵上的创伤感觉还是非常大的，恨不得自己也是工农子弟。说是这么说，从小到大，我都非常感谢父母对我的教育和关怀，尽管军人出身的他们是很严厉的。

对我周围的人，包括我们家的小时工我都特别感谢。有人就说那你为什么这么感谢她？我说没有她的话，很多事情就得自己做啊。那你不是支付她工资了么？我说是支付她工资，但她也帮我做了很多事情，节省了我大量的时间。如果没有她的话，我还得去做这些事。所以说我希望我们同学也要有一种感恩的心，对你的父母，对你的家人，对你的朋友，对你的同学，都要心存感激。这是我讲的第一个品质。

第二，懂得欣赏，长于学习。

"三人行，必有我师焉。"大家都知道孔子的这句话。我不知道你们会怎么看待你们的同学的长处。我看别人优点的时候会比自己的优点看得多。看别人优点的时候你应发自内心地欣赏并努力把这个优点学下来。你看别人的时候如觉得哪些是缺点，是你不喜欢的，那你也可以反思这在我身上存不存在，如存在就想法把它给克服掉，这样不就能够很快地成长进步吗？

我常说，我们要懂得学习，学习我们周围的人的长处。我们北大的学生都非常优秀，但山外有山，天外有天，你不要拿你的长处去跟别人的短处比，而要看别人的长处，这样你会像海绵一样去吸收别人的长处，不断地充实自己，不断地完善自己。我讲的这一点，就是说"尺有所短，寸有所长"，要善于向别人学习。在看到别人短处的时候，则告诫自己，尽力克服它。

第三，坚忍不拔，持之以恒。

我看过一个有关比尔·盖茨的故事。讲他13岁的时候，有一次一位牧师到他们那儿讲学，牧师就让那些小朋友背诵《圣经》里面的几段话，其中有一段连牧师布道的时候都背不下来，只能念下来。他给了这些学生一个星期，说你们去看一看，看看能不能背下来。

中小学生课间十分钟阅读系列丛书

一个星期以后，牧师再回到这个学校，盖茨说："我来试试吧，看能不能背出来。"他背出来了，一字不落地背出来了。牧师感到非常奇怪，他说："我这一生中讲《圣经》讲了这么长时间了，没有见过一个人能把这一段背下来。你怎么做到的呢？"比尔·盖茨说："我竭尽全力。"比尔·盖茨成为世界首富已经连续 15 年了，他辍学经商的经历大家都知道，他是怎么创造如此大的一个商业帝国？这跟他的个人品质中间的坚忍不拔这一点是有直接的关系的。坚忍不拔这个品质在成就人的事业中非常的重要，这点可以从比尔·盖茨或者更多成功人士的成长经历中看到。

有人说过快车和慢车的区别，很有些道理。说慢车为什么慢？并不是速度上不去，而是因为它老停靠站。而快车为什么快，倒不是因为它的速度快，而是它停的站少。那么，"停站太多"在我们人生的追求中就是指，我们心有旁骛了。我们做事情要心无旁骛，不要有太多的杂念，一心一意地去做一件事情，就能把事情做好，做到极致。所以，我希望我们的同学在学习和未来的职业生涯中间都具有这样一种品质。

第四，关注细节，追求卓越。

"细节决定成败"这句话我想大家都知道。但是怎么决定成败大家不一定都清楚。可能你们人生阅历中这方面的经验还是少一些。我给大家举几个例子，就是从我个人的性格或者说处事的方式上来说明。今天下午有一个学生来看我，他问我在忙什么，我说准备给新生做一个讲座，他说："太好了，孙老师。你去做讲座，一定要给他们讲你当接线生的故事，因为这个故事不仅激励了我也激励了很多人。"这故事表明了什么呢？就是说我这人做事比较认真，追求细节，我希望在我的能力范围内，把事情做到最好。

这个故事就是说我当年下乡 4 年后抽调回城，在我们那个地方的电信局当电话接线员。我们话务班的女孩子比我幸运，因为她们没有下乡，而是直接招工就进入了话务班。她们对这份工作可能没

有很觉得是一回事，但我当了 4 年知青，有了这个工作我很珍惜。当然，也是我的一个特点，就是希望做什么事情都尽量能做得很好。我发现我师傅（当时都有师傅带着）接线的动作特别地优雅，所以我就特意观察并学习我师傅的规范动作。还有就是我在很短的时间里就把市区各个单位的电话号码都背下来了，因为这样就不用每次都去查电话号码了，由此提高了接线效率。结果是，没想到我在话务班工作了不到一年，就因工作优秀而被抽调到电信科以工代干。一年以后，又因工作出色而到局里的政工处以工代干。

但我还是想上大学，于是 1979 年我考到了兰州大学。我上大学的时候别人都说：你为什么要上大学？你有那么好的工作，别人都是梦寐以求的，你还要辞掉这么一份工作去上大学。我说：没别的，就是想读书。现在回过头来说，我那个学生为什么说接线生的故事那么激励他呢？他说就是因为你认真工作不是为别的，而是要把这份工作做好，在做好的不经意中，便"无心插柳柳成荫"。因为在一开始，我得到一份接线生的工作已经非常满意了，根本没指望到科里后来到局里的政治处去做干部。这一切完全是因为我努力做好了这份工作，追求美满所带来的结果。

我的同事、朋友说我做事很认真，我感觉这是一种本性，也就是说做事认真不是因为有人在看。我再给大家举个例子。我当时上大学的时候，两节课以后做课间操，你做不做都无所谓。大部分同学在做操，但都很随便，而我做的时候则特认真。有一天，做完操以后，一个女生突然走过来问我，"同学，你是哪个系的？"她可能觉得这么问有些冒昧，于是主动说："我是外语系的，我观察你好多天了，你做操好认真哪！你是不是体育系的！"（笑声）我说不是，我是经济系的。她说："这么多人在做操，我没有见一个人像你那么认真。"我说："既然做操就是为了锻炼身体，做得不好就达不到锻炼效果呀？"（笑声）。我下乡的时候，不管是插秧还是割稻子，我都希望我的动作像农民一样。

有些同学看到我的简历知道，我去哈佛学习过一年。之前真没有梦想过，但我遇到了一个天赐良机，幸运地进入哈佛这所神圣殿堂。而这个机会则完全来自偶然。那天我应邀参加北大中国经济研究中心的一个会议，中午吃饭的时候，恰好与美国国家经济研究局的局长马丁·费尔德斯坦先生坐在一起，边吃边聊，聊着聊着就进入我们俩都关注的社会保障和保险问题。这是我的专业，而又是马丁来中国想着重考察和研究的问题。在此之前我并不认识马丁，那是第一次和他交谈，他问我中国市场怎么样，保险和社会保障情况等，我都一一做了回答。之后，他好像很不经意地问了我一句："你英文很好，出过国吗？"我说我曾经在印第安纳大学商学院做过一年的访问学者。当然，有机会的话，我也非常希望能够去哈佛学习。他说，那我邀请你。很快，他真的就给我发来了邀请函，就这样我去美国经济研究局和哈佛大学做了一年的访问学者。之后我才知道，费尔德斯坦先生是哈佛大学的著名教授，曾做过里根总统经济顾问委员会的主席，兼任美国国家经济研究局的主席，是当时社保界的一个旗帜性的人物。得到这位大人物的邀请，是我的幸运。但就像我的许多朋友说的，如果你英语尤其是口语不突出、专业不精通，自己没有这个能力，幸运之神也不会降临到你的头上的。

第五个方面我想说的是，履约责任，一诺千金。做人一定要有责任感，你承诺的事情一定要去做，不管代价是什么。有时候说实话，我感到我们有一些学生，有一些人在这方面不是很注意。但是如果你做事没有责任感，让人不放心的话，你很难交到真正的朋友，你也会丧失掉许多机会。因此我觉得这一点特别的重要。

给大家举一个例子，有人甚至说我很傻。大家都知道好多年前张艺谋曾经导演过一个歌剧，叫《图兰朵》。我有一个朋友在国外的一家大公司工作，她说她的老板和她请我看这场歌剧。我一听说时间就说我不能去，她问为什么。我说我事先跟别人约了一个事情，

就在同一天的晚上。她说，你要知道，这可是最后一场，今后不会再有了。我说我真的特别想去看，可是我跟人家约了一个事情。一个什么事情呢？实际上说起来呢，也不是多么大的事情，就是当时有一家美国公司在我们系刚成立的时候给了我们很大的支持。公司的首席代表是一个香港人，他在北京任期结束了，要回香港去。我在一个星期前约好那天晚上请他吃顿饭，第二天他就回香港。就是这么一个事情。最后真没有去看这场歌剧，但说实话我自己也觉得有些遗憾。

但正因为我有这个特点，我在与人合作的过程中，很容易获得别人的信任。很多人说"孙老师，和您合作特别愉快，你是一个特别守信的人，承诺的事情一定做到。我们特别愿意与您再合作"。同学们，这一点非常重要，在今后与人交往，与同学交往，与朋友交往的过程中，一定要信守承诺。

第六个方面的素质和品德就是心态平和，善于合作。

歌德曾经说过："人生是由无数小烦恼组成的念珠，达观者是微笑着数完这串念珠的。"我们现在的年青一代人其实是非常幸福的。现在的年轻人没有经历过我们这一代人所经历的许多挫折，更别说我们的父辈了。在这种情况下，他们一旦遇到了一些挫折，就感觉到不得了了。其实只是因为他们没有经历过更大的挫折而已。挫折少一方面可能是好事，因为不用像我们这一代人因为客观原因而浪费很多时间和机会，你们可以用你们最好的那段时光去学习。像我进大学的时候已经23岁了，而你们大多在22岁就大学毕业了，我是在工作7年以后才上的大学。后来很多人问我，"孙老师，你们那一代人上大学的可能都不多，何况读博士，当教授的，为什么你能走到这一步呢？"我说，这倒不是因为我有多大的宏伟目标，我这个人就是做一件事情习惯把它做好，也比较持之以恒。但是同时，我们的心态也应当很平和，不要患得患失，不要想着一定要达到多大的宏伟目标。我不知道我这样讲会不会让大家失望，我对我的学生

讲得最多的就是你们不要设远大目标，而很多的老师，很多的成功人士都跟你们说，你们要设远大目标。我不知道我这样讲会不会误人子弟，会让人觉得老师是在害我们。没准 4 年后有同学说，就是因为入学时听孙老师的讲座，老师说不要设远大目标，搞得我 4 年来碌碌无为。其实我的意思是什么呢？"千里之行，始于足下"，始于足下很重要。要踏踏实实、认认真真地去做事情，你设不设目标，至少从我的成长经历来看，关系不大。可能我们那一代人就是这样的。我当研究生也不是事先设了目标的，纯粹因为偶然；我上博士生也不是事先设立目标的，也是个偶然的事情。出国也是挺偶然的，事先没有立过志，真的，我连托福等各种英语测试都没有考过。可能人家说我这个人运气好，但我也特别相信，机会只偏爱有准备的人。我说的不是要设立多大的目标，而是说你要先做好你手头的事，等有机会来的时候，你就能抓住这个机会。

我说这句话一点也不带什么虚伪、造作的成分，真的是这么经历的。千万不要以为孙老师你现在走到这一步才这么说的。之前看的那个《挑战主持人》节目，我说我绝对没有勇气自荐去做主持人的。有人问过我，你不是做过主持人么？是的，我曾经做过中央电视台不到一年的专家主持人，但也是一个偶然的事情。1993 年，当时的《经济半小时》设计了一个栏目叫经济专家论坛，当时很多著名的经济学家都去做过访谈。大概是 10 月份的时候，他们请我和另外一个学者去谈税制改革的问题。讲完以后，栏目的负责人对我说："孙老师，我们栏目正在物色专家主持，大家都觉得您特合适，您来行不？"我一听，第一个反应是不行。很多人都觉得我很自信的，其实我不是的。我说我没做过，不行。他给我作了半天思想工作，说了许多诸如国外的经济学家如何在业务时间兼做此类工作，做这类工作又如何能够对自己的专业有帮助之类的话。回来以后，我跟家人、朋友都商量了一下，大家都觉得是一件挺好的事情，很支持，因此最后我还是去做了，效果也还不错，就这样走上了主持之路。

节目做了大约不到一年的时间，我去了美国。回来以后栏目又找了我，但我觉得我的时间已经不允许我再兼这个职了，因此坚决地放弃了。

我就说很多事情，并不是我主动去追求的，但当机会来了的时候，我可能抓住了这些机会，而抓住机会的前提是你得有这个准备和素质才行。所以，我说同学们大可不必设太高的目标，但是要认真做好手头的事情，这样才会使你的心态特别平和，不会很浮躁。如果得到了一些机会，你会觉得这是"额外"的收获，因此会感到很高兴，而如果没得到的话，你也就不会失望了。

再一个，我特别要强调的，就是善于合作。要知道，现代社会是一个高度讲究合作的社会，很多事情是不可能一个人完成的。这就是我为什么前面强调感激我身边的所有人，因为我们所做的许多事情，往往是团队里的成员大家共同努力完成的。你们在跟你们的同事、你们的同学、你们的朋友交往合作的过程中一定要抱着这样一种心态，要善于观察别人的长处，这样就容易跟别人合作，这将对你事业的成长、对你的人生、对你的家庭、对你的幸福都是非常重要的。

以上简要谈了我所认为的一个人在成长、成才和成功的过程中应当具备的品质和素质。总结起来，其中很多方面是属于情商的东西。以往我们认为，一个人的成功很大程度是与智力有关的。但实际上，现代研究表明，情商在一个人的成长过程中间非常重要。在智力程度大致相等的情况下，情商越高的人，成功的概率越高，获取机会的可能性越大。有人曾经做过统计，在同等智力的情况下，情商高的人，成功的概率要高出 9 倍，在获取一个职位，或者获取一个工作机会以及跟别人合作等方面都能胜人一筹。

心理学家认为，情商水平高的人具有以下几个特点：社交能力强，性格外向而能带给人愉快，不易陷入恐惧或伤感，对事业较投入，为人正直，富于同情心，情感丰富，无论独处还是与许多人在

中小学生课间十分钟阅读系列丛书

一起都怡然自得。所以我特别希望我们的同学能注重情商的培养。

亚里士多德曾经说过"优秀是一种习惯"，我非常希望同学们在平常的生活和学习中间去发现这些好的习惯，让它成为一种自然，成为你的一种标签。如果这样的话，你不但能在事业上取得良好的成绩，而且你还能够生活得非常愉快。我非常欣赏并身体力行人们常说的"三乐"准则，"知足常乐、自得其乐和助人为乐"，希望让欢乐伴随我们一生。谢谢大家！

◆ 读万卷书，行万里路

葛剑雄

演讲人介绍 葛剑雄，1945 年生于浙江湖州，复旦大学历史地理研究中心主任，国际历史人口学委员会委员，中国秦汉史研究会副会长，上海市历史学会副会长。主要著作有《西汉人口地理》、《统一与分裂：中国历史的启示》、《中国人口发展史》、《未来生存空间·自然空间》、《中国移民史》、《中国人口史》第一卷等。

演讲时间 2000 年 11 月 20 日晚

演讲地点 复旦大学第五教学楼 301 室

今天讲的题目，叫做"读万卷书，行万里路"，这只是借用一句古人的话，不能拘泥于这几个字。因为古人的卷比较小，比如一部《史记》就有 100 多卷。这样算起来，我看大概在座诸位的阅读量，都该有一万卷了吧。"读万卷书"很容易，"行万里路"就更简单了。我们一位同学来自新疆，他两次来回，这万里路也行好了。但从严格意义上讲，要真正"读万卷书，行万里路"，恐怕不是那么容易的，这句话也只是极言其多而已。我倒从小就很喜欢这句话，我

小时候家里很穷，没有什么书，所以我随便拿到什么书都看，连旧报纸也要看。当时看的很多书，其实在那个年龄根本不知道是什么意思。对行路我就更加羡慕。我出生在浙江省湖州市的南浔镇上，那时叫吴兴县，南浔镇倒是挺有名的，可惜我不是名人之后，这个镇上出了很多名人，但他们跟我都没有什么关系。因为从小没有离开过这个小镇，听人家讲起县城湖州怎样繁盛，就非常羡慕。直到我小学六年级离开家乡，还没有到过县城。到了后来，特别到了复旦以后，做了研究生，要做学问了，要教书了，对这句话的意义才理解得更深一点。直到现在，我还把这句话作为我人生的目标。我虽然没有做过统计，到底有没有"读万卷书，行万里路"，但是我现在已经把这"万卷"和"万里"纯粹看作是一个无限大的数字，把这句话作为自己的一种追求。

一

首先我想先讲一讲读书。我认为读书的目的有3个：第一个是娱乐，第二个是求知，第三个是研究。当你具体读一本书的时候，就应该有比较明确的目的。因为目的不同，要求就不同，方法也不同。

读书的第一个目的就是娱乐。

我一直认为，不管做什么事情，乐趣是最根本的条件。这话在以前的特殊年代是不能说的。那时候首先要说为革命而读书。我想，为革命可以做的事情很多，为什么一定要读书呢？为革命干活不是更好吗？为革命斗争不是更好吗？所以我觉得如果我们可以自由选择，不论做什么事情，首先要有乐趣。没有乐趣，绝对不可能有创造，也绝对不可能有收获。刚开始时没有乐趣是可以的，但不能老是没有乐趣。读书首先要和乐趣联系在一起，我很反对死读书的那种样子。上我课的同学可以做证明，我自己就很懒得在黑板上写字，我觉得都是大学生了，还要我怕他们哪个字不会写？我也反对做什么笔记，我自己上课时就说，你如果不记笔记能够把上课内容都记下来，那就更了不得了。我考试也从来不考笔记，有时实在要考一下也是为了给成绩时好有个分寸。

正因为读书首先是娱乐，所以只要无害，各种书都能读。小说、报告文学、传记、诗歌，只要你有乐趣，都可以读。有些人强调"寓教于乐"，这是作者的目的，对接受者来说，你是不是接受他"教"，这并没有关系。所谓有害无害，也是相对的。什么叫害？《红楼梦》有没有害？我可以举个例子，"文革"时我在中学里做教师，那时学生中要定期刮"无产阶级红色台风"，就是收缴学生中流传的黄色书刊、手抄本一类，每次都收上来不少。有时有的学生表示自己觉悟高，主动上缴。收缴上来的黄色手抄本，有的是从《红楼梦》里抄来的，什么"宝玉初试云雨情"，这不是黄色的吗？（笑）还有更不得了的，什么"新婚第一夜"，结果发现不过是什么《性知识手册》里抄来的。有时学生交来一部黄色书，《外科解剖手册》，这也是黄色的。（笑）这个问题就难了，有的人的确看这些书就干出坏事。其实现在也很容易理解，什么正面的性教育都没有，整天斗争，整天刮风，学生到了青春期，当然他会去看，看了以后又没有正确的引导，就干出坏事来。所以一本书到底有害还是有益，并不是绝对的。当然的确有一些黄色淫秽的书，但是，如果这个人本身没有什么问题，无非看了觉得无聊就是了。我相信这个社会如果大家都在看书，也不会有什么太大的事。至于有的人看了书干坏事，首先并不是书的作用，主要还是他本人与社会的因素。

对于书，娱乐是很重要的一个方面。我们现在知道一些名人、科学家也是如此。比如李政道喜欢看武侠小说，家里到处都是，这是他儿子亲口告诉我的。这与他得诺贝尔物理学奖并不矛盾。我还知道很多要人喜欢看《三国》，或者看金庸的书，而且看了一遍又一遍。但现在一定要提高到因为看的人是伟人，就说明不看金庸的书就不配做中国人，或者看的是坏人，就说他的书里包含着什么毒素，

这些都是不对的。

从娱乐这个目的而言，印刷的书永远会有销路。网站虽然有很大的优点，但是从娱乐的功能讲，印刷的书还是离不开的。一卷书在手，坐在一把椅子上面，喝一点茶，慢慢看看，这种乐趣恐怕和对着屏幕还是有所不同。比如现在好多人到苏州园林去，说不过尔尔，其实是不会欣赏。我们去的苏州园林，现在是公园，老老少少排着队去，以前其实都是私家园林，三两个人坐在小厅堂中，泡上一壶茶，谈天说地，或者拿本书翻翻，这样才有乐趣。不是叫大家排好队绕场一周。（笑）所以，随着人类的文明程度提高、物质生活改善，将来需要书娱乐、需要书放松的时候会越来越多。此时我们追求的就不是效率，不是一分钟要跳出几个单词，不是几秒钟要把什么东西检索一遍，慢慢地也无妨，欣赏唐诗宋词，或者翻翻小说，看看游记。正因为这样，我相信印刷的书永远有生命力。

读书的第二个目的就是求知。

为了求知的目的去读书，就需要有明确的目的，就需要讲究方法。如果为了娱乐的目的可以喜欢什么就看什么的话，则为了求知的目的，恰恰就要防止这种情况。

为求知而读书，就要明确到底寻求哪一方面的知识，要看哪一方面的书。这一点不单是求知者本身的责任，也是整个学术界的责任。在这方面我们做得很不好，现在的书出了很多，每年出书量甚至都是天文数字，但是真正符合求知要求的书却不多，还没有形成一套科学的求知系列的书。

英国靠英语教学挣了很多钱，有人说那是他们的母语，可是中文是我们的母语，而我们靠教中文好像没有挣太多的钱。区别就在于英国有一整套系统的英语教学体系。比如你到英国去，你说我有 3 年时间，他们就有 3 年的教材，你说我今天就路过英国，想花 3 天时间学英语，他们就有 3 天的教材。年纪大的有年纪大的教材，小孩子有小孩子的教材，各种层次，不同时段，各种目的，他们都有

中小学生课间十分钟阅读系列丛书

全套的教材。我们有没有？

又比如我今天忽然对哲学感兴趣了，有没有一本适合非哲学专业但又有学术水准的教材？这一点我不要批评别人，我们历史地理学就没有一套适合各种不同人需要的普及教材！

现在学科越分越细，每个学科的具体内容越来越多，我们可以讲历史上的达·芬奇、伏尔泰、罗蒙诺索夫等人，都是通才型学者，这一方面是古代学问比较简单，他们很多头衔在今天看来恐怕算不了什么，而另一方面，他们的学问都比较概括、比较集中，往往只是一个抽象的观念，而不是具体的研究。在这种情况下，我们既要有比较广博的知识，又要在有限的时间里，争取求知的效果，这对求知的要求是相当高的。比如我本人从来没有系统学过自然科学，但是也有一定的兴趣，我觉得人文学科的研究不能没有一点自然科学的概念。每当出现一种新的自然科学概念，我就请研究自然科学的朋友给我讲解，我曾经请我的朋友讲解可控硅、射流、黑洞等等。这是正好我有条件，如果我没有这样的朋友，想花一个小时的时间，弄清楚新概念的原理，就不那么容易。

所以我们整个社会不应该轻视求知的层面，绝大多数人读书都属于求知的层面。整个社会、整个学术界、整个教育界都应该为大家求知创造条件，这方面我们现在做得还很不够。

现在很多人看不起普及性的书籍。不是针对中学生才是普及，难道博士生就不要普及了吗？包括我自己今天看理工科或者自己不熟悉的学科的材料，我也需要普及的书。

据说有的大学校园里就贴着海报，像招工一样招研究生编书，而且很快就能把书编出来。他们认为这种小册子就是找本大的书抄抄。其实抄书也不是那么容易的，如果他对该学科没有一点研究，肯定就抄错。

对大多数人而言，一定要把握自己如何为求知而读书。一方面是自己设计，另外还是要听听老师的、朋友的意见。宁可在这上面

花点时间，找出自己该看的书，该努力的方向。我们现在一些家长对子女，对自己的下辈，都拼命要他们看书，同时也应该注意，到底要他们看什么书，什么书才真正符合他们的需要。

在某种程度上，我倒赞成以前一位老先生讲的，书要越看越薄。这个薄的意思，就是从求知的角度讲，关键在于什么书真正有用，而不要贪大求全。如果只是想了解一点诗词基本常识，而不是专门研究，可以读王力那本小册子《诗词格律》，而不必去读他那本大部头的《汉语诗律学》。

读书的第三个目的，是为了研究。

这应该是读书比较高的境界，所以并非人人都有需要，也不是人人都能够研究。我这话讲出来有人可能要说，按照后现代主义的观点，你这属于"文化霸权"。（笑）我一贯认为，真正的研究，并不是人人都能做的。就是在座有些已经是博士了，将来也未必能研究出什么名堂来。

对于一部分抱着研究目的而读书的人，就不能像刚才讲的那样随心所欲，也不是仅仅是为了获得知识。今后学习知识的途径越来越多，越来越方便。现在各种传媒的信息量，比古代不知要大多少倍，而且传递非常有效及时，甚至是同步。居延汉简中有不少汉代的户口资料，一般都是讲某人"身高七尺二寸，皮肤黑色，男"，最多再加上此人"多须"，再也描写不出多少东西来。要么像旧时小说里写到的画一个图，挂在城门口，悬赏捉拿。但画图总有歪曲，而现在不但照片，就是同步影像都出来了。所以应该承认，现代人知识是比古人多。我很反对有人感叹现代人越来越缺乏知识，知识本身应该是越来越多。我看现在一个中学生知道的事情，比古代有的人一辈子知道的还多。

信息量增大的过程中，以前需要花费大量时间研究得出的结果，现在就是一个合乎逻辑的推论。比如天气预报主要根据卫星云图，以前北京一张云图传输到上海，要传很久，等拿到这张云图，情况早已经变了。以前要进行非常复杂的计算，往往明天的天气预报要到后天、甚至下个星期才算得出结果。现在高速运算的电脑几分钟就可以得出结果。以前的天气预报很大程度上需要人的经验，还有历史的资料。看看50年以来同一天的天气状况，如果历史上降雨概率很小，那再加上经验，就判断明天不会下雨。而现在需要人判断的成分越来越少。将来电脑技术发达了，都可以通过现成的软件得出结果。正因为这样，对于真正的研究，要求就会越来越高。

为研究的目的而读书，与为求知而读书最大的不同，求知是被动地接受，研究则需主观地判断。我有一次看到有人写文章，说要怀着敬畏的心情去读某位大师的著作。用崇敬的心情读书，我是不大乐意的。作为欣赏可以如此，作为求知也可以如此，但作为研究，就应该把他作为平等的人来对待。否则老是敬畏、老是崇拜他，还怎么发现他的问题呢？在学问面前，在科学面前，不存在大师，大家都是平等的，这样读书才能够有收益。在这一点上，我觉得我是很幸运的，我的老师谭其骧先生就经常鼓励我们去发现古人的问题，包括发现他的问题。他一直说，在历史地理方面，我要超过王国维，超过钱大昕，你们应该超过我，这样学问才能进步。王国维在他之前，钱大昕更在他之前，如果到他这一辈，反而比他们落后了，或者我们这一辈比谭先生更落后了，学问怎么能进步？当然是否做得到是个问题，但是，至少我们的目的是要在前人的基础上进步。

这话不是所谓的"社会达尔文主义"，不是要求后人一定超过前人。无论是科学、文化、艺术，并非总是能够超越前人。我不太懂书法，但是我们现在的书法家，一定比王羲之写得好，我看恐怕就未必。现在京剧演员中有哪个人超过梅兰芳？也不一定。历史上有些高峰，在相当长的一段时间内没有人能够突破。特别是需要借助于人的智慧，需要人的天赋的一些领域，无论是科学也好，文学艺术也好，都是这样。

我始终认为天才是客观存在的，一味地说天才出于勤奋，只是

老师鼓励你罢了。自己要明白，我是不是天才，在这一方面有没有天赋，如果没有，再勤奋也都不能够成功。有就做下去，没有就不要做，赶快换其他事做，说不定还能做出点成绩。比如一般的学习弹钢琴，任何人只要努力都可以达到，但要做一个钢琴家，没有天赋是绝对不行的。当然也有这种情况，比如农村里一个人一辈子都没有见过钢琴，其实他这双手天生是弹钢琴的料，但他一辈子都没有机会，他就被埋没了。但这并不等于说，只要不埋没，就人人都可以做天才，这是不可能的。一万个人学钢琴，其中如果有一两个将来成为世界知名，或者中国有点名气的钢琴家就不错了。我们必须承认这一点，恰如其分地估价自己，是否适合从事研究，适合研究哪一领域。

科学研究本质而言是一种创造、一种发现，但也需要一些辅助的手段。比如对某一问题做综合性的论述、分析，再如编写工具书等。这些本身还不是研究，但却是研究必不可少的辅助手段。但原创性研究就需要一个人的见解。见解一部分来自后天，包括教师的教、自己的学，但也有一部分来自先天，就是自己是否适合从事研究工作。如果先天和后天这两者能够结合起来，读书就可以收到很好的效果。如果两者缺一，或者都不具备，那即使你立志要做研究，读了很多书，最后效果可能也不会很好。

随着现代科学技术的发展，人类获得知识的手段，包括检索的手段都越来越好，在这种情况下，对于研究者来说，对判断、对见解的要求就会越来越高。

比如我们研究历史的，特别是研究近现代史的，很重要一项是史料。而如果研究秦汉史，除非是刚从某个秦汉墓中出土，否则所有史料早就公开，大家都凭着这点史料，体现高下差异的就是见解。今天哪个学校没有《史记》上面的字，圈内人都认识，内容人人都知道，但是如果能在大家习以为常的史料里发现新的问题，这就是见解。但是近现代史就不同，某人手里有本民国某要人未公布的日

记手稿，就可以一篇篇论文写出来。像这样的优势，以后不能说没有，但是会越来越少。

以前做学问靠博闻强记，讲究"一目十行"、"过目成诵"，据说陈寅恪先生双目失明后，还可以指出某条史料在哪本书的第几页上。有人说这真是了不得，这是了不得，但光靠这个了不得，以后就占不了什么优势了。

著名的语言学家王力先生曾经讲过他治学的一个教训——他当年在清华国学研究院师从赵元任先生做学问时，有一次他说："反照句、纲目句在西文罕见"，赵先生向他指出："未熟通某文，断不可定其无某文法。言有易，言无难！"说某事"有"很容易，比如现在我说今天在座的有一位穿红衣服的，我只要看见一个就可以这样讲，这绝对不会错。但如果我说今天在座的没有一个少数民族，这又如何确定？这还是比较简单的。

你说古人没有说过这句话，你怎么知道？万一在某本不被注意的书里发现有这句话，以前的一切结论都要被推翻了。比如以前我们一直认为"历史"一词最早出现在《南齐书》中，不久前才发现《三国志》裴松之注中就已有该词。

但是，以后言"无"也会变得很容易。比如现在我就可以告诉你《四库全书》里没有某个字。因为有了电子版《四库全书》，只要把某个字输进去，马上就知道有没有。那天刚装好，我就试着把我的名字输进去一看，整部《四库全书》里只有一个叫黄剑雄的，是广东的一个举人。（笑）其余检索出来的大多是讲干将莫邪铸剑的故事，"有雌雄二剑，雄者"如何如何。我有时让电脑查查"人口"，结果它弄成人的嘴巴，"人口之难防也"，（笑）但我马上将这些剔除，其他就没有了。所以现在要言"无"也容易了。如果将来我们把所有汉文传世典籍输入电脑，要说"无"也是很容易的，和言"有"完全一样。

这样一来是不是教授和研究人员都要失业了呢？不会的，只会

向更高层次发展。今后对于见解的要求会越来越高，到那时我们研究学问，就会像我前面讲的研究先秦史、秦汉史一样，大家都面对着共同的知识、共同的信息。在这种情况下，研究水平的高下就靠理解和分析能力、创造性来体现，而不是像今天依然存在的那样，靠记忆、靠知识，甚至靠垄断某些材料。

我刚才讲的都是人文方面，我想自然科学也是这样。如果读书本身只是作为数据的来源，那么通过电脑也就很容易获得这些数据，最后的发现还是要取决于个人的努力。

有的人可能会问，你今天为何只字未提读书可以陶冶情操、提高思想觉悟？其实我想，情操也好，思想觉悟也罢，都不过是求知或者娱乐离不开的两个方面，正常的娱乐就是陶冶情操。我们以前有一个很坏的习惯，把什么好事都要加在一个方面。比如喜欢集邮，就说集邮培养爱国主义，难道集邮的人里面就没有卖国贼？我要爱国难道一定要去集邮吗？有人说集邮可以增加知识，一张邮票和一本书，到底哪个给人的知识多？我喜欢摄影，就说摄影好，摄影为无产阶级服务，那就不能为资产阶级服务了？（笑）你说摄影更传神，那我站在面前看不是更好？其实每一样东西都有它的好处，但任何好处都是有限的，读书也是一样。非要把什么都加在读书上，那读书就太累了，这样一来就没人敢读书了，弄到最后反而害了读书。

所以我爱读书，和诸位在这一点上有共同语言，但读书要读得轻松，不要把什么好话都加在读书上。一个人好，不能说就是读书读出来的，一个人坏，也不能说一定就是读书读出来的，有各种各样原因，读书只是其中的一个因素。

二

下面讲讲行路。我这人数字能力比较差，到现在为止也没有计算过，如果用两条腿走的话，我这一辈子到底走了多少路，不敢说

已经行了万里路。

现在走路走得比较少了，但小时候走得还不少，"文革"中也走了不少。当时有句话"练好铁脚板，打击帝修反"，有一次我们带了学生出去拉练，就是背着背包，一面唱革命样板戏一面走。当时走的线路是从学校里出发，走到嘉定，然后到陈行，再到青浦，经过上海飞机场转一圈回来。还有的与我年龄相仿的人，"文革"中徒步串联，快走到北京才回来。

如果行路是纯粹讲两条腿走路，现代人的确走不过古人，但我们现在有交通工具，我们的行踪绝对超过古人。古人到底曾经走到过什么地方？我是研究历史地理的，中国人足迹到达的地方并不是很多，没有几个例外。比如玄奘，玄奘到过今天的印度、斯里兰卡、巴基斯坦、阿富汗、尼泊尔、不丹，郑和走得更远一点，据说最远到达东非摩加迪沙和蒙巴萨港一带，班超通西域，最远也只是走到今天哈萨克斯坦这一带。总的来讲，古代中国人的游踪还是比较有限的。徐霞客没有到过西藏，我就去过。在座各位从家乡到上海，在古代已经是一次"壮游"了。

行路的目的，我认为第一个也是娱乐。

1972年夏天我到过一次黄山，当时我在中学工作，跟了公安局的人出去办案子，"文革"中叫"群众办案"。那次他们要送犯人到安徽去，让我也一起去。等到把犯人的事处理完，我们就假公济私到黄山去了一次。我们上黄山的时候，碰到一些往山上挑红砖的老乡，他们问我们到山上来干什么，我们说到山上玩。他们就觉得很好笑，这山有什么好玩的？他们说我们是要吃饭，一块砖从山下挑到山上是五分钱，一天最多只能挑一次，但总比计工分多一点，你们吃饱了饭没有事情干，这山这么高，有什么好爬呢？（笑）我相信这几个人如果今天还在，肯定已经靠旅游发财了，至少生活改善了，现在他们就不会这样想了。有时想想自己花了很大的精力，真正到了那里，觉得还不如电视或照片上漂亮，那么下次如果有机会还去不去呢？还是要去。所以有人说有些地方不到"终生遗憾"，到了"遗憾终生"。（笑）人类的天性就是喜欢追求新奇的事物，满足自己的体验。只要这种体验不违反社会公德，不违反科学。

我同样反对给行路戴上很多大帽子，有人非要把旅游和爱国主义强拉在一起，比如对明末地理学家徐霞客，尽管举不出他如何爱国的事例，却可以说他爱旅游就是热爱祖国的大好河山，既然热爱祖国的大好河山，当然就是爱国了。其实，徐霞客恰恰是因为科场不利，才绝意功名，加上他家资丰厚，无衣食之忧，才能带上仆人长期离家远游。当时明王朝外有女真威胁，内部政局混乱，徐霞客的行为哪一点能与爱国联系起来？正是不问政治，不爱这个国，才使徐霞客成为杰出的地理学家。否则，我到了黄果树瀑布，激发起了爱祖国的崇高感情，然后到了美国尼亚加拉大瀑布一看，更加壮观，难道我就会去爱美国吗？

行路的第二个目的是为了考察，考察这一概念并不单纯指科学研究。

通过书本对一个地方的了解，总不是直观的，只有亲身到了那个地方，才能得到全面的、直观的印象。

当然考察的作用也不是绝对的。不进行考察，关在书房里做学问，同样也可以做得很好。古人曾经赞扬顾祖禹的《读史方舆纪要》，说他"足不出吴会"，但是对天下形势却写得很好。还有人赞扬他，说顾祖禹没有到过那里，却比我这个到过的人写得还清楚。谭其骧先生写《何以东汉以后黄河会长期安流》这篇后来很著名的论文时，他没有到过黄河，同样也写得很好。所以考察的作用也不是绝对的。但是话说回来，谭先生以后再研究黄河，他就去考察，就会有比原来更好的发现。

考察除了可以发现书本上的错误以外，由于个人的观察方法不同，还可以发现很多书本上没有的内容。

比如我们研究明清以来的中国社会，常常要借助西方的学者、

传教士对中国的描述。这不是我们崇洋媚外，而是因为当时的中国人往往不会去记载那些习以为常的东西。一位古代文人可以记载今天做了一首诗，但不会去记载今天早上买菜花了多少钱，可以记载今天发生的重大事件，但不会去记载日常的生活琐事。但外国人到了中国，什么都觉得新奇，再加上他们做学问的方法与我们不同，他们比较注重日常生活，所以会对这方面特别留心记载。还有的内容是当时的人不屑于记载，比如太监阉割的方法，我们现在能看到的最详细的记载就是外国人做的，而中国学者往往语焉不详。再比如说当时中国人吃的食物、用的器具、乘坐的交通工具，他们的书中都有记载，甚至还有插图。

考察也是一样，我到某个地方考察，我的注意力和你的就不同，这不是他人可以代替的，只要仔细观察就会发现很多有益的东西。哪怕我到一个地方去了几次，但每次都会有新的发现。比如我1979年曾经到山西和内蒙古去，旅途中我就发现，山西大同这一带，地下全是葵花籽壳，直到内蒙古呼和浩特都是如此，我觉得很奇怪。那时我还没有研究移民，但已经发觉内蒙古呼和浩特这一带，和山西在许多风俗上完全相同，包括吃瓜子的风气都一样，而到了包头这种现象就没有了。后来我研究移民史，才知道原来内蒙古南部有大量山西的移民，所以那里连口音都和山西一样，风俗习惯自然也相同。而包头就有所不同，包头本来就是做买卖的水陆码头，外来人口极多，除了内蒙古当地人集中在东河以外，包头的新区如昆都仑区、青山区，基本上全是外来的移民，不是从山西迁来的，风气自然就变了。像这种问题开始我可能不大注意，后来研究移民史就联想起来，这虽然是个很小的事，也是一个发现。

我坐飞机、汽车、火车，无论白天黑夜，我都要坐窗口的位置，因为可以看窗外，就经常会看到意想不到的景象。以前我看过刘白羽的散文《日出》，他说他以前为了看日出，到过黄山之巅，只听了一夜风雨；也到过印度最南端的科摩林海角，那里是看日出的胜地，

结果听了一夜印度洋的涛声也没看到；最后他在飞机上看到了日出，非常壮观。这篇文章给我印象很深，有一次我从美国飞往韩国时，给我看到了。当时也不知是什么时间，大家都在睡觉。突然之间我就看见眼前一片红光，这时飞机正好在阿拉斯加上空，下面是一片冰雪，一轮红日刚从地平线跳上来。我也在泰山、黄山上，以及海滨看到过日出，但从来没有看到过这样壮观的景象。

还有一次我坐了小型飞机，从乌鲁木齐到喀什去，从飞机上看下去，新疆像个大的沙盘一样，中间稀疏地散布着大大小小的绿洲，周围都是沙漠。这使我对新疆的特殊地貌有了更好的理解。在只有人力、畜力作为交通工具的古代，一个绿洲的人如何去统治为沙漠阻隔的另一个绿洲？我在《统一与分裂》一书中就提到这段经历，使我理解了新疆古代为什么不会成为大一统的，而始终是分成众多小国的局面。除非受到外敌入侵要寻求保护，否则，结合成更大的政治实体根本缺乏实际意义。这个原因，以前书上也看过，但是自从坐飞机从新疆上空飞过以后，印象就更深了。

考察有时还需要机会，机会不仅要靠自己争取，也要敢于及于利用。我非常有幸，有过很多这样的机会，用现在流行的话讲是"目击历史"。

今年（2000 年）我应邀到台湾地区去讲学，当时主办方要我选择一个月时间，我就选了 3 月 7 日到 4 月 7 日，这段时间正好是台湾"大选"。台湾"大选"的前一天，3 个候选人造势的会场我都去看了。

我第一个到了宋楚瑜的会场，在台北的棒球场，到那儿一看是人山人海。我们先在旁边小吃店吃饭，一个老太太和她女儿就过来问，你们是不是拥宋的，我们含糊其辞地说我们是来参加的。好，你们应该投宋楚瑜的票，我说我是大陆来的，不是来投票的，老太太说我也是大陆来的，我说你现在在台湾定居，和我不同，老太太仍然很热情，说没关系，你到我们那里去看看，我说我会去的。到了里面一看，人都挤得不行。

等到宋楚瑜演讲完，我们又跑到陈水扁的会场。陈水扁的会场更大，在一个足球场里。（笑）刚到路口，警察就把我们拦住，说汽车不能进去，里面的停车位已经满了。我们下了车，根本挤不进去，就只好看场外的大屏幕。大批年轻人都骑着摩托车涌过来，原来阿扁还没到，他们在等他来。阿扁当天早上从高雄一路造势造到台北，还在路上。这就也算看到了。

最后我们跑到"中正纪念堂"，一到那里就觉得很奇怪，平时早就不能停车了，今天到这里居然还有停车位。刚停下车，我们就看到里面的人像潮水一般涌出来，我问这是怎么回事，是不是结束了？他们说没有，你问这么多干什么呢，领了茶水费就好走了。原来，国民党组织集会有钱可发，开始 500 块，后来有的单位涨到 1000。因为有很多国民党管的企业，规定员工今天晚上都要去造势，去的人每人发钱，叫茶水费，（笑）这些人领了茶水费就全跑了。（笑）到了会场里就更不像话了。刚刚下过雨，地上都是泥浆，场地上放着一排排塑料凳子，但是位置一大半都是空的。地下到处扔满了小旗子，旁边还堆着一卷卷尚未开封的小旗子。我在宋楚瑜的会场，根本都挤不到前面，而在"中正纪念堂"一直可以走到主席台下。我问他们，今天李登辉来了没有？有人告诉我他已经走了，我问还没结束他干吗走呢？那人说李登辉有个早睡的习惯。一会儿连战来了，只有职业拉拉队在哇啦哇啦叫，电视镜头就对着这一排。我一看整个场面，看来明天国民党肯定要输！结果第二天果然输了。这不是什么先见之明，大凡在场的人都会有这种预感。

我有幸目击的历史还有不少。今年（2000 年 8 月），我在韩国参加国际地理大会，正好碰上韩国离散家属团聚。我们住的饭店就和离散家属住的奥林匹克饭店很近，而我们开会的地方就是他们聚会的亚欧会议中心。所以有好几次我就看到他们的车队过来，也看到一些老太太从车上下来，和亲人相见的激动场面。

其间我们还到了板门店，在这样的场合到这样的地方，颇有感慨。我们当时是跟随一个美国的旅游团去的，美国人讲的话都是 We American 如何如何，我在旁边就讲 You American，we Chinese，他们很奇怪，你怎么是 Chinese？我说对，他们问这个地方你们也可以来，我说当然可以，为什么不可以来？我说你们讲的 enemy 就是指我们，他们承认确实如此。那里有很多规定，比如说不得携带象征共产主义的物品，还说现在只是停战，但不是结束战争，所以一定要注意安全等等。这和前一天晚上我看到的场面好像完全是两回事。

另一次目击历史的机会是 1990 年，我看到了两德统一。那一年西班牙召开世界历史大会，当时中国组团要我去，但是历史学会说经费紧张，让我自行解决。我就想了一个最便宜的办法，坐火车去。从上海坐一天火车到北京，然后从北京坐 5 天到莫斯科，莫斯科坐两天到柏林，柏林坐一天半到巴黎，巴黎再坐一天半到马德里。（笑）当时会上他们说我是当代的马可·波罗，我说我比马可·波罗更有收获。回来时我从马德里坐车到巴塞罗那，巴塞罗那坐到巴黎，从巴黎开始我索性买了一张欧洲的通票，用它可以在半个月内坐整整五天的火车。我把睡觉时间都安排在火车上，白天就去玩。可惜欧洲太小，有时在车上一觉醒来，已经好几个国家过去了。当时我很想到萨尔斯堡去看看，但是从慕尼黑到维也纳只有晚上 10 点半的火车，早上 6 点钟就到了维也纳，算来算去中间过萨尔斯堡的时间都是晚上 12 点钟或凌晨 1 点钟，而奥地利的旅馆非常贵，这一次就只好放弃了。

这一次旅行，给我留下了好几个一辈子难忘的印象。我看到了两德统一，而且是真正意义上的统一，不是仪式。我那一天到东柏林时，已是晚上快 11 点钟了，我根据人家告诉我的老经验，就下了车。因为到天亮检查站才开，当时是 9 月，两德正式统一要到 10 月。下来以后一看，怎么这个地方人也不多，而且旅馆介绍之类都没有，我就问一个人怎么这样，他问你要去哪里，我说我要到西柏林，他说你为什么现在不过去呢，我说检查站不是关门了吗，他说我们早统一了，不信你就自己去看，"Go, this way!"我一看，火车停在那里，就跳上去，莫名其妙就到了动物园站，动物园站就是在西柏林了。原来，尽管还没有正式统一，东西柏林之间早就可以自由往来了。

到了西柏林以后，发现柏林墙的警卫早就撤掉了，游人可以自由地走来走去。有人拿了租来的锤子在砸那个墙，砸半个小时一个马克，（笑）砸下来的碎块包起来，做成工艺品之类。柏林墙上到处涂满字母，我不懂德文，有人看了我拍的照片，说你知道你身后写的是什么吗，都是反动标语！我说反正这是历史，就把它留下来吧。

到了前苏联，在莫斯科红场上，各种各样的人都有。要求申冤的、要求落实政策的，鼓吹苏联应该分开的，什么人都有。他们听说我来自中国，都说中国人好。我问为什么好，他们说好就好在你们有 dollar，他们没有。原来当时中国留学生的津贴是 90 卢布，但其中有一半是用美元发的。官价一个卢布抵一个多美元，但是莫斯科黑价早已是一美元兑换 20 个卢布，等我走时更是涨到 22 个卢布。留学生只要把当月国家发的津贴中的美元换成卢布，就可以超过校长的工资。

在莫斯科一顿饭，包括鱼子酱、咖啡等等，全部加起来才 3 个多卢布。一张激光唱片售价是 8 卢布，那时国内激光唱片还是上百块的，但是问题是有钱也买不到。吃饭可能要排上两个小时的队才吃上，你要点菜就这么几个菜，想来点别的一概没有。这个情况没有亲身体会根本就无法知道。吃饭时俄罗斯人问我汤怎么样，我表示礼貌，说汤还不错，旁边马上有人讲，这个汤怎么行，我们格鲁吉亚的汤才好，莫斯科的汤不行的。他们民族之间的矛盾已经到了这种程度。

我当时很纳闷，怎么商店里都没有商品出售？在当时的苏联，只要能买得到，物价便宜得简直惊人。比如面包到货了，等于不

要钱一样，你可以大量购买，所以常有乡下的农民跑到城里买面包，回去当饲料：因为比饲料还便宜。有的商店连卫生纸都没有，但如果卫生纸到货的时候，大家就可以拉个板车去买。有一次在火车上，我问一对年轻的夫妇，你们怎么有这么多咖啡和糖，现在商品供应很紧张吗？他们说我们家里藏的糖10年都吃不完。（笑）就是这样，其实社会生产并没有下降到如此程度，而是整个分配系统出了问题。

回来以后有一次正好汪道涵先生问起，我说我有一个感想，社会主义计划经济模式不改革已经没有出路了，我们中国多亏进行了改革，否则就是这个下场！

不过，我感觉在当时比较困难的情况下，俄罗斯人的整体素质还是相当高的。照样有人穿戴得整整齐齐去参加音乐会，莫斯科车站上，大量的人拿着鲜花在迎接客人，博物馆里参观的人照样很多，而且看得出，大家看得都还比较投入。就是吃饭排队，也是排得整整齐齐，从来没有人加塞。在俄罗斯吃饭，上菜上得很慢，而且那儿的规矩是吃完以后，不是喝咖啡就是喝红茶。这边慢慢地喝，那边门口排了很长的队，甚至在北京到莫斯科的火车上也是这样。服务员先把你点的菜写在纸上，等到结账时又问你刚才吃了什么，请你再讲一遍。我很奇怪，刚才不是跟你讲过了吗？他说那张纸是给厨房的，现在我要记一张纸，是要算账用的，所以请你再讲一遍。（笑）这一方面说明他们管理落后，但是另一方面，也说明了顾客自己报账都不会报错，我就怀疑我们这里也这样做，大家都是报两个最便宜的菜。（笑）当然他们的菜花色没有我们这么多，但也证明整个社会风气应该讲还是比较好的。

我想你即便不研究历史，目击这样的场景，也会对你有很大的帮助。这种机会在上海、在复旦能有吗？不会有的，一定要走出去。所以我认为考察是广义的，不一定非得是自己专业的考察。

各位一定会说，你机会那么多，我们哪有机会呢？其实大家今

后的机会要比我多得多。我和你们这样的年龄时，足迹是相当有限的，连上海都没出过，更没有想到将来可以到外国去。现在我到南极，说不定将来你们就可以到月球、到火星上去。（笑）关键在于有了机会不要放弃，当时就有人劝我，世界历史大会去不成就不要去了，怎么想得出来坐火车一路过去？我刚才把那次旅行讲得很愉快，其实也有非常艰苦的时候。比如在欧洲，连续几天白天玩，晚上坐车，累得要死。在德国，火车是不报站的，需要自己掌握时间，我就把闹钟一直开着，以便随时闹醒自己。记得在日内瓦，刚在一个喷泉附近坐下来，就差一点睡着了。后来一看，已经快下午1点钟了，还有万国宫没有看，赶快就去。我到西柏林的当天晚上，开始考虑是不是在车站将就过一夜，谁知道他们那儿有一个规矩，晚上车站要关门打扫，把所有人全赶到马路上。当时想是不是咬咬牙，到西柏林旅馆去住一晚，西柏林旅馆很贵，而且问了周围两家也都没有空房，我就赶快拉了几个看起来靠得住的美国人、波兰人坐在一起，大家在露天坐到天亮，第二天再各奔前程。

现在回头看看，觉得这些辛苦和付出还是值得的，如果今后再有这样的机会，尽管我现在岁数大了，我还是希望能够去。这也就是我会到南极去的原因。我的一个同学劝我，你怎么想出到这种地方去，不要图一时的名，就不顾死活，万一出了事怎么办？我说说不定坐在家也会出事。（笑）总而言之，我想不管你做什么，都抱着考察的目的去，就会有好处。

行路的第三个目的，我称之为实践。如果说读书的最高层次是研究，那么行路的最高层次就是实践。

从某种意义而言，人的一辈子都是在行路。这个行路的概念是广义的。我们一辈子除了读书、除了研究以外，还要做什么呢？我想就是实践。这个实践不是关在书房里，也不是像我刚才讲的那样随便看看，而是在社会上做人，在社会上体会人生的价值，在社会上尽自己作为社会一员的责任。实践实际上就是一种把"知"和

"行"结合起来的过程。有了知识有了见解，还要运用，不光是在自己的专业范围内运用，还要用于社会，用于人类。

从这个角度讲，行路不是纯粹为了娱乐，也不是纯粹为了考察。我们每一个人都有行路的需要，它也许给你带来的不是快乐，甚至会是痛苦，但这是避免不了的。诸位离开家庭到复旦大学来读书，以后离开复旦走上社会，或者继续留在复旦，或者漂洋过海到国外去，这对于人生的旅途来说，都是一种行路。

人人都知道天伦之乐，但为什么总是在相当长的时间里不能和亲人生活在一起？人人都眷恋故乡，但是为什么不是都能在故乡生活一辈子？从这个意义说，因为社会的发达，我们行路不是减少了，恐怕只会更多。

我一直讲思想观念、风俗等都是和一定的生产方式联系在一起的。传统中国提倡大家庭，强调"父母在，不远游"，这就是与农业社会联系在一起的。今天恐怕我们行路、实践的范围就不再局限于故乡，或者亲人中间，甚至也不再局限于中国，应该面向世界。从这个角度而言，人人都要行路，行路的真正乐趣也只有在"知"与"行"的结合中，才能体会到。

三

对我自己而言，"读万卷书，行万里路"还是一个遥远的终身目标，我当然希望有一天做到，但是我也希望永远做不到。因为永远做不到才会永远有动力，而某一天突然自认为做到了，只有两种可能，一是自己头脑已经发昏了，二则可能是体力已经不行了，再也没有读书和行路的条件，只好宣布自己已经完成任务。

诸位不要认为我讲的离你们很遥远，如果调查一下，绝对可以肯定你们今天与我同年龄的时候，不论读的书，还是行的路，都肯定会比我多得多。

我想一个人不管在什么时候，总得带有一点梦想，带有一点希望，这样对自己更有好处。正因为如此，今天我谈一点希望，给诸位增加一点梦想。希望大家珍惜自己的机会，敢于有梦想，将来你们来和我谈读书与行路的经历，一定比我今天讲的更加丰富。

今天我要讲的就是这些，谢谢大家！（鼓掌）

从"拿"到"给"，走向独立

劳伦斯·萨默斯

演讲人介绍 劳伦斯·萨默斯［Lawrence Henry（"Larry"）Summers］，1954 年出身在美国康乃狄克州的第二大城市纽黑文的一个犹太人家庭，美国著名经济学家。在克林顿时期担任第 71 任美国财政部部长。因为研究宏观经济的成就而获得约翰·贝茨·克拉克奖。并且在 2001 年至 2006 年成为哈佛大学的第 27 任校长。在担任校长的时期，他曾经 3 次触发了政治热话。他曾冒犯环境保护者、平权政策支持者和很多关心妇女问题的妇女，导致公众向哈佛大学施压，最后他被逼辞职。2006 年 6 月 30 日，他离开了哈佛，由前大学校长德里克·柯蒂斯·博克暂时代替并且接受邀请返回到大学担任教授。另外，依照 2006 年 10 月 19 日的宣布，他成为 D·E·Shaw & Co 的一个兼职总经理。萨默斯在经济、公共财政、劳工经济、金融经济及宏观经济等各方面作出重要贡献。在另一方面，他也活跃于国际经济、经济人口学、经济历史及发展经济学。他的工作集中于分析经济数据来解答明确的问题。

演讲时间 2002 年

演讲地点 哈佛大学

大家下午好！

2002 年的毕业生是我就任哈佛校长后的第一届毕业生，对你们来说，今天标志着结束和开始。这是你们以后生活的开始，我希望这也是把毕业典礼称作结束和开始这一陈旧传统的结束。

今天我们庆贺哈佛大学的一个神圣传统。毕业典礼给我们提供了一个机会，让我们来反思过去 4 年你们所学到的东西，同时也可以思考：今天我在这里说话，两天以后我们就要放你们走，到一个让人放心的世界中，随之会出现的巨大变化该如何应对？我说的这些话将保证你终身都会收到哈佛大学校友会的邮件，那种带有回寄信封的邮件。

不过，毕业典礼不仅仅只是可以让你们沉思对于未来的希望和梦想，更重要的是，它是一种要求，要求你们所有人最起码在这最后一次演讲中听我说几分钟，在我还有权要求你们的时候。

在一个像今天这样的场合，我有很多事情要说给你们听，我是多么的为你们感到自豪。过去、现在和将来在今天这样的时刻会聚在了一起。对于你们来说，尤为重要的是要了解，除非你们还了图书馆的图书，付了电话费，还了所有餐具，否则是不会授予你们证书的。正如你们节目表中的文件所告诉你们的，毕业典礼的历史可以追溯到 6 个世纪前英国的剑桥，那时毕业生们被迫挺到毕业典礼的最后，"头低着，头巾被拉下，一副极端谦卑和窘迫的样子"。我在哈佛看见很多人的不同表现，但从未见过极端谦卑的。

在新的世界里，事情总会有所改进。1642 年哈佛举行了第一次毕业典礼，延续至今。那次毕业典礼的记录显示，共有 9 个学生获得了毕业证书。当我们研究他们的成绩等级之后，有人告诉我，新的研究表明，9 人当中，有 2 个最优，1 个优，5 个良，1 个是一般。记录表明，在其以后的日子里，第 9 个学生将不得不在衣服上戴上一个红色的 B – 标志。

毕业典礼随着大学而发展，剑桥也是。到 18 世纪末期，这儿还

没有查理饭店，谢拉顿宾馆就更别提了。当代的记载描述了那些毕业生的父母满心自豪地在哈佛园里搭建帐篷，其中有一份是这么写的："到了晚上，校园里铺满了西瓜皮、桃核和其他各种残骸，满是朗姆酒和烟草的味道。"毕业典礼曾是一年之中最热烈和最喧闹的聚会。

有些东西并未改变，毕业典礼仍旧是一次欢庆、一种庆典。从去年开始，成群的帐篷回到了做弥撒的大厅外面，去年我来的时候，感觉这像是一种欢迎，不过我可不是说，今年我还想念它们。

自然，对哈佛的典礼我仍在学习之中。我的本科是在麻省大道过去一英里的那个小小技术学院度过的，那里所有的建筑都用数字来命名，因此我这方面的知识一直都很欠缺。当时，麻省理工在有些事情上和哈佛的考虑也不一样。在麻省理工，如果你4年的成绩都是在D，那么你是不可能在毕业典礼上诚实地告诉你的父母你是以4.0的成绩毕业的。

今天下午我以绝对的自信做出了一个断言：在我任哈佛大学校长期间，你们是给人印象最深的、最聪明的，着装最好的、最优雅的，最值得引为骄傲的、最杰出的毕业班。

事实上，我是通过你们进校时招生办公室所做的描述以及你们所取得的成就做出这个断言的，你们所写的论文、表演的戏剧、不败的橄榄球赛季、获得的奖学金、杰出的公益活动，就各种主题所写的精彩的毕业论文，都证明了你们是一群优秀的人。

不过，我们在哈佛是用很高的标准来衡量校友的。想想吧，牛顿和爱因斯坦在20多岁的时候开始思考重大物理学问题，亚历山大30岁征服了大半个已知的世界，当莫扎特在你们这个年纪的时候已经完成了他的小提琴协奏曲，当他到我这个年纪的时候，已经死了14年了。因此，这个星期接下来的日子就好好放松一下，好好过一个毕业典礼，周五的早上就开始新的工作吧！

事实上，让人印象深刻的是，本周的这些典礼被称为"始业"，

而不是"顶峰"，后者也是一种叫法。称作"始业"是因为这是你们生命中的一个转折点，自然不是第一个，也不是最后一个。去年秋天我在欢迎哈佛新生的时候，有机会看到你们最近一次转折的情形。有些人昂首阔步，就像这个地方属于他们一样；有些人的眼里充满忧虑，全都有着某种忧虑，但都对他们的前景感到兴奋。

现在，你们成为一个集体中轻松的成员，你们已经找到了合适的位置，进行研究的主题、室友和朋友可以满足你们的活动，你们再次面临转折点，不是进入，而是离开哈佛，在某种意义上来说，这个时刻更为重要。

这是个重要的转折点，起码从3个重要的方面来说是如此。

1. 选择道路。

首先，当你们从哈佛毕业，算是完成了一个转换，从生活中的选择似乎是持续扩展到不可避免的终结，其中已走的路上有分岔口，还有许多未走的路，这并非是容易的事。我记得，我11岁的时候开始意识到，我将永远也不能在"费域贵城人"棒球队里打二垒手了，我的教练早在几年前就得出了这个结论。我记得当我选择职业道路的时候，我决定做一名经济学家，那时对那些我放过的机会我并非没有失落之感。

不过，你会看到，当你选择道路的时候，有可能获得那种你还全然未知的满足感。满足于发展你所独有的才能，发展你能作出独特贡献的能力，不仅仅由于责任感你才受到重视，而是因为你所取得的成就。

那些最轻松地转换到职业生涯中的人是那些追求某种激情的人，对于他们来说，"本来能做某事"的想法消失得最迅速，他们构建自己的特性，不是芸芸众生中的一员，他们的角色不可替代，他们自己就代表某种特殊之物。无论他们是在南亚村庄行医的医生，还是献身于有着特殊需要的儿童的那些艺术家；无论他们是在其感兴趣的领域发展其专业技能的律师，还是开创新事业的企业家，或是独

辟蹊径的知识分子，提出新设想的科学家，或者其他无可计数的人。这些人是真正满足于他们的事业的个体，通常正是他们作出的贡献最大。

2. 从"拿"到"给"。

第二个转折，你毕业了，就真的从一个"拿"和"吸收"的时期进入一个"给"和"奉献"的时期。自然，作为一个班级，你们对哈佛、对朋友、对你们的家庭都贡献良多。不过，现在当你走上社会的时候，对你的照顾会少一些，而对你的期待会多一些。

据说——我希望这不是真的——教导外科医生的方法是观察、实践、教导。在某种意义上来说，这是对生活的隐喻。你们所有人都即将结束观察的阶段，要不了多久，你们就将处于实践的阶段，而且，过不了多久就是教导的阶段。相信我，无论你们对这个时刻的方方面面是多么的渴望，它只会越来越好的。犹太的拉比王子曾说过："从老师那里我学到了很多知识，从朋友那里我学到的更多，可是从我的学生那里我学到的最多。"我确信，哈佛大学的全体教员都会同意这一观点。我说这话并不是劝你们去当老师，不过我也希望你们当中有人这么做。

我是在一个更宽泛的意义上来说的，你们所得到的最大满足感是通过帮助那些向你们学习的人而获得的。不管是你的兄弟姐妹、你的朋友同事，还是哈佛大学的学生，通过我们的毕业校友会，他们很快就会来找你，向你寻求帮助。你要帮助的不仅仅是你的单位、你的朋友和你的家庭，你还要考虑到那些团体，那些你居住的地方，还有你生活的地球，并且要慎重考虑以一种什么样的方式去给予。

奉献的方法有多种，可以通过你的智慧，通过你出色的求知欲和解决问题的能力，要不断地提出新问题。你们知道，今年我已经被问过许多次有关安然公司（ENRON）的事件对教育究竟意味着什么。很多人认为——他们也许是正确的——它更多的是道德上的教

训。不过，你们没必要到哈佛，甚至是耶鲁来了解做假账或少量虚假材料是一个糟糕的想法。生命中最轻松的时段是分清对与错，最艰难是犯错时要勇敢承认。如果你坚信"皇帝没穿衣服"，你就应该勇敢地提出。

3. 从依赖到独立。

还有第三个转折。你们开始独立，不再依赖他人。在场的父母们，作为哈佛的校长，我可以告诉你们，好消息来了，学费账单已经完事了。作为前任财政部长，我可以告诉你们一个坏消息，你们不再能够声称你们的孩子还未独立。

我确信，你们会记得用不同的方式来看待你们的父母，他们也会以不同的方式来看待你们，正如他们当年送你们到大学后准备离开时那样。

随着时间的流逝，你们会一次又一次地被提醒，家庭是多么的重要。我是在去年 10 月就职那段时间想起这个看法的。你们可以想象，那是一段无比激动的时刻，也有压力和紧张。我记得许多事情，不过印象最深刻的是有关我练习就职演说的事，当时我在家里的地下室练习，第二天我就要在 300 周年纪念剧院正式演讲了。我打开讲稿的封面，我没有发现自己的话，我发现了我那 11 岁的双胞胎女儿拟出的句子，也许我应该采用。句子很简短："哈佛很好，哈佛很棒，好好学习，天天向上！"

当我念出她们所写的句子时，她们都笑了，她们的笑容将是我去年最持久的回忆。

你们已经进入生命中这样一个时期，从此你们将是自由的主体。你们不再依赖其他人，不过也还没有人要依赖你们。我知道，你们现在脑子里正想着的是你们的朋友。当你们照顾自己，当你们做职业规划的时候，要呵护这些友谊，这将是你们在将来所能做出的最好的投资了。

结束语。

　　从"拿"到"给"，从思考到选择，从依赖他人到独立自主，这是一个巅峰时刻，也是一个开始的时刻，一个发生重要转折的时刻。不开玩笑地说，你们是一个杰出的群体，和以前聚集在这个教堂的那些人一样。也许不同过去的是，我们现在所生活的世界要求深思熟虑，需要杰出的人们。这个世界能够并且将会朝向更好的地方前进，并不是因为进步已经预定，也不是因为进步是某种天赐之物，而是因为人们能够通过自己的贡献取得进步。你们也将是这样。

　　从吸收到给予，从思考到选择，从依赖到独立，这是重要的转型期。今天，聚到这个礼堂内的你们和以前的一些人都是最出色的。我们居住的这个星球比以往的任何时候都需要思考，需要出色的人。世界能不断向前发展，不是因为这种发展是必然，不是因为这种发展是来自天堂的恩赐，而是人民通过自己的努力来取得的，你们属于这批人。

　　63 年前，科南特（Conant）校长告诉 1939 届的毕业生："忽略时代的喧嚣，不要害怕成为你自己。选择你可以充分发挥你的才智的奋斗领域。诚实无私地致力于你所选择的事业。如果要实现你的梦想，就不要管意识形态的纷争以及当时的斗争结果，以后会有人这么来描写你，'他（在今天也包括她）也是为了建造更好的文明而生活的'。在这样的墓志铭的繁衍过程中，也许可以读出一个国家（我在 2002 年的今天，也可以加上'一个世界'）的伟大。"

　　2002 届的同学们，我祝愿你们有最好的鸿运。从这里充满自信地往前走，记住，无论你们走到哪里，每条道路不仅连接起你们所迈向的地方，也连接起你们曾经所在的地方。祝你们好运，认识真理！

❖改变这个世界深刻的不平等

比尔·盖茨

演讲人介绍 比尔·盖茨（英文：William Henry1955 年出生于美国西北角的西雅图市），是一名美国企业家、软件工程师、慈善家以及微软公司的董事长。他与保罗·艾伦一起创建了微软公司，曾任微软 CEO 和首席软件设计师，并持有公司超过 8% 的普通股，也是公司最大的个人股东。1995 年到 2007 年的《福布斯》全球亿万富翁排行榜中，比尔·盖茨连续 13 年蝉联世界首富。2008 年 6 月 27 日正式退出微软公司，并把 580 亿美元个人财产尽数捐到比尔与美琳达·盖茨基金会。《福布斯》杂志 2009 年 3 月 12 日公布全球富豪排名，比尔·盖茨以 400 亿美元资产重登榜首。

演讲时间 2001 年

演讲地点 哈佛大学

尊敬的伯克校长，鲁登斯汀前校长，即将上任的福斯特校长，哈佛集团的各位成员，监管理事会的各位理事，各位老师，各位家长，各位同学：

过去 30 年，我一直在等待着说这样一句话："父亲，我一直对您说我将拿到自己的学位。"

我要感谢哈佛大学在这个时候给我这个荣誉。我明年就要换工作了（注：指全力投入比尔及梅琳达基金会的慈善工作），终于可以在简历上写我有一个本科学位，这真是不错啊！

我为今天在座的各位同学感到高兴，你们都直接获得了学位。哈佛的校报称我是"哈佛大学历史上最成功的辍学生"。我想这大概使我有资格代表我这一类学生发言——在所有的失败者里，我做得最好。

但是，我还要提醒大家，当初史蒂夫·鲍尔默从哈佛商学院退学，我是始作俑者。因此，我并不是一个好榜样，这也是为什么我被邀请来在你们的毕业典礼上发表演讲的原因。如果我在开学典礼上发言的话，估计今天就没有人会坐在这里。

对我来说，哈佛的求学经历是一段难忘的体验。校园生活总是让人留恋，我常去旁听我没选修的课。哈佛的课外生活也很棒，我在拉德克里大学院过着逍遥自在的日子。每天寝室里总有很多人经常讨论问题到深夜，因为他们都知道我从不考虑第二天早起。正是在这样的环境下，我变成那些不安分学生的领导者，做出一种拒绝所有正常学生的姿态。

拉德克里夫是一个适合生活的好地方。那时候这里有很多女孩子，而且大多数男生都是理工科的。这种状况为我创造了最好的机会，如果你们明白我的意思。可惜的是，我正是在这里学到了人生中悲伤的一课：机会大，并不等于你就会成功。

在哈佛的日子里，最令我难忘的一天是在 1975 年 1 月。当时，我在宿舍里给位于 Albuquerque 的一家公司打了一个电话，这家公司已经开始制造世界上第一台个人计算机，我提出想向他们出售软件。

最开始我忐忑不安，担心他们会发现我是一个学生而挂断电话。但幸运的是，他们没有这样做，而是对我说："我们还没准备好，一个月后你再来找我们吧。"这对我来说是个好消息，因为当时软件还根本没有写出来呢。就是从那一刻起，我夜以继日地工作。这一项目虽然价值不大，但它标志着我大学生活的结束，以及微软的起步。

哈佛给我留下印象最深的是所有人都活力十足，而且非常聪明。在哈佛的日子有快乐，也有失落，但总是充满挑战。尽管我很早离

开了哈佛，但那几年已经足以改变我。在这里，我结识了很多朋友，并想出了很多创意。

但是，如果现在认真回顾过去，我确实有一个真正的遗憾。

我离开哈佛的时候，根本没有意识到这个世界是多么的不平等。人类在健康、财富和机遇上严重不均，使得很多人被迫生活在绝望的边缘。

我在哈佛学到了很多东西，包括经济学和政治学的新思想，但体会得最深的还是科学的不断进步。

但是，人类最大的进步并不体现在发现和发明上，而是如何利用它们来减少不平等。不管通过何种手段——民主制度、健全的公共教育体系、高质量的医疗保健，还是广泛的经济合作——减少不平等始终是人类最大的成就。

我离开校园的时候，根本不知道在这个国家里有数百万的青少年享受不到教育的机会。我也不知道，发展中国家有数百万的人们生活在无法形容的贫穷和疾病之中。

我花了几十年才明白了这些。

在座的各位同学，你们是在与我不同的时代来到哈佛的。你们比以前的学生，更多地了解世界是怎样的不平等。在你们的哈佛求学过程中，我希望你们已经思考过一个问题，那就是在这个新技术加速发展的时代，我们怎样最终应对这种不平等，以及我们怎样来解决这个问题。

为了讨论的方便，请想象一下，假如你每个星期可以捐献一些时间、每个月可以捐献一些钱——你希望这些时间和金钱，可以用到对拯救生命和改善人类生活有最大作用的地方。你会选择什么地方？

对梅琳达（注：盖茨的妻子）和我来说，这也是我们面临的问题：我们如何能将我们拥有的资源发挥出最大的作用？

在讨论的过程中，梅琳达和我读到了一篇文章，里面说在那些

贫穷的国家，每年有数百万的儿童死于那些在美国早已不成问题的疾病。麻疹、疟疾、肺炎、乙型肝炎、黄热病，还有一种以前我从未听说过的轮状病毒，这些疾病每年导致50万儿童死亡，但是在美国一例死亡病例也没有。

我们被震惊了。我们想，如果几百万儿童正在死亡线上挣扎，而且他们是可以被挽救的，那么世界理应将用药物拯救他们作为头等大事。但是事实并非如此。那些价格还不到一美元的救命的药剂，并没有送到他们的手中。

如果你相信每个生命都是平等的，那么当你发现某些生命被挽救了，而另一些生命被放弃了，你会感到无法接受。我们对自己说："这并不是真的。但是，如果它是真的，我们就应当努力改变这种情况。"

所以，我们用任何人都会想到的方式开始工作。我们问："这个世界怎么可以眼睁睁看着这些孩子死去？"

答案很简单，也很残酷。在市场经济中，拯救儿童是一项没有利润的工作，政府也不会提供补助。这些儿童之所以会死亡，是因为他们的父母在经济上没有实力，在政治上没有能力发出声音。

但是，我和你们都有。

我们可以让市场更好地为穷人服务，如果我们能够设计出一种更有创新性的资本主义制度——如果我们可以改变市场，让更多的人可以获得利润，或者至少可以维持生活——那么，这就可以帮到那些正在极端不平等的状况中受苦的人们。我们还可以向全世界的政府施压，要求他们将纳税人的钱，花到更符合纳税人价值观的地方。

如果我们能够找到这样一种方法，既可以帮到穷人，又可以为商人带来利润，为政治家带来选票，那么我们就找到了一种减少世界性不平等的可持续的发展道路。这个任务是无限的。它不可能被完全完成，但是任何自觉地解决这个问题的尝试，都将会改变这个

世界。

在这个问题上，我是乐观的。但是，我也遇到过那些感到绝望的怀疑主义者。他们说："不平等从人类诞生的第一天就存在，到人类灭亡的最后一天也将存在。——因为人类对这个问题根本不在乎。"我完全不能同意这种观点。

我相信，问题不是我们不在乎，而是我们不知道怎么做。

此刻在这个院子里的所有人，生命中总有这样或那样的时刻，目睹人类的悲剧，感到万分伤心。但是我们什么也没做，并非我们无动于衷，而是因为我们不知道做什么和怎么做。如果我们知道如何做是有效的，那么我们就会采取行动。

改变世界的阻碍，并非人类的冷漠，而是世界实在太复杂。

为了将关心转变为行动，我们需要找到问题，发现解决问题的方法，评估后果。但是世界的复杂性使得所有这些步骤都难以做到。

即使有了互联网和24小时直播的新闻台，我们仍然很难真正地了解问题。当一架飞机坠毁了，官员们会立刻召开新闻发布会，他们会承诺展开调查，确定事故原因，并保证今后不会再出现同样的情况。

但是如果那些官员敢说真话，他们就会说："在今天这一天，全世界所有可以避免的死亡之中，只有0.5%的死者来自于这次空难。我们决心尽一切努力，调查这个0.5%的死亡原因。"

显然，更重要的问题不是这次空难，而是其他几百万可以预防的死亡事件。

我们并没有很多机会了解那些死亡事件。新闻媒体希望获得新消息，而数以百万计的人因贫穷和疾病死亡并不是新消息。因此，这样的消息很难出现在媒体报道中，从而更容易被人们所忽略。另一方面，即使我们确实目睹了事件本身或者看到了相关报道，也很难持续关注这些事件。看着他人受苦是令人痛苦的，何况问题又如此复杂，我们根本不知道如何去帮助他人。所以我们会将脸转过去。

就算我们真正发现了问题所在，也不过是迈出了第一步，接着还有第二步：那就是从复杂的事件中找到解决办法。

如果我们要让关心落到实处，我们就必须找到解决办法。如果我们有一个清晰的和可靠的答案，那么当任何组织和个人发出疑问"如何我能提供帮助"的时候，我们就能采取行动。我们就能够保证不浪费一丁点全世界人类对他人的关心。但是，世界的复杂性使得很难找到对全世界每一个有爱心的人都有效的行动方法，因此人类对他人的关心往往很难产生实际效果。

从这个复杂的世界中找到解决办法，可以分为 4 个步骤：确定目标，找到最有效的方法，发现适用于这个方法的新技术，同时最聪明地利用现有的技术，不管它是复杂的药物，还是最简单的蚊帐。

艾滋病就是一个例子。总的目标，毫无疑问是消灭这种疾病。最高效的方法是预防。最理想的技术是发明一种疫苗，只要注射一次，就可以终生免疫。所以，政府、制药公司、基金会应该资助疫苗研究。但是，这样研究工作很可能 10 年之内都无法完成。因此，与此同时，我们必须使用现有的技术，目前最有效的预防方法就是设法让人们避免那些危险的行为。

要实现这个新的目标，又可以采用新的 4 步循环。这是一种模式。关键的东西是永远不要停止思考和行动。我们千万不能再犯上个世纪在疟疾和肺结核上犯过的错误，那时我们因为它们太复杂，而放弃了采取行动。

在发现问题和找到解决方法之后，就是最后一步——评估工作结果，将你的成功经验或者失败教训传播出去，这样其他人就可以从你的努力中有所收获。

当然，你必须有一些统计数字。你必须让他人知道，你的项目为几百万儿童新接种了疫苗。你也必须让他人知道，儿童死亡人数下降了多少。这些都是很关键的，不仅有利于改善项目效果，也有利于从商界和政府得到更多的帮助。

但是，这些还不够，如果你想激励其他人参加你的项目，你就必须拿出更多的统计数字；你必须展示你的项目的人性因素，这样其他人就会感到拯救一个生命，对那些处在困境中的家庭到底意味着什么。

　　几年前，我去瑞士达沃斯旁听一个全球健康问题论坛，会议的内容是关于如何拯救几百万条生命。天哪，是几百万！想一想吧，拯救一个人的生命已经让人何等激动，现在你要把这种激动再乘上几百万倍……但是，不幸的是，这是我参加过的最最乏味的论坛，乏味到我无法强迫自己听下去。

　　那次经历之所以让我难忘，是因为之前我们刚刚发布了一个软件的第 13 个版本，我们让观众激动得跳了起来，喊出了声。我喜欢人们因为软件而感到激动，那么我们为什么不能够让人们因为能够拯救生命而感到更加激动呢？

　　除非你能够让人们看到或者感受到行动的影响力，否则你无法让人们激动。如何做到这一点，并不是一件简单的事。

　　同前面一样，在这个问题上，我依然是乐观的。不错，人类的不平等有史以来一直存在，但是那些能够化繁为简的新工具，却是最近才出现的。这些新工具可以帮助我们，将人类的同情心发挥最大的作用，这就是为什么将来同过去是不一样的。

　　这个时代无时无刻不在涌现出新的革新——生物技术、计算机、互联网——它们给了我们一个从未有过的机会，去终结那些极端的贫穷和非恶性疾病的死亡。

　　60 年前，乔治·马歇尔也是在这个地方的毕业典礼上，宣布了一个计划，帮助那些欧洲国家的战后建设。他说："我认为，困难的一点是这个问题太复杂，报纸和电台向公众源源不断地提供各种事实，使得大街上的普通人极端难于清晰地判断形势。事实上，经过层层传播，想要真正地把握形势，是根本不可能的。"马歇尔发表这个演讲之后的 30 年，我那一届学生毕业，当然我不在其中。那时，新技术刚刚开始萌芽，它们将使得这个世界变得更小、更开放、更容易看到、距离更近。

低成本的个人电脑的出现，使得一个强大的互联网有机会诞生，它为学习和交流提供了巨大的机会。

网络的神奇之处，不仅仅是它缩短了物理距离，使得天涯若比邻。它还极大地增加了怀有共同想法的人们聚集在一起的机会，我们可以为了解决同一个问题，一起共同工作。这就大大加快了革新的进程，发展速度简直快得让人震惊。

与此同时，世界上有条件上网的人，只是全部人口的1/6。这意味着，还有许多具有创造性的人们，没有加入到我们的讨论中来。那些有着实际的操作经验和相关经历的聪明人，却没有技术来帮助他们，将他们的天赋或者想法与全世界分享。

我们需要尽可能地让更多的人有机会使用新技术，因为这些新技术正在引发一场革命，人类将因此可以互相帮助。新技术正在创造一种可能，不仅是政府，还包括大学、公司、小机构甚至个人，能够发现问题所在、能够找到解决办法、能够评估他们努力的效果，去改变那些马歇尔60年前就说到过的问题——饥饿、贫穷和绝望。

哈佛是一个大家庭。这个院子里在场的人们，是全世界最有智力的人类群体之一。

我们可以做些什么？

毫无疑问，哈佛的老师、校友、学生和资助者，已经用他们的能力改善了全世界各地人们的生活。但是，我们还能够再做什么呢？有没有可能，哈佛的人们可以将他们的智慧，用来帮助那些甚至从来没有听到过"哈佛"这个名字的人？

请允许我向各位院长和教授，提出一个请求——你们是哈佛的智力领袖，当你们雇用新的老师、授予终身教职、评估课程、决定学位颁发标准的时候，请问你们自己如下的问题：

我们最优秀的人才是否在致力于解决我们最大的问题？

哈佛是否鼓励她的老师去研究解决世界上最严重的不平等？哈佛的学生是否从全球那些极端的贫穷中学到了什么……世界性的饥荒……清洁的水资源的缺乏……无法上学的女童……死于非恶性疾病的儿童……哈佛的学生有没有从中学到东西？

那些世界上过着最优越生活的人们，有没有从那些最困难的人们身上学到东西？

这些问题并非语言上的修辞。你必须用自己的行动来回答它们。

我的母亲在我被哈佛大学录取的那一天，曾经感到非常骄傲。她从没有停止督促我，去为他人做更多的事情。在我结婚的前几天，她主持了一个新娘进我家的仪式。在这个仪式上，她高声朗读了一封关于婚姻的信，这是她写给梅琳达的。那时，我的母亲已经因为癌症病入膏肓，但是她还是认为这是又一个传播她的信念的机会。在那封信的结尾，她写道："对于那些接受了许多帮助的人们，对他们的期待也更多。"想一想吧，我们在这个院子里的这些人，被给予过什么——天赋、特权、机遇——那么可以这样说，全世界的人们几乎有无限的权利，期待我们作出贡献。

同这个时代的期望一样，我也要向今天各位毕业的同学提出一个忠告：你们要选择一个问题，一个复杂的问题，一个有关人类深刻的不平等的问题，然后你们要变成这个问题的专家。如果你们能够使得这个问题成为你们职业的核心，那么你们就会非常杰出。但是，你们不必一定要去做那些大事。每个星期只用几个小时，你就可以通过互联网得到信息，找到志同道合的朋友，发现困难所在，找到解决它们的途径。

不要让这个世界的复杂性阻碍你前进。要成为一个行动主义者。将解决人类的不平等视为己任。它将成为你生命中最重要的经历之一。

在座的各位毕业的同学，你们所处的时代是一个神奇的时代。当你们离开哈佛的时候，你们拥有的技术，是我们那一届学生所没

有的。你们已经了解到了世界上的不平等，我们那时还不知道这些。有了这样的了解之后，要是你再弃那些你可以帮助的人们于不顾，就将受到良心的谴责，只需一点小小的努力，你就可以改变那些人们的生活。你们比我们拥有更大的能力；你们必须尽早开始，尽可能长时期坚持下去。

知道了你们所知道的一切，你们怎么可能不采取行动呢？

我希望，30年后你们还会再回到哈佛，想起你们用自己的天赋和能力所做出的一切。我希望，在那个时候，你们用来评价自己的标准，不仅仅是你们的专业成就，而包括你们为改变这个世界深刻的不平等所做出的努力，以及你们如何善待那些远隔千山万水、与你们毫不涉及的人们，你们与他们唯一的共同点就是同为人类。

最后，祝各位同学好运。

❖ 诚信与智慧

陈少峰

演讲人介绍 陈少峰，1980年起先后就读于福建师范大学、南京大学、北京大学、日本早稻田大学。1991年获北大哲学博士学位，1991～1993年在北大社会学人类学研究所做博士后研究，1993～2000年任北大哲学系副教授，2000年起任北大哲学系教授。主要著作有《生命的尊严》、《中国伦理史》、《宋明理学与道家哲学》、《伦理学的意蕴》、《企业家的管理哲学》等。主要研究领域为伦理学、人文与管理、文化产业等。

演讲时间 2003年11月21日

演讲地点 北京大学

我的演讲内容分为 7 个小部分，另外前后有两个故事，前一个是人的故事，后一个是狗的故事。

　　我们知道现在中国陷入了诚信危机，那用什么样的例子来描述比较恰当呢？就用送礼的例子。据说有一对年轻人在举行婚礼的时候，有很多人去送礼，现在的送礼很多都是现金，那么他们就在前台设了一个验钞机，验证是否有假钞。也就是说现在连送礼都已经开始验钞了，这就是目前中国信用危机最典型的一个象征。

　　诚信这个问题在文学上的表现比较感人。到目前为止，各种诚信的例子都是用文学来表现的。最典型的一个故事就是莫泊桑的《项链》，大家都读过吧？诚信最好的诠释是文学故事，文学故事中最普及的就是《项链》。项链的故事有点像今天同学们的信用贷款，无论你付出多大的代价，最后都要去偿还。这就是信用的极致。《项链》讲的是一位妇人要出席一场舞会，就向她的好友借了一条项链。她在舞会上出尽了风头，非常高兴。等到舞会结束的时候，她突然发现把朋友的项链给弄丢了。为了偿还这条项链，她以后就变成一个辛辛苦苦的人。当她经过 10 年的节俭，终于攒够了钱，买了一条新项链还给女朋友时，女朋友告诉她，那条项链是假的。她用真情去还一条假项链！另一个故事是上个世纪 80 年代的一个小说，像一首歌里唱的叫做千年等一回。那时候发生了很多故事，其中有一个故事讲的是丈夫在"文革"中被打成"右派"关在狱中。他的妻子每年都等着他，并且每年为他做了一双鞋子。30 年后，等到丈夫回家的时候，发现床下整整齐齐放着 30 双新鞋。这也是诚信的一个很动人的故事。

　　当然，要保持诚信，需要付出代价。最近有一个故事是说有一个女同志，她妹妹生了重病，而她却没钱给妹妹看病，于是她就公开向社会说，如果谁能借给她两万块钱，她就嫁给谁，当然是指男士。结果就有一位男士借给她两万块钱。两年过去了，好消息和坏消息都来了。好消息是她妹妹的病情有明显的好转，坏消息就是那位男子开始催她结婚了。在这种情况下，这位女同志该怎么办？当然，这位男士还是比较通情达理的，说要么你和我结婚，要么你把钱还给我。对于这位女子来说，要是结婚的话，这位男子是一个陌生人，颇为踌躇；要是还钱的话，她又没钱。这是现实生活中一个未完成的故事。

我要讲的正式的内容，第一个是诚信古今谈。古代讲诚信的时候，一开始诚和信是分开谈的。诚表示一种更根本的东西，信表示对人的一种态度。关于诚呢，在《中庸》当中有"诚者，天之道"，天之道就是诚；人之道，当然也是诚，叫做"诚之者，人之道"。所以说，诚是更本质的东西。那么信呢？信就是我们讲的"与朋友交而有信"，或者说"人无信不立"。诚与信的关系就是前者决定后者，只有诚，才会有信，所以我们今天讲的就是诚而有信。前面讲诚，后面讲信。传统的伦理学中的诚信与我们今天的信用有比较大的区别。传统的诚信就是表示一种自律的道德，而今天的信用表示的是一种利益的关系。比如说信用贷款，这其实就是一种利益关系；而只有这种利益建立在自律的基础上，它才会真正自主地去完成。这就是传统的一般的解释。传统的诚信其实是一个完整的体系，我们叫它言行一致。它要求表现在动机上和态度上要有诚，表现在行为上叫做有信，表现在语言上就是反对各种巧言佞色和虚伪的东西，甚至通过你的眼睛就可以看出你是不是有诚信。另外与人交往还要经过长期的检验，也就是"言行一致，长期考核"。一个人是否有信，要经过很长的时间才能看出来。所以，诚信与人一辈子都是相关的。过去有人做生意采用了一种小聪明的方法。他向厂家订货，一开始的时候总是打足额的款项。3次以后，厂家当然就很信任这个经销商。然后，经销商就对厂家说，我这次没有足额的钱，你能不能先把货给我。于是厂家就很信任也把货发给他，而且发的货比以前任何时候都多。这个小贩拿到货以后就不见踪影了。这就是我们说的"小聪明"，也就是靠用假诚信的办法来骗取利益。这样的例

子在我们现实生活中是很多的。

在传统文化中，讲诚信的有儒家和法家。我们知道，儒家和法家在价值观上有很大的区别。法家主张依法治国，儒家主张以德治国。但是他们在信的方面上都是一样的。有人问孔子，要是你来治国的话，你会怎么做。孔子说，"要足食，足兵，民信之矣"。就是说首先要让老百姓有温饱，其次要富国强兵，再次就要让老百姓信任你。这是从治国的程序上来说的。于是又有人问孔子，假如让你从这3项中选择一个，你会选哪一个。孔子说，我选信，因为民无信不立。而法家认为，要富国强兵，首先要立信。法家关于立信每一个故事都是非常绝对的。为了做到立信，它不惜一切代价，为什么？因为法家认识到，如果没有信的话，其他的东西根本就无法执行。这就是儒家与法家的一个共同之处。我们讲的诚信总结起来就有这样一个内容，诚实和忠诚。

第二个我要讲的是信用机制。诚信是一种信用机制，诚信在道德上的一个很高的要求是一种自律的道德，但是在现实社会上它就转变为一种信用机制，所以我们的社会就是靠人与人之间的信用建立起来的。当我们坐公共汽车的时候，我们相信这个司机会很认真地开车；我们去看医生的时候，我们相信医生会尽职尽责为我们看病。所以说人与人之间很多的无形的东西就是通过信用建立起来的，我们不会为此担心。当我们要建立某种关系的时候，我们也不会把它定为一种文字上的契约。但事实上，这个信用是存在的。所以我们可以在一般的意义上去信任某一个人。但是，现在的问题是，人与人之间的信用已经不可靠了，我们人与人之间牢固的纽带已经松了。我们要为这种不守信用付出代价，那么这个代价是什么呢？是所有人的代价。在任何情况下，都可能会出现道德风险和道德风险的转嫁。什么样的道德风险呢？就是你的行为在道德上不可靠，这就是道德风险。而道德风险的最大的一个特点就是，风险是会转嫁的。什么意思呢？就是说当事者他

中小学生课间十分钟阅读系列丛书

不承担道德责任，而是把道德责任转嫁给别人。我们举一个简单的例子。如果我们上届的学长们的信用贷款不偿还的话，下边的这些学弟学妹们就要跟着倒霉，对不对？如果你们的学长们不讲信用，银行就会停止信用贷款。也就是说，他们的不守信用所造成的结果转嫁到了后面的同学身上，这就是一种道德风险。在1997年亚洲金融危机的时候"道德风险"这个词使用的频率非常高，韩国人整天把它挂在嘴上。因为当时韩国很多大的财团向国外贷款，结果经营得不好，最后留给国家一个烂摊子。结果韩国变成了国际货币基金组织监督的一个对象。

道德风险的一个最大的问题是什么呢？就是在你所委托的关系当中出现了一个风险，而这个风险应该是由当事人承担责任的；但是他承担不了这个责任，或是他的道德水平太低，或者是他存心把道德风险转嫁给其他的人。所以说道德风险是信用危机中最大的一个风险，而道德风险是无处不在的。我们举例来说，假如你是一个企业的所有者，你请一个经理人来给你做事情。这个经理人有可能很认真，也有可能不认真。那么不认真的结果是什么呢？就是没有忠诚于你。更坏的结果是什么呢？我们知道现在有些国外的公司在中国开始遇到一个很麻烦的问题。假如说，让你去做一个外国公司的销售总监，你现在遇到的最大的问题并不是你的能力的问题，而是你手下的人没有信用，会给你带来道德风险的问题。一个很有名的日用品公司，高薪雇用了很多经理。这些经理在销售产品的时候，引入了很多假货到销售渠道中来。这个时候，虽然你有能力，但是因为你的员工没有道德，你就没办法管理。这是其他员工造成的，但是你的企业形象就受损了，对不对？所以说道德风险是一个很严峻的问题，也是我们今天最应该重视的一个问题。我们现在的信用本来是一种社会正常的信用，但现在我们需要付出很多代价。我们不相信某一个人，所以我们又派一个人来监督他，这样一圈套一圈，甚至最后派的人也不值得信任了。可以举另外一个例子。有一位国

外的老板，到中国一个企业里面，发现有几个员工整天叽叽喳喳地花好多时间去谈什么事情。他很奇怪，就派翻译去问他们在讲什么。那个翻译去了两个小时，回来后告诉老板一句话：没什么。也就是说在这其中信用一层一层地损耗，最后就消失了。这是我们讲的一种信用风险。另外一种风险是什么呢？是隐瞒与欺诈的风险。就是说，因为没有信用，所以你不了解真实的情况，不了解真实的情况你就要付出更大的代价。比如说现在我们去医院的时候，就已经不放心了，是不是？在一些医院，无论大病小病，医生看都不看就让你做 CT，让你尽可能地花钱，而且不让你知道，这些钱该不该花。医生只是告诉你，你有这种病那种病的可能，然后给你开一大堆的药。当然更糟糕的是，医生不为你认真地诊断。我有一位朋友，医生诊断他患有白血病，并且通知他的家属准备后事。接下来的几天，全家一直处于很悲惨的状态。一周以后我的朋友再去复查的时候，诊断结果出来了，什么也没有。所以说，你在得不到正确的信息的情况下，你必须付出更大的代价。过去有一个狼来了的故事，你们有没有听过？就是在大人干活的时候，小孩在那里玩游戏骗大人说狼来了，结果当狼真的来了的时候，大人就不来帮忙了。这就是我们现在信用机制中存在的问题。

　　第三个要讲的是我们今天讲的诚信，在经济学与伦理学上有什么区别。从经济角度来讲，人与他人的伙伴关系之间既是竞争也是合作的关系，但是只有良性的竞争才会有合作，而要长期进行下去，无论是竞争还是合作，就必须守信用。为什么会如此呢？比如说我们与顾客之间的关系。我国很多店里面，比如说餐饮业，他们的回头客与国外的比起来，要少很多。为什么会很少？再比如说，在码头上或是车站附近的店里面，其产品与其他地方相比一般要不可靠一些。因为人员是流动的，他跟你之间的关系很有可能是一次性的买卖。但是如果你是在你家旁边的小店买东西，这个店提供的产品的质量一定要比你在外面某个车站、码头的店

中小学生课间十分钟阅读系列丛书

里的商品要好。因为从长期的合作关系来讲，只有建立一种诚信关系，对买卖双方来说才是有利的。守信用从长期来讲是有利的，从短期来讲，可能是不利的。非常简单，我通过骗你一次，我马上就可以得到一个好处。但是你只能骗一次，骗两次，因为世界上很少有人被你骗了两次三次他还不觉悟，是不是？所以从经济学的角度看，也就是从合作与利益的角度看，要想取得长期的利益，只有建立诚信。

但是，经济学讲的诚信与我们讲的信用，就和助学贷款一样，要想建立诚信，就必须付出很多代价。因为你一直要守信。如果你明天就该还贷款了，你却后天才还，那你就失去了信用。所以你就要想办法，赶在这个日期之前，去达成你的信用关系。从经济学上来讲，诚信是一个利益性的问题。如果你有信用的话，银行一辈子都会给你贷款，但如果你没有信用的话，银行当然不会给你提供任何贷款，于是你就需要付出很大的代价。因为你的信用是一辈子的过程。所以从经济学的角度看，诚信有点像利益关系，一种依存的利益关系。从别人的角度来讲，你有信用，别人才愿意与你合作。经济学的诚信与伦理学的诚信有一个很大的不同，经济学的诚信归根到底是一种利益性的关系。而伦理学所讲的诚信是你应该如此做，而无论这样做的结果你的实际物质利益等是否有损失。

第四个要讲的问题是信用与职业道德，这是我要讲的一个很重要的问题。我们今天讲知识经济，那么知识经济是什么呢？我们在确定要给一位员工发多少工资时，既要考虑员工的能力也要考虑员工的道德，是不是？总的来讲，你工资的高低取决于你是不是可以替代的。你的不可替代性程度越高，你的价值就越高，那你获得的工资也就越高。假如你是谁都可以替代的话，那么你肯定是工资很低的。所以扫地的人的工资一般很低，因为人只要有手就会扫地，是不是？他的可替代性很大。问题是，知识经济的本质是人力资源，而人力资源的本质就体现了人力资源的复杂性。为什么说人力资源是复杂的呢？因为越是有价值的人力资源，就越不容易管理。我们判断一个人是不是有价值的人力资源，不仅看他是不是有才，还要看他是不是愿意在与你合作的过程中把他的才能贡献出来。现在搞策划的人工资一般比较高。为什么？因为方案在他脑子里，你不好管理它，对不对？他有可能在一个小时之中就把策划方案搞出来了，但是他却告诉你3天之后他才能把方案想好。于是，他就利用将近3天的时间去做他自己的事情。从中我们可以发现，越是体现知识经济，就越是需要人的能力，尤其是自主发挥的能力。所以知识经济要建立在职业化的基础上，就是说，在这段时间内，只有他坦诚地为你服务，他的贡献才和他的这种能力相符。他可以在一小时之内策划出一个方案，但是如果他不动脑筋，他3天也想不出一个方案来，而你却拿他没有一点办法。所以，"知识经济"实际上是有偏颇的说法。人力资源的发挥并不仅仅靠才智，而是要靠我们日常说的德才兼备。当然这种德不是要你大公无私，而是要你比较职业化，要值得信任，能够坦诚自主地发挥你的才智，这个时候才是真正形成了知识经济的基础。所以说，市场经济是需要诚信的。反过来，在你和其他人才能一样的情况下，如果你能让招聘你的人知道你更值得信任，我认为你在寻找工作的过程中一定是一马当先的。你要证明你是值得信任的，或是你比其他人更值得信任，你的工资肯定会更高。我相信，会有更多的企业去关注他所雇用的对象是不是很诚信。而对于讲诚信的具有同等能力的员工来讲，企业也乐意将更多的工资发给他。在市场经济中很多人不职业化，不诚信，不值得信任。所以，真正了解职业道德是很重要的。过去讲职业道德的时候，好像职业道德是很虚伪的东西。但是现在，我们知道，职业道德是你履行职业的最优先的资格。一个没有诚信的员工，根本就没有资格做这项工作，不管他有多么大的才能。一个不想为病人服务的医生，也就根本没有资格当医生。我曾经带一位朋友到医院去，

中小学生课间十分钟阅读系列丛书

他的脚扭了，肿得非常厉害。然而医生看病的时候，一直没有看病人肿得很厉害的脚，而直接让病人照 X 光。他看了 X 光片，就直接说，好了，你可以走了。这样把病人视为物品的做法，是没有职业道德的。我虽然不是医生，但是如果我为病人看病的话，我一定会比他做得好。我只要给病人讲几句亲切的话，病人的痛会立刻减轻许多，是不是？而这个医生只会加重这个病人的病。所以说，现在有的医生就是假医生，他不具备从事这个职业的资格，叫做道德资格。当然，也有一些大学教师同样没有职业道德。从一个人要完成职业所必要的条件来讲，一个没有信用的人就没有完成这个职业的资格。正是因为职业是我们日常生活中最关心的部分，所以凡是涉及与我们的生命安全相关的职业，他所要求的职业道德都被列为法律上一种必要的资格。比如说，忠诚、勤勉、审慎。假如一位医生，或一位警察，或是一个会计，假如他们不守信的话，所造成的后果怎么来解决？所以，这些职业一定要有严格的立法，让他们能够尽责尽力地体现出真正的诚信。当然这种诚信是一种他律的诚信。诚信就包括你要审慎。什么是审慎呢？你要尽可能地去判断一件事可能的后果，不要冲动，不要鲁莽，不要不计后果，而是要认认真真地去计算，一件事情、一个决策会带来什么样的后果，尽可能地去避免风险，同时你还要认认真真地去做这件事。诚信还包括你不能去骗人。职业上一般有两种服务的对象，一种是雇佣你的人，一种是你的客户。这两个方面你都不能去欺骗他们。所以，信用与职业道德的关系是我们日常生活中最重要的问题之一，而这其中涉及诚信的问题的时候，法律上就应该予以保障。

下面我们讲信用的鉴别。因为我们现在已经陷入了一种信用危机，所以我们需要鉴别诚信，这就需要智慧。什么是智慧呢？中国人都做到，否则你承诺的过多，你就可能在破坏信用，因为承诺的太多，做到的很少，别人就会说你不讲信用。三是辨别。那么，有没有信用怎么辨别呢？我们在录用人的时候，面试也好，

笔试也好，都是很草率的。在草率的情况下就无所谓辨别。辨别就是用时间去推敲，作出相关的调查，不要轻信。我刚才已经讲过，若是一个人被骗，就负有一定的责任，不光是个人的损失，对信用的丧失也要负一定的责任。四是在任何场合下并非都要你讲真话。按照标准的道德准则，一个人是不能讲假话的，对不对？但是有些情况下，我们又不得不撒谎。最近又有一个故事，一位母亲患了癌症，心情就非常沮丧。而她的小孩见妈妈晚上常常落泪，以为妈妈得了重病，心理很不踏实，学习也就不上心，因为他担心妈妈会出什么事。于是这位母亲就去找医生，让医生帮她做一件事情，就是做一个假的诊断并且告诉孩子，自己没有病。第二天医生就开了一个会，讨论决定开一个假的证明。孩子也参加了，一见没什么事，也就放心了，学习也就上去了。半年以后妈妈不幸去世了。作为医生，当他诊断出病人患有绝症的时候，他一定会想要不要告诉这个病人。作为患者当然有知情权，但是我们知道，好多患有绝症的病人是被自己的病吓死的。有很多患者，并不是因为他的病严重到很快就死亡的程度，而是因为他们失去了斗志，失去了生命的力量。所以在有些情况下，要不要告诉病人真实的情况，作为医生，是有很大的斟酌的余地的。那么我们怎样告诉孩子，你要讲诚信呢？我们的社会既然是一个诚信危机的社会，我们既想让孩子诚实，又想让他不受骗，我们怎样才能做到这一点？所以我们要告诉孩子，哪一种情况下，可以不需要讲真话，在哪一种情况下，当他知道其他人故意地、恶意地欺骗他的时候，出于自我保护，他可以不讲真话。否则，你怎样告诉孩子，你不要讲真话？但你又不能告诉孩子在任何时候都要讲真话，因为这个社会已存在信用危机，这是社会的一个悲剧。

处于今天的这种状态，我们如何来促进信用？信用管理是一个方面。我们讲信用管理是一个社会问题。为什么呢？因为信用是一个链条，一旦有一处断裂，整个链条就会瘫痪。举例来讲。假如在

座的人中有一个人被偷，在大家都没走出去的情况下，被偷的人就会怀疑在座的每一个人，这样一来，大家是不是就变得互相猜忌起来了呢？所以信用这个链条一旦有一处断裂，整个就会瘫痪。信用是一个社会的系统，要由社会来管理。在一定要用信用来维护的地方，就一定要用法律来维护，要政府来管理。管理有两种方式，激励与惩罚。我们知道前几年上市公司发生了一些虚假财务报表的危机。因为在股市上有一些发布假信息的人，他们通过不诚实的手段获得了好处，并且没有受到惩罚，自然其他公司就要跟着学，然后就滚雪球般地扩展开了。所以对不诚实的行为必须加以惩罚，否则没有人会自觉地建立自己的信用。那么，怎样依靠激励与惩罚来进行管理呢？首先单位是要有责任的。比如说银行，应该相互之间建立一种信用信息交流关系，杜绝欺诈，不向没有信用的企业和个人贷款；同时，他们应该注意提醒信用消费的顾客信用期限和惩罚措施等等。总之，无论是政府还是其他发生信用关系的机构，必须坚决惩罚没有信用的行为。

另一方面，我想要讲的是因果报应。我们知道，因果报应是一种迷信一点的说法，但是，它是我们中国传统文化中的一种根深蒂固的东西。什么样的因果报应呢？就是做善事的时候有好报，做恶事的时候有恶报。当然这是一种很传统的讲法，没有科学根据。现在很多农村人还相信一个风俗，就是坏人终究会被雷劈死的，劈死也就是横死。横死就是做了坏事所遭到的恶报。一个故事说，有一个村子里的坏人被雷劈死了，大家就非常高兴，说：你看，坏人终究要被雷劈死的。但是没过几天，村里一位大家公认的好人也被雷劈死了，这下又如何解释呢？村民又说了，原来我们一直没有发现，他才是一个包藏祸心的大恶人，隐瞒我们这么久，终于被雷劈死了。我讲这个是为了说明什么呢？就是说在信用这个链条上，有类似因果报应的东西，只不过有时是道德风险的转嫁——他的报应（惩罚）是报到别人的身上去了，这是一个与信用联系十分紧密的特点。就

是某些人做了失信用的事，其他人是会遭到报应的。为什么现在人与人之间的信用都这么低，为什么我们不敢去轻易相信别人？就是因为有人做了不讲信用的事。在助学贷款的事情上，前面同学做的结果，已经对我们需要贷款的后来的同学们造成了一定的不良影响。反过来讲，我们现在正在申请贷款的同学，是不是也要为未来的同学们承担一定的责任？特别是要考虑今后你会不会把这恶报传下去，成为接力棒？我希望不要如此。其实中国那些贫穷的人能够走出恶性循环的唯一办法就是依靠外部的支援来改变现状。假如你把这个方法给扼杀了，把恶报传下去了，这些贫困的人就会陷于绝境！你已经感觉到了前面的人所带来的影响，那么你们就不要把这些不良影响一棒一棒地传下去。在信用的问题上，因果报应是无穷延伸的，首先它是社会的，其次它是传递的，再次它是道德风险转嫁的一种不道德的结果。

最后我要讲狗的故事。在日本东京的涩谷，有一座狗的雕像，叫"忠公"。这只狗每天都要在一定的时间，一定的地点接主人回来。后来主人死了，而狗却不知道，仍是风雨无阻地去接主人，要把主人等回来，一直到死，他还相信主人会回来。人们为纪念它，就为它建了一座雕像。这是一个关于狗的故事。还有一个故事是从《读者文摘》上转载的。两个朋友甲和乙经常带着一条猎狗去打猎。其中甲和乙的妻子有不伦的关系。有一天甲想谋害乙。当他举起枪来的时候，猎狗跳上来，保护自己的主人乙，最后被枪击中死亡。我讲这两个故事的目的是什么呢？就像孔夫子讲的"人无信不立"一样，我要讲，如果人不讲诚信的话，我们是不是可以得出一个很不妙的结论——人不如狗？

我就讲到这里，谢谢大家！

中小学生课间十分钟阅读系列丛书

❖如何进行情绪调控

唐登华

演讲人介绍　唐登华，北京大学精神卫生研究所心理治疗科主任。研究方向：心理治疗、抑郁症、青少年心理卫生等。专著有《与烦恼相处》，并曾多次参与中央电视台有关心理健康的节目，也是中央人民广播电台"星星夜谈"节日的主讲嘉宾。

演讲时间　2009 年 8 月
演讲地点　北京大学

各位老师，各位同学，晚上好。非常高兴有这个机会，跟大家一起讨论一个我们共同关心的话题——如何进行情绪调控。

实际上这个话题是一个既古老又时尚的话题。如何让自己多一些愉快，少一些烦恼，这是我们生活的永恒主题，自从有了人类文明，我们就在探寻，如何才能让自己过得更愉快？尤其是人类的文明发展到今天，我们的温饱问题基本得到解决以后，我们就更加要思考如何提高我们的生活质量、如何调整自己的情绪，让自己过得更愉快？

我记得曾经有一个个体老板，他来咨询的时候告诉我，说："在我很穷的时候，我蹬着平板三轮车卖菜，那时我生活得很充实，我知道今天在哪儿进菜，到哪儿卖。但今天我什么都有了，车子有了，房子有了，票子也有了，但我却过得很无聊，过得很不开心，我特别希望能够开心起来。"

另外，现在的时代是一个多变化、高压力的时代。我们面临着

各种各样压力，各种各样的变化。

我不知道大家是否看过前一段时间媒体炒得很火的一本书，书名是《谁动了我的奶酪》。实际上这本书反映的问题就是我们该如何应对变化，如何以一种乐观的心态来适应变化。如今什么都在变，我们的生活方式在变，工作、专业都在变，人际关系也在变，今天你是别人的老板，明天你就可能变成别人的下属，甚至我们的价值取向、我们的生活理念等等都在变，变化无时无刻不在发生。那么，在如此一个高度变化的社会，就需要我们有一个比较强的心理应对能力。

竞争的激烈也是当今社会的一大特点，如果没有一个好的竞争心态，没有一个好的情绪调控能力，在竞争当中你就有可能会落伍。比如有的人，可能你很会学习，可能你的成绩很优秀，但是当你直接地面对复杂的现实社会，复杂的人际关系时，倘若你没有一个良好的心态，你就难以成功。

大家是否听过在当代大学生当中有一个第十名效应，即是说大学生毕业走进社会后，最有成就往往是排在第十名左右的学生，而不是前十名的学生。为什么会有这样的结果呢？这就涉及了情商，即可能你的智商很高，但如果你的情商不高也是不行的。

这里所说的"情商"是指我们应对挫折、面对失败的能力，我们情绪调控的能力，我们与他人合作的能力。

昨天晚上，我在北京电视台和一位大一年级的同学做了两期节目，讨论有关考试焦虑的问题。在节目中，这位同学说，高考考数学时，考试时间还剩下 10 分钟时，她突然发现有两道题目尚未完成——后来她跟其他同学交流，发现许多同学与她一样。去年高考数学题量很大，很多同学都没有完成答卷——她当时很紧张，但立即做了自我调节，即闭上眼睛，深吸一口气，静了几秒钟，她告诉自己，就剩下这么多时间，能答多少就答多少。她当时心态就调整得很好，于是在 10 分钟之内将这两道题目全部解答完了。最后她成

了当地的高考状元，她说可能差别就在这两道题目上，别人在如此短的时间内就没法完成。其实这种情况下，考验的不一定是我们的智力，因为在智力方面，可能很多同学都能解答出来，实际上考验的是我们的情绪调控能力。所以，尤其对我们北大同学来讲，我们以后面对的可能都是具有强竞争力的岗位，这就更加需要我们具有良好的情绪调控能力。

现在的大学生当中，尤其青少年当中，有心理卫生问题的人非常多，尤其是有情绪障碍的人非常多。

举办这个讲座的一个很重要的原因就是，最近连续出现突发事件。包括张国荣自杀，当时媒体炒得很火，很多记者都去采访。我告诉他们，你们因为张国荣是名人，所以在他自杀以后就格外关注，可你们是否知道我们国家每天有多少人默默无闻地自杀了？我们每年自杀人数大概25万，自杀未遂者100万。这是一个相当惊人的数字，可我们平时却不太关注。

抑郁症的患病率是5%～10%，100个人里面有5～10个人患有抑郁症。我们在座的约200人，有10～20个人可能患有抑郁症。可能大家觉得这个问题离我们很远，跟我们没有任何关系。但事实上这是个十分常见的问题。抑郁的情绪，焦虑的情绪，我们谁都有过，我们现在把抑郁症称为心灵感冒，为什么呢？就是太常见了，只是我们并不关注。

在以前，我们尚未解决温饱问题时，我们每天考虑的是如何找到饭吃，如何有房子住，如何生存下去？但是现在，我们慢慢奔小康了，我们就开始要关注自己的生活质量、关注我们的情绪。

我们的门诊经常人满为患，很多人天还没亮就来排队挂号，但还不一定能挂上号，为什么？因为有心理卫生方面需求的人越来越多了，有一种抗抑郁的药，叫"百忧解"，这种药卖得火到什么程度了呢？据统计，在全世界药品销量排行榜中，有好几次它排到第二、第三位，比所有治疗感冒发烧的药销量还要高。举这个例子不是想

说明这种药如何有效，而是想说明抑郁症实在是太常见了，比感冒发烧还要常见。

美国人当中，抑郁症的终生患病率是 17.1%，焦虑症的患病率是 5% 左右，因此，有情绪障碍的人所占的比例是相当高的。另外，还有部分人存在一定的情绪方面的困难，但是没有达到疾病的诊断标准，这就是亚健康转态，这类人大概占 20% ~ 30%。现在，在很多中小学生以及大学生的调查当中，发现也是这个比例，20% ~ 30% 人存在不同程度上的心理问题，最常见的就是情绪方面的问题。

那么我们究竟该如何管理和调控自己的情绪？大家是否理解情绪这个概念？似乎大家都有些似懂非懂。"情绪"其实是指我们对客观事物态度的一种体验。你感受到这个客观事物对你有利，你就高兴；你感觉到这个事物对你有害，你就痛苦。只要我们是人，我们在这个社会上生活，我们就会有情绪，有喜怒哀乐。我们要调整自己的情绪，就需要了解自己情绪的特点。所以，我们今天主要讨论情绪有哪些特点，了解它的特点之后，才能更好地管理和调控它。

情绪的第一个特性是"必要性"。

所谓必要性，是指我们的任何情绪情感不管是高兴也好，还是痛苦也罢，都是有意义的，都是必要的。虽然我们生活的目标是要多一些愉快，少一些痛苦，但是我们可不可能只要愉快，不要痛苦。曾经有一位患者咨询的时候，问我能不能帮他摆脱所有的痛苦，我说不能，如果真的想要让别人帮你解决所有的痛苦，别找我，去找江湖医生。为什么？其实大家可以想象一下，如果一个人只有愉快，没有痛苦，会是什么样子？也许他就不是人了。

所以，虽然人生奋斗的目标以及我们心理治疗的工作，都是为了让人们多一些愉快，少一些痛苦，但我们一定要从整体上了解到，我们的痛苦和快乐是一样的必不可少。需要强调的是，我们尤其要和那些必要的痛苦和平共处。我们把人类的烦恼和痛苦分为两类，一类叫做"必要的痛苦"，比如人生的几大悲哀：少年丧父、中年丧偶、老年丧子等，无论谁遇到了都会痛；第二类是"自找的痛苦"，我们在生活中尝到的很多痛苦都是自己找的。

对于那些必要的痛苦，我们还必须要学会接纳它、与它和平共处。人们遭到重大精神创伤时，如：空难、地震、水灾等，我们去给那些人做危机干预，这时我们去做什么？并不是像别人想象的那样去对他们说"你要节哀，要看开一点"，"死者已矣，生者要好好活"等，实际上这些是没有用的，那个时候就必须让他痛、让他痛出来，如果不痛出来，就会憋出毛病。

我记得有一个24岁的女孩子来咨询，因为父母离异，她从初中二年级开始患抑郁症，从此她便开始走上跟抑郁症过不去的道路，到处求医，用了很多治疗抑郁症的药物，都是有一些效果，但又总是好不彻底，她听说我们医院比较权威，又是研究机构，特地由外地来，问我们有没有最好的、最新的药以帮她彻底摆脱抑郁之苦。我看了她治疗的经过，基本上所有的药她都试过，甚至一些在试用阶段的药她也服用过，但都是无法治愈。于是我问她，你现在在干什么，她说"我这个样子，什么也干不了"；我问她有没有上学，她说"我没法上学，自从初中得了这个病，就不上学了"；"有没有工作？"她说"我这个样子工作不了"；我又问她有没有交男朋友，她说"我这个样子，谁会要我"。所以，你们想想看，一个24岁的女孩子，没有学习，没有工作，没有恋爱，家庭也不和睦，但她却要我帮她快乐起来。于是我问她，你是什么意思？你是不是希望我把你变成一个24岁的女孩子，什么都没有，整天还乐呵呵的？如果要是那样的话，那病就更重了。我们痛苦是有理由的，同样我们愉快也要有理由的，没有理由的愉快，那就是跟抑郁相反的一个病，叫"躁狂症"，这个病更重。

从整体上来讲，痛苦是不可能没有的，相反，它还必须要有，如果有人祝你天天快乐！永远快乐！千万别当真，千万别那样，因为真是那样的话就麻烦了。所以我们要学会和必要的痛苦相处，真

的有了这个胸怀，管理自己的情绪就不成问题了。

我们在治疗当中有一个很重要的治疗思想，就是让患者学会跟必要的痛苦相处。假如我现在是一个初中男孩，第一次谈恋爱，找了一个很不错的对象，我又很重感情，可是现在我失恋了，那么我该不该"痛"？假如此时你作为咨询者，你告诉他"看开点，天涯何处无芳草，她还有很多缺点"等等，有用吗？没有。实际上我们常常告诉他，你是个多情的男孩，又是初恋，对方又是个不错的女孩，你现在失恋了，你就该"痛"，要允许自己会有一个痛苦的过程，允许自己要有一段时间来愈合这段伤痛。其实，有很多必要的痛苦，我们首先要学会接纳它，才能达到最好的控制它。比如失眠，失眠本身常常是焦虑很重要的一个表现。一位30多岁的男病人，他说他整夜失眠，睡不着觉，他尝试过很多办法，到很多地方去求医，但总是没法彻底摆脱失眠。他问我，"你能不能找一个彻底的办法，帮我永远摆脱失眠之苦"。我跟他讲，对这个问题不应该是你请教我，而应该我请教你啊，我工作这么多年，研究那么多课题，而你这10多年就研究这么一个课题，你应该比我更清楚啊！还真是这样，他想过很多的办法，尝试过很多偏方，比如临睡前用温水泡脚、喝牛奶、听轻音乐、打太极、吃中草药等，都是刚开始有点效，但总是好不彻底，我后来对他说，你跟失眠斗了10多年，既然斗不过它，干吗不向它投降？给它写一个投降书，说"我斗不过你，我认输了，你爱什么时候就什么时候睡"！别人一天24小时有8小时要睡觉，你一天24小时都是清醒的，爱想什么就想什么，多好！今天晚上你就别与它斗了，打算一晚上不睡了，结果第二天他来告诉我，昨天是他睡得最好的一晚。

人们在面临不良情绪的时候，你越是害怕它出来、越关注它，就等于在不断给它能量，它就会越厉害，如同小孩子调皮，大人越生气，有的小孩子反而越来劲。在教育孩子时，对于孩子的不良行为除了惩罚以外，还有一个重要的策略就是忽略。同样，对于一些

不良的情绪要忽略它，整天提心吊胆、担心它的出现，它就会找各种理由出来。

我们在心理治疗过程当中，每一天面对的都是有一大堆烦恼的人，我们的工作并不是首先考虑怎么帮他们解除烦恼，而是让他们学会跟烦恼相处。虽然我们今天讨论的是怎样控制情绪，但是我们最有智慧的控制方法其实是学会跟它相处。

任何情绪对我们来讲都是必要的，我们不仅需要愉快，我们还需要痛苦，只有在经历过一些必要的伤痛之后才能真正体会到愉快的含义。去年 SARS 之后，有些一线的护士感染 SARS，康复以后，我们给她们进行心理辅导。有的护士说，"原来我有钱总是往银行里存，我对未来想得很遥远，我从来不在乎自己的身体，总是省吃俭用，现在得了 SARS 以后，我觉得要珍爱生命、珍惜生活，要学会享受"。只有经历过失去健康的威胁，才能真正享受到拥有健康的快乐；也只有经历过刻骨铭心的相思之苦，才能真正享受到重逢后的天伦之乐。所以，我们对待痛苦和烦恼应该有一个心态：相处它、接纳它，甚至享受它！

我不知道大家喜不喜欢悲剧，我们在欣赏悲剧时所得到的艺术上的享受并不比欣赏喜剧时来的差，所谓悲剧，就是把人类美好的东西升华到极致，然后再把它摔得粉碎，从中让人们体验到美好的事物破灭时的感受，这么残忍的事情我们为什么还那么喜欢它？所以，我们不仅仅需要快乐，同样我们还需要痛苦，尤其是我们体验到的痛苦又不是我们自己的事情的时候，这样就比较合算。

总之，任何的情绪情感都是有必要的，都有它存在的合理性，即使是一些糟糕的情绪，如愤怒的情绪可以使我们调动能量，克服我们达到目的的障碍，恐惧的情绪呢？它可以使我们回避危险，避免我们受到伤害，高兴的情绪则可以促使我们重复让我们得到快乐的行为，这些对我们都是有意义的。因此，不要排斥情绪的多样性，要学会相处情绪的五颜六色、享受生活的酸甜苦辣。

情绪的第二个特性是"两极性"，这是我们对情绪的一种分类方法。其实对情绪分类方法有很多种，不同学派有不同的分类方法，如我国传统的方法将情绪分为7种：喜、怒、忧、思、悲、恐、惊，但从我们临床学的角度来看我们只把情绪可分为两类，正性和负性情绪。凡是给我们带来愉快体验的情绪就叫正性情绪，凡是给我们带来痛苦体验的情绪则叫负性情绪。正性情绪包括喜、爱、满意、欣慰等等；负性情绪包括愤怒、焦虑、恐惧、悲痛、羞愧等等。如此分类，是出于我们的临床学目的，因为临床上我们心理治疗的目的就是让人们多一些正性情绪，少一些负性情绪。其实，分类方法并不重要，最重要的是情绪的两极性还有另外两个特性。

第一个特性是两极性的相对性。情绪是我们对客观事物态度的体验，是正性情绪还是负性情绪，它是绝对的，还是相对的呢？我们在经历一件事的时候，是愉快，还是痛苦，是绝对的吗？不是。比如，桌上有半瓶酒，有一个人看到这半瓶酒，他会想：太好了，还有半瓶酒，我还有酒喝，那么他体验到的就是一种正性情绪。另外一个人看到这半瓶酒，他则想：怎么就只剩下半瓶了，真糟糕，眼看就没有了，那么他体验到的就是一种负性情绪。所以，同样一件事情，我们体验到的是愉快还是痛苦？它不是绝对的，而是相对的。这就是情绪两极性的相对性。正是因为这一点，使我们的心理治疗工作成为可能。如果说我们在经历某些事情的时候一定痛苦，在经历另一些事情的时候一定愉快，那么我们心理治疗师就没有用处了。之所以需要心理治疗师的工作，就是因为我们愉快与否，并不完全取决于事情本身，它还取决于另外一些因素，那么取决于哪些因素呢？

第一是认知方式，即你看待事物的方式。任何事物都有正反两面，有没有绝对的好事？没有。有没有绝对的坏事？同样也没有。所以，任何事情都有好的一面，也有坏的一面。如果我们感受到事物坏的一面，我们就会痛苦；如果我们感受到事物好的一面；我们

中小学生课间十分钟阅读系列丛书

就会愉快。世界上没有绝对的坏事，也没有绝对的好事。即使是人人都痛恨的、不愿意接受的失败和挫折，也有好处，大家可能都能理解，但是真正当我们自己面对失败挫折的时候，我们却常常不接纳。很多孩子前来咨询，说"我这次考试千万不能失败，如果考砸了，我就完了"。我告诉他，你要真的考砸了，你就遭受了一次挫折，同时有了一次成长的机会，不挺好吗？现在大部分孩子都是独生子女，普遍存在的一个很大的问题，就是父母保护的过度，舍不得让孩子遭受任何挫折和失败，例如很多父母说"我受过的罪一定不能再让孩子受，我走过的弯路也一定不让孩子再走"，恰恰就是因为这种过度的保护，使得父母剥夺了孩子从失败和挫折当中获得成长的机会，一个人要学走路，总得摔几跤，一个人要学游泳也不得不呛几口水，所以说失败和挫折是孩子成长所必需的，很遗憾的是，现代的父母都剥夺了孩子这样成长的机会。因此，近来我们的教育理念有了一个很大的改变，就是提倡挫折教育，为什么呢？自然挫折太少了，我们不得不从教育角度给他一些人为挫折。

在一次集体心理治疗中，有10个病人在一起，其中有一个男孩和一个女孩，他们都在抱怨父母的离异给他们造成了情绪上的困难，"因为我爸爸妈妈离婚，所以我现在情绪不好"、"就因为他们离婚，所以我现在得了这个病"，后来，我发现那个男孩虽然才读高中二年级，但是唱歌、跳舞非常优秀，很多全市的大型演出、还有学校的校庆都邀请他去参加；那个女孩也才刚读高三，但散文却写得非常棒，很多作品都已在国家级杂志上发表，她更是校刊的第一号笔杆子，我跟他们讲，你们现在的这种艺术上的成就，其实跟你们的成长背景是密切相关的。有句俗话是"穷人的孩子早当家"，经历一些磨难有时并不是坏事。

在生活中，如果总是从消极的一面去看事物，我们就永远享受不到快乐。记得有一位27岁的小伙子，毕业于某名牌大学计算机系，毕业后在一个很大的外资企业工作，每个月收入六七千元，小伙子长得也很精神，在咨询的时候他讲道：我从上高中开始就不顺，我问怎么不顺？他说："我初中考高中，虽然考上了北京四中（大家知道，北京四中是全国著名的好中学），但是我才考了全北京140多名，所以我不顺"，"上大学也不是很顺"，我问为什么呢？这所大学不是很好吗？他说"我报的是生物系，没有被录取，才上了计算机系"。我又问，毕业分配呢？在这么著名的公司工作不是很好吗？他说："不行，我很多同学都去了麻省理工大学、去了哈佛，在国内的好多都已经开上大奔了（奔驰轿车）"。我又问，谈恋爱呢？他说"谈恋爱也不顺，在大学期间交了一个女朋友，可她在毕业的时候跟一个大款跑了，我发誓要找一个比她更漂亮的"。我问他找到了吗，他说"找到了"。他找了一个19岁的舞蹈学院的女孩子，我说这不是很好吗？但他说"不行！她才19岁，我整天提心吊胆，担心她会不会跟别人跑"。有趣的是跟这位小伙子一起参加治疗的还有另外一个人（这也是一次10个人的集体治疗），那人是一个军人的妻子，丈夫从农村到北京来当兵，干得不错，于是提了干，留在北京生活，她作为军人的妻子，就有幸跟着到北京来生活，这在她当地的小姐妹当中是件不得了的事情，很多人十分羡慕，都说她有福气，嫁了一个好老公，能够摆脱农村的贫困到大都市来生活，但她到了北京以后，没有感到一点快乐，我问为什么？她说"只要我一睁眼，就看到北京满大街的人都是大专以上的学历，我现在最大的一个心愿就是拿一个大专文凭"，我指着那个小伙子，问她，你混到他这个份上会怎么样？她说"那我就心满意足了"！你们相信吗？我说你到了这个份上你会跟他一样，如果你站在你那帮乡下小姐妹份上你可能也会说，要是能到你现在这个份上，嫁个好老公到大城市生活该多好！因此。我们愉快与否，有时候不取决于我们有没有钱财，有没有地位，有没有学历，长得够不够漂亮，而是取决于我们对生活的态度，我们如果真的拥有积极的心态，就能处处体验到生活的美好。

我记得几年前的4月份，我们主办了一个"国际心理治疗高级

培训班"，每次培训班时我们都要照一个合影，以作留念，照合影时我们都希望老师和学员相对齐一点，但由于这次我们邀请的都是外籍教员，有的老师上开始两天课，有的上后面两天，还有的上中间的课，好不容易有一天他们相对齐一点，于是我们准备照合影，可是那天偏偏赶上了北京的一个"沙尘暴"天气，那天又正好是我主持会议，要由我来宣布这件事，可想而知，如果我直接宣布：现在我们去照合影，大家会是什么反映呢？可能有人就会骂你，"什么时候照合影不行，非得这种天气下合影"；也许他客气，他不骂你，那他就会骂老天爷，"什么时候刮'沙尘暴'不好，非要在我们照合影的时候刮"，因此后来我在宣布的时候给大家做了一点小小的引导，我说"每次培训班我们都要照个合影以作留念，照合影时我们都希望老师和学员都齐一点，但由于这次我们请的都是外籍教员，有的讲前面两天，有的讲后面两天，还有的讲中间几天，因此他们很难聚齐，好不容易今天他们相对齐一点；另外，今天对北京来讲还是一个非常特别的天气，这种天气在北京已经不常见了，也许以后治理好的北京就再也看不到这样的天气了，很多南方的同志可能还从来没有见到过这样的天气，那么，我们把这样一个特别的天气和这个具有特别纪念意义的日子一起留下来好不好？我们现在去照合影。"这么一宣布，大家一笑就高兴地去照合影了，大家想想，真的是这样啊，如果以后北京没有"沙尘暴"了，这张相片就是绝版，而那些没见过北京"沙尘暴"的外地学员还可拿着这张相片对自己的家人和朋友炫耀"我见过北京的'沙尘暴'，你们看，漫天的黄沙、我们的头发都立着、睁不开眼，多好玩！"所以，在生活中，看待问题的方式不一样，心态就不一样，情绪的两极性也不一样。

以上就是我们情绪两极性的第一个决定因素——认知方式，就是由于这一点发展出一个很大的心理治疗流派，叫认知流派。

情绪两极性相对性的第二个决定因素是心境。对于同样一件事情，我们感到高兴还是痛苦，有时取决于我们的情绪底色，即情绪

背景。如果我们的情绪底色是比较不愉快的或悲伤的，那么即使你正在吃美味佳肴，你也不会享受到原先那么好的胃口。所以，有的时候我们就需要了解自己的情绪背景。当一个人情绪背景不好的时候，就不要奢望他在跟你相处的时候还能很开心，很愉快。

情绪两极性的另一个决定因素是我们的期望，即预期值。两个学生，考试成绩都是70分，一个愉快，一个不愉快，为什么？因为期望不一样，一个会想"我在北大这么好的学校，考了70分，中等水平，是很不错的"，那么你就高兴；另一个却想"我怎么才考了70分，还有那么多人比我强"，那么你就痛苦。所以，我们常常劝人，知足常乐。但我们真正进行心理治疗的时候却常常不这样做，为什么呢？比如，我劝你降低标准，女朋友找不到最漂亮的，找个一般的也可以；考不上北大、清华，考个一般的大学也可以。但这么说有没有作用呢？没有。因为每个人自己的个性是很难改的，假如说他就是一个好强的孩子，你让他降低标准他也做不到，他会说"你考上北大了，所以你站着说话不腰疼"。所以，我们在治疗的时候，需要降低的是对自己目标实现的可能性的期望，而不是降低目标的标准。比如，你想考北大、清华，可不可以呢？完全可以，不想当元帅的士兵就不是好士兵嘛；你想娶天下最美丽的女人，可不可以呢？一样也可以。但是你必须知道，以你的实力，考上北大、清华的可能性是5%，那么当你考不上的时候，你就不会那么痛苦。即你对自己目标的实现有一个合理的预期就可以了。我们不是要求降低目标，而是要求降低目标实现的可能性预期。

我记得有一个女孩子前来咨询，她高考前的每次模拟考试都是全市第一，可结果到临考前她却不敢考了。我问她为什么那么紧张，以你的实力考上重点大学应该是没有问题，她说不知道。于是我又问她"倘若你考不上大学会怎么办呢"，她毫不犹豫地说"我就去自杀"，我说你太应该紧张了，我如果像你这么想的话我会比你还紧张，我会整天蒙在被子里面不敢出来！因为对你来讲高考就是跳悬

中小学生课间十分钟阅读系列丛书

崖，跳过去就活，跳不过去就死，就算你明明知道自己能跳过去你一样还是会紧张，虽然你每次考试都是全市第一名，但你能不能保证你高考的时候就百分之百能考上？不能的，世界上没有百分之百的事，我们可以有很高的理想，多高都行，但我们一定要知道，理想实现的可能性不是绝对的，强调自己尽力了，能不能达到目标那就要听天由命了，这也是一个智者的胸怀。

情绪两极性除了"相对性"，还有另外一个特性，叫矛盾性。我们在经历一件事情的时候，两种截然相反的情绪体验同时存在。有没有这种可能呢？经常会有的。我们在网吧里上网聊天，一方面感到很开心，一方面又感觉浪费了时间，作业尚未完成。我们好不容易在饭店吃美味佳肴，一方面享受食物的美味，一方面心疼花费的钱，心想这么多钱可以买多少东西回家。我们好不容易出门旅游，一方面在欣赏如画的美景，一方面又在后悔，几个月工资没有了。这就是所谓情绪两极性的矛盾性。为什么会这样呢？因为任何事物对我们来讲都是有利也有弊，如果我们两方面都能感受到，又不能很好地处理，情绪就是矛盾的，而这种矛盾的情感正是心理病理产生的温床。有些人一边花钱享受，一边心疼后悔，我们称这类人"享受能力低下"，他们并不知道赚钱就是为了花销的。其实可以这么说，我们奋斗的落脚点就是为了享受生活，社会发展的落脚点就是为了提高人民的生活水平，也是为了提高我们享受生活的能力。当然，你可以说得高雅一些，你是为了享受他人的享受，你挣的钱让别人花费了，别人高兴了，你也高兴，这也是享受。上次有个女孩子来咨询，说她现在挣钱了，给父亲治病，我问她快乐不快乐，她说虽然恨父亲以前对她不好，但看到父亲康复了她还是快乐的，她享受着别人的享受。所以，我们需要学会享受生活，不要处在矛盾的状态中。

情绪的第三个特性是"动力性"。所谓动力性，是指情绪可以给我们的行为以及我们的心理活动提供能量，即我们的行为，常常可

以由我们的情绪来驱动。大家想一想，从早上到晚上的诸多行为当中，有哪些是因为情绪驱动而发生的？其实我们有很多行为是受情绪左右的。例如有的人一辈子就是为了爱，追求他自己所爱的人；有的人一辈子就是为了恨，为了报仇苦练武功；有的人一辈子都在奋斗，就因为从小受到他人的歧视，一定要争一口气。情绪上来的越高，其对行为的驱动就越强，到极端的时候我们的行为就会完全失去理智，出现冲动行为。

另外，情绪还可以给我们的感知提供能量。比如恐惧的情绪，我们越害怕什么，就越容易感知到什么。越害怕老师不喜欢你，就越容易感受到老师对你的不喜欢；越害怕女朋友有外心，就越容易感受到一些蛛丝马迹；越害怕同学的反感，就越容易感受到同学的排斥迹象。好比你拎着一个100万现金的钱箱子在黑暗中走路，你最容易感受到什么？就是后面有脚步声，你们有过吗？（同学笑答"没有"）其实我也没有过这种体验，哪一天我们可以借来试试。（笑）

曾经有个女孩子，见人就紧张，只要人多，她就紧张。她觉得"因为我紧张，给气氛带来了不和谐，导致别人也紧张，由此别人就不喜欢我"。越如此认为，她就越紧张。后来在集体治疗的时候，10个病人在一起，我问她"有没有感受到别人不喜欢你"，她说"我感觉到了"，我问她"你觉得有多少人不喜欢你"，她说"至少有60%"。于是我让现场每10人给她一个反馈，结果有人说"我压根就没有看你，我自己的事都想不过来，哪有时间去关注你"；有人说"我看到你有些紧张，但并没有不喜欢，相反还有点开心，因为我也紧张，终于有人跟我一样了"；还有一个男孩说"我觉得你比较文静，只是稍微有点紧张，我并没有因为这个不喜欢你，相反，我觉得现在的女孩子都太张扬了，我如果找女朋友的话就找你这样的女孩子"。实际上，没有一个人因为她紧张而不喜欢她，但是她确实感觉到有60%人不喜欢她，这就是害怕情绪造成了我们感觉的偏差。

我们对身体的感知也一样，越害怕身体哪个部位不舒服，越关注它，那个部位不舒服的可能性就越大。

有一个 30 多岁的男病人，他的一个好朋友死于胃癌，大家可能知道，胃癌晚期是很痛苦的，吃不进东西，疼的也很厉害，结果这个朋友去世后，他就想"我得什么病都好，千万别得胃癌"，从此他就把注意力集中在胃上，慢慢便发现胃部真的不舒服了，而且症状跟他朋友临死前越来越像，但是去医院检查却什么毛病也没有。所以，越怕得什么病，越感觉像得了什么病，这就是情绪给予了感知力量。原来大家最害怕患肿瘤，后来是害怕感染艾滋病，去年就是害怕感染 SARS。记得去年北京 SARS 肆虐最厉害的时候，我正好从外地回来，一下飞机就感觉机场气氛不对，安检人员都戴着口罩，我连忙也戴上口罩，结果一戴口罩就觉得呼吸不畅，胸口发闷，后来又觉得发热感觉自己越来越像 SABS。所以说，越害怕什么，就越像得了什么。

情绪的第四个特性是"发泄性"，所谓发泄性是指一个情绪产生之后，常常伴有能量的蓄积，蓄积的能量需要释放出来。如果总是蓄积而不释放，就会郁积成病。有经验的助人者在别人哭的时候，是劝别人哭，还是劝别人不哭？（下面答"哭"），是啊，想哭就哭吧，哭出来就好了。但是缺乏经验的助人者常常会觉得哭很尴尬，总是劝人"想开一点，乐观一点，别那么伤心"。你们知道吗？我们的咨询室什么东西都可以缺，唯独一样东西不可以缺，是什么？（下面答：面巾纸）对！就是面巾纸。刚开始我们也没有意识到这一点，后来有一个外宾参观，他很惊讶"你们怎么连这个东西都没有"，后来我们才知道，这不是一个小小的面巾纸的问题，而是一种理念，因为咨询室是一个很重要的发泄基地，能让病人哭出来是你的本事。我们平时常常是不敢哭，这和我们的文化有关，我们的文化对痛有一种很深的耻辱感，如果我们在别人面前哭就要冒着被别人看不起、说我们意志薄弱、不够坚强、不像男子汉，我们常说：男人有泪不

轻弹，其实后面还有一句话，"只是未到伤心处"，生活中一些很成功的老板，还有一些所谓的女强人，平时都是不哭的，但他们不是不会哭，他们在咨询的时候比谁哭的都欢、比谁都会哭。其实谁都有痛的时候、都有想哭的时候，再坚强的人也是这样，用不着感到难为情。

所以，我们要学会情绪的表达，有了情绪就要表达出来，如果总是不表达就会出毛病。你们有了情绪以后，一般会怎么表达？用什么方式去发泄？（同学回答各种方式），大家说的都是我们很常用的方式，一般来说，我们将情绪的表达分为4个层面。

第一个层面是向自己表达，所谓向自己表达就是向你自己的意识表达，让你自己的意识很清楚地认识到你的情绪状态以及它的来源。这一点容易吗？说起来很容易，但是做起来很难。我们经常有一些莫名其妙的情绪，我们意识不到。比如早晨起床后和室友发生一点小口角了，心里就开始别扭，开始生气。后来上课，下课，做作业，打篮球，一天下来，这件事情差不多忘掉了，但是这种情绪却留了下来，一天都觉得挺别扭，好像觉得少了什么东西似的。实际上这种没有被意识到的情绪是最具有杀伤性的。所以我们要关注自己的情绪，经常跳出来看看自己的情绪状态：我现在生气了，我因为什么生气。只要让我们自己很清楚地意识到自己的情绪状态以及它的来源，这个情绪就已经发泄一半，已经不具有伤害性了。

我们东方文化是很强调理性的文化，而对自己的情绪、情感却不敏感，很少关注自己的情绪，所以，患抑郁症的病人，通常不是就诊于专科医院，而是去综合医院。为什么？因为我们在情绪不愉快的时候，我们常常不是用自己的心理来说话，而是用躯体来说话，比如一个人生气了，他可能意识不到生气，但却感觉到胸闷憋气；还有人一到考前就频繁拉肚子。如果想要调控自己的情绪，首先就要学会关注自己的情绪，时常跳出来，看看自己是怎样的情绪状态，紧张、焦虑，或者是生气了，或者是失恋了等等。总是不关注或否

中小学生课间十分钟阅读系列丛书

定自己的情绪，这个是最糟糕的。比如你是一个好面子的男孩子，失恋了，整天睡不着觉，这时候问你，失恋对你有影响吗？你可能会答"没有影响"，"她还有很多缺点呢"。真的是这样的吗？这就需要打一个问号，而这种被我们压抑的情绪最具有伤害性。

有一次，我在北京某大医院肿瘤科给那些肿瘤科医生作有关抑郁症知识的培训，我让他们找一个病人，来看看他有没有抑郁的情绪。他们找了一个50岁晚期肝癌的女病人，这个病人外表看很平静，我问她身体怎么样，她说"能怎么样，就这样"，我又问她情绪怎么样，她说"我情绪还好，我想得开，你们别以为我想不开，这就是天上掉砖头，它砸着我了，我赶上了，我认命"。我问她家里人怎么样，她说"他们倒想不开，我还经常劝他们"。这个女病人，在单位是业务骨干，家里有70多岁的老母亲，有丈夫，还有个上初中二年级的儿子，但她却得了晚期肝癌，她该不该痛？事业正当年，上有老下有小，当然该痛，任何人在这样的状态下都会痛的，但她却不痛，她把痛压抑下来，她合理化的很好，天上掉砖头，她赶上了，她认命，像这样的情绪最具有杀伤性。在后来的交流中，我们是要煽情的，要把她压抑的情绪煽动出来，我们对她讲"你真的不容易，你太难了！不管是谁，事业上正当年，上有老下有小，得了这个病对谁来讲都是很为难的，都会很痛苦，但你更不容易，不仅你自己不能痛，你还要担心你的家人为你难过，你反过来劝他们，真是不容易，太难了！"后来她说"您这么说我想起来了，我不是不痛苦，我经常在半夜里做梦的时候哭醒"。她痛不痛呢？她痛，当然痛，只是这种痛在白天不敢表达出来，只有在做梦的时候、在理性下降的时候它才能痛出来，这种痛是最具有杀伤性的。那么反过来我们看一看，这个人为什么50岁，年纪轻轻就得肝癌？她是一个什么样的人？这样的人常常是严于律己，宽以待人，从来不敢表达自己的不满，不敢把痛苦带回家，不敢跟亲人表达痛苦，有了痛也要自己独自来消化、具有很强的责任感，不会享受生活。按照社会的

标准来讲，这样的人可能真的是好人，可是常常是"好人不长命！"我们把这样的人叫 A 型性格的人，很容易患肿瘤、高血压、冠心病、消化性溃疡等。

所以，我们要给自己的情绪多一些关注、多一些呵护，时常跳出来看看自己的情绪状态。这就是情绪表达的第一个表达层面，向自我表达。这种表达说起来很容易，但是常常被我们忽略，而它对我们的健康又是最重要的。如果我们自己很清楚自己的情绪状态，知道它的来源，这个情绪就已经发泄至少一半了。

情绪表达的第二个层面是向他人表达。大家可能对这种方式比较习惯，昨天做电视节目的时候，小杨也说了，临近高考时他也紧张，怎么办呢？他找到和他差不多成绩的同学聊天，他说他紧张，那个同学说也紧张，结果这种紧张的情绪就排解了，不再那么紧张了。所以，你可以找人聊天，找你的亲人，找你的朋友，向他们去表达。以后还会有越来越多专业化的表达，那就是找心理治疗师。这就是第二个层面，这个层面大家可能都很了解。

第三个层面，向环境表达。当你不高兴的时候去跑步，去旅游，当你站在高山之巅看苍穹，或者站在大海之边看大浪的时候，你就会觉得那些不高兴的事情没有什么大不了的。你还可以到深山老林里去高喊，或者把自己关在屋子里打沙袋，如果愿意的话还可以用头去撞墙，当然要轻一点。这些就是向客观环境表达。

第四个层面是我们最提倡的，也是最健康的方式，是升华的表达。所谓升华的表达，就是把我们自己的情绪和情感，升华为一种对自己、对他人、对社会都具有建设性意义的动力。最常见的是什么呢？化悲痛为力量，"生命诚可贵，爱情价更高，若为自由故，两者皆可抛"，真的变成大无畏了。

比如去年 SARS 肆虐的时候，大家都非常恐慌，缓解恐慌最有效的方式是什么呢？把自己投身于有建设性意义的对 SARS 的预防和防治工作当中。我们去年在媒体上进行干预的时候，也是这么提

倡的。你不要否定自己的恐慌，谁都会恐慌，面对生命威胁的时候谁都会害怕，真正不怕死的人，那是有毛病的人。但恐慌、怕死都没有关系，可以把它升华为一种具有建设性意义的行为，这样最好。

又比如，失恋以后，你可以去死读书，书中自有黄金屋，书中自有颜如玉。你们是否看过《少年维特之烦恼》这本书，这就是歌德失恋以后，把自己失恋的痛苦体验转变成一种艺术创作的源泉，他将当时那种悲痛的情绪变成一部不朽的艺术作品，留传下来。好不好？太好了。真正有生命力的艺术作品，都是作者内心真实的情感写照，贝多芬创造命运交响乐，也正是在他感叹命运的沧桑的时候创作出来的。当然，如果你实在没有艺术创作的天赋，你还可以去欣赏艺术。痛苦的时候可以去蹦的，失恋以后可以看琼瑶的言情小说，如果对某人十分憎恨，可以去读金庸武打小说，把自己幻想成武功高手去报复他，这也没人管得了你。所以，在艺术作品欣赏和创作当中，把自己的情感表达出来，同时又不伤害别人。这就是我们提倡的，情绪的升华表达。

学会情绪的表达，对于我们的心理健康维护是非常重要的，所以我们应该给自己的情绪多一些关注，不要害怕向别人表达你的痛苦，没有关系，谁都会有痛苦的时候，实际上真正的朋友是能够相互表达痛苦的，不仅仅是共快乐，更重要的是共痛苦，这才是真正的朋友。

情绪的第五个特性是"非理性"，即我们的情绪、情感和我们的理智不一致的特性。我们常常有一个误区，觉得自己的心理活动都是主观的，既然是主观的，我们就可以控制，事实上并非如此。我们很多的心理活动，是无法控制的，情绪就是其中一个方面。

情绪的非理性，首先第一个表现就是它的不可控制性。虽然我讲演的题目叫做"情绪调控"，但是你们必须要知道，一个情绪产生以后能不能被控制？不能的。如果我现在是第一次上台讲演，我对自己说千万别紧张，紧张多丢面子，我能做到吗？无论怎么控制，

我还是会紧张的，至多能装着不紧张而已，但这种紧张的情绪还在吗？一样存在。还有你第一次约会，第一次向对方表达爱，你会不会紧张，会的，你可千万别要求不紧张，你做不到的。所以，一个情绪产生以后，常常是不以我们的主观意志为转移的。假如你是高三学生，你面对人生最重要的考试，你又是很好强的孩子，家人给你的压力又很大，你告诉自己千万别焦虑，能不能做到呢？不能。所以情绪具有不可控制的特性。很多人觉得我就是要控制这个情绪，第一次上台讲演就要求自己不紧张，唯一的办法就是回避，不上台讲演了也就不紧张了，但是下一次再面对同样情况的时候，紧张就会更加严重。

除了紧张是不能够被控制的，还有爱，我们对于一个人，是爱还是不爱，是不是由我们的理性说的算？不是的。曾经有一位妻子前来咨询，她和她的丈夫是大学同学，在大学的时候她比她丈夫要出色，毕业以后他们结婚了，婚后妻子把自己的事业、兴趣、爱好全部放弃了，全力辅佐丈夫，慢慢地，丈夫的事业越来越成功，后来单位就派他到南方组建一个公司，这时妻子还是全力支持他，自己一个人在北京养育孩子，而丈夫也越来越成功，公司规模也越来越大。但是，不久后，妻子发现丈夫和助手有不正当的关系，妻子很恼火，也更很伤心。她说"现在人怎么都这样，我那么支持他，现在他成功了，结果他对我却有外心，他不爱我了"。我告诉她，你说得对，我特别理解你，不管从哪个角度来讲，他都不应该不爱你。但是，很遗憾，他就是不爱你了，没有办法。所以，爱和不爱，不是用道理就可以说清楚的，也因此存在着众多情与理的冲突，情与法的冲突。

情绪的非理性还表现为情绪的冲动性，我们前面已经提到了，我们的情绪越高，我们做出行为反映的合理性就会越差，冲动性越高。比如，我们的某位室友，或者某位老师很生气的时候，对你暴跳如雷，你最好不再惹他。对方本来就很生气，你非要跟他较劲，

非要跟他讲明道理"就是你不对，我今天非要跟你说清楚不可"，那你就是自找麻烦了。他骂你一句，你骂他两句，他再骂你四句，你又骂他八句，结果怎样呢？越来越不理性。所以，为什么说退一步海阔天空呢？就是两个人都处在这种状态的时候，理性和智慧都是下降的，这个时候缓一缓，留出一点时间，让他情绪慢慢降下来，理性就会随之恢复，这时候再讲道理也不晚。

情绪非理性还表现在对理性的损害性。我们的情绪常常对我们的智慧和理性有伤害，不管这种情绪是正性的还是负性的。比如我们焦虑的时候，认知功能就会下降。考试越紧张，效率就越会下降，注意力不集中，记忆力也减退。抑郁的时候更是这样，抑郁症的第一个表现是情绪的低落，第二个表现就是思维的迟缓，脑子反应变慢，有的病人说"我脑子跟以前不一样了，像生锈了似的，转不动了"，这是抑郁症很重要的表现。所以，有很多学生找到综合科医生看病，说现在注意力下降，记忆力减退，其实他不知道这实际上是抑郁或者焦虑情绪的表现。前面已经提到愤怒的情绪会使一个人行为的合理性下降，恐惧也会使我们不知所措，这也都是我们的理性受到损害的结果；同样，当一个人高兴的时候，也会有合理性下降的行为，所谓"乐极生悲"、"得意忘形"；还有，当我们坠入爱河，智商同样是要下降的，有人常说"女人坠入爱河后智商就等于零"，其实男人更惨。爱情对于理性同样具有损害性，你戴着爱情的变色眼镜看对方，看世界，当然看得不真实。

由于情绪对理性具有损害性，那么当我们处在某种激情状态尤其是负面情绪的时候最好不要做太重要的决定，因为这时候我们的决定通常都是不明智的。我记得有一个大学毕业生，毕业以后，分在一个自己心仪已久的外资银行工作，可是半年后他得了抑郁症，对自己完全失去了信心，后来他来看病时希望我们给他开诊断证明以便他去辞职，我告诉他"我理解你的感受，你作什么样的决定那是你的事，但我建议你现在最好不要作太大的决定，等你情绪好转以后再作决定好吗？"因为现在他是戴着灰色眼镜看世界，看自己，看他人，他的决定很可能是对自己不利的。他接受了这个建议，后来在抑郁症好转以后，他非常感谢我们，"幸亏当时没有真的做决定，这个工作对我来说太重要了，我如果辞职，以后就再也找不到这么好的工作了"。所以我们在很糟糕的情绪状态的时候，智慧是下降的，那时要尽量避免做重要的决定。

情绪的第六个特性是"过程性"，我们的任何情绪情感都有发生、发展、高潮、下降和结束的过程。我们碰到一件高兴的事，可不可能高兴一辈子呢？不可能。同样碰到一件痛苦的事，也不可能痛苦一生。我们在心理咨询的时候，尤其是面对一些经历必然伤痛的人，我们不是劝他要想开点，而是让他允许有一段时间处理这段伤痛。抗抑郁药不是医治伤痛最好的良药，心理医生也不是医治伤痛最好的"良药"，什么是医治伤痛最好的方法呢？——时间，所以当我们处于某种不良情绪状态的时候，我们的认知功能会下降，会记不住东西、注意力不集中、反应也迟钝，这时我们不要和这种状态过不去，要学会和它相处，你不和它过下去了，这种状态也就会随着时间的推移而慢慢缓解，这就是情绪的过程性。比如常见的考试焦虑，一个好强的孩子，面对人生最重要的高考就应该紧张。我们原来在给这些孩子辅导的时候，常常会教他们学会放松，深呼吸、肌肉放松训练等，后来我们感觉效果不好。为什么？我们可以想象，一个考生进入考场以后，他出现了过度的焦虑，他紧张、答题效率下降，这时你让他做"放松"，他一边做"放松"，一边看周围的同学答了几道题，他又怎么能放松呢？所以，现在我们在给他们心理辅导的时候有了一个很大的改变，更重要的是要他们调整自己的心态：你要是一个上进心强的学生，面临的又是人生最重要的考试，那你就要有一种心态，什么心态：准备迎接焦虑、拥抱焦虑。越是临近考试焦虑就越明显，这不是你能控制的，所以你要敞开胸怀，来就来吧，来了以后你跟它握握手，对它说"你好，请坐"，然后你

带着它该做什么就做什么，你要是真的有这种胸怀，焦虑它也不找你了，它会觉得你不好玩，就会和你再见了。比如在你紧张起来的时候，学习效率会下降，平时一个小时做 10 道题，现在只能做 5 道了，这时你告诉自己，我就是这样，肯定会紧张的，我控制不了，然后你就用这 50% 的效率答题，答着、答着、情绪的过程性就会起作用，慢慢你就会恢复到 60% 的效率，进而 80%、100%、甚至 120% 而超水平发挥。相反，如果你不是这种态度，而是一种完全不接纳的心态，提醒自己赶紧放松，要不就完了、考不上大学了，那么你就会越来越紧张，反而变成 40% 的效率，继而 20%、10%，甚至一道题都答不出来。这也许就是"有心栽花花不开，无心插柳柳成荫"。

在临床上有一种人格障碍叫"冲动性人格障碍"，这种人很容易被招惹，很容易冲动发脾气，一生气就伤人毁物，过后就后悔，那么对这种人我们有一种治疗方法，叫"停顿疗法"，当他生气时拿起东西要往下摔的时候，我们就训练他对自己喊"停"，等一分钟、两分钟后再看看自己还想不想摔，可想而知，摔下去的可能性就不大了。还有的人一冲动就打孩子、打老婆，同样我们也是训练他当拳头举起来要往下砸的时候就对自己喊"停"，停一分钟、两分钟后他打人的冲动也就大大减小，这就是情绪的过程性在起作用。当你的情绪降下来以后，你的理性就恢复了，你再做出的行为反应的合理性就提高了。

情绪的最后一个特性是"情绪的人际转移性"，即指我们的情绪，不管高兴也好，还是痛苦也罢，都具有在人际中蔓延的特性。我们高兴的时候，就很容易让别人也高兴起来，愿意答应别人的要求、满足别人的欲望等；而我们痛苦的时候，也很容易挑剔别人，伤害别人，让别人也不开心。因此，在人际交往中，当我们感到自己受了伤害，并为此而生气的时候，我们要了解到伤害我们的人常常都会有他的不幸，有他不得已的苦衷。在心理咨询时有一句很重

要的话，就是"伤害别人的人都是不幸的"，当你感觉到被别人伤害的时候，你只要站在对方的角度去找你就一定能找到他不得已的理由。

还是在我上研究生的时候，有一天有位同学回到宿舍对我抱怨，"我再也忍受不了我们教研室的某某副教授了"。我问怎么了？他说"他总是和我过不去，一会说我试管没刷干净，一会又说我走时窗户没关好，电源没断等，我再也受不了他了"。我问"他对别人怎么样？"他说"对谁都这样"，我又问"那怎么回事啊"？他说"他有病，50多岁，在'文革'时受到牵连，结果老婆和他离婚，孩子也都不要他了，现在虽然平了反，但是人家还是没有和他复婚，他还是孤家寡人一个，住在学校的单身宿舍，也没有什么朋友，在事业上也不顺，没有什么课题，领导也不喜欢他，看来这辈子也就是个副教授，再也提不上去了"。我说"是啊，相比之下，你选的专业那么热门，前途那么光明，找个女朋友又那么漂亮，他看你什么都比他强，心理不平衡，因而找找你的茬，让你也不高兴，他心里平衡一点，就这么一个小小的要求，你就不能满足他吗？"（笑）他伤害你，就是因为他不幸。再比如，你到商店买东西，售货员对你态度不好，你若站在自己的角度考虑，你就会很生气，你会认为我是消费者，我是上帝，凭什么你对我态度不好，也许你会和他争吵、或去找他的领导告状，或去消费者协会投诉，即使最后你胜了，结果其实也是两败俱伤。为什么呢？第一你耽误了时间，第二你生气了，你伤害了自己的心理，也伤害了自己的身体。假如你不是这样，当对方对你态度不好的时候，你先站在对方的角度想一想，你去找吧，她一定会有她不得已的原因，要不现在单位不景气，她正面临下岗；要不她丈夫正跟她闹离婚；要不她孩子生病了，在发高烧，如果说什么原因都没有，你就可以认为，这个人就是这么一个人一个容易伤害别人的人，而这样的人又是什么样的人呢？他们常常有着更大的不幸，要不从小父母关系不和，在"战争"中长大；要不从小缺

中小学生课间十分钟阅读系列丛书

少母爱；要不有什么先天的残疾；或者曾经遭到过强暴等等。如果还是什么原因都没有，那么你就可以这么说，她是一个病人，比如你走在马路中间，有人无缘无故打你一拳，那他肯定是精神病人。美国有一个很著名的成人教育学家叫卡耐基，他说过一句话重要的话，"谁也不会去踢一只死狗"，一只死狗死在马路中间，聪明人都不会去跟它过不去，不会生气、用脚踹它，说：好狗不挡道，你怎么死在马路中间。倘若你真的去踢它，跟它生气，那你也就变成了一只死狗了。总之，我们要了解"伤害别人的人都是不幸的"，给他人一点宽容和理解吧！

当然，我们去理解别人，并不是意味着我们不去保护自己的权益。恰恰相反，你越是生气，你的智慧就越少，做出行为反应的合理性也就越低，就越难以最好的保护自己的权益。你觉得售货员态度不好了，除了生气吵架还有什么办法呢？其实有很多更有智慧的方法。如你对她工作的辛苦表示理解，对她讲"你们工作真不容易，站一天很辛苦，什么样的人都要面对"；还可以说"小姐长得真漂亮"，当然别让人家觉得你有什么非分之想。你赞扬她，理解她，她一高兴，就容易满足你的要求了，对你的态度也好了，不就是你想换一件衣服吗，又不是她的，干吗给自己找气受！但假如你跟她吵架，即使你暂时赢了，她对下一个顾客的态度也更不好，而假如你让她开心了，不仅你自己的目的达到了，她对下一位顾客的态度也就更好了。所以，一个小小的转变，你就"功德无量"。

我们有了负性情绪后首先容易转移的对象是谁？常常是自己身边的人、尤其是自己的亲人。所以，在生活中，我们要给自己的亲人一些情绪转移的机会。我记得有一年，国庆节和中秋节重叠在一起，当时中央电视台做了一期特别节目，由电影《谁说我不在乎》谈婚姻家庭中的心理健康。电影里有一个更年期的妻子，回家以后心情不好，总是唠叨，我们的一个话题就是谈"怎样对付女人的唠叨"，当然对付男人的唠叨也是一样。如果你对对方讲"我也很烦，

工作一天我也很辛苦，你别对我唠叨，你给我憋住"！这样好不好？她可能真的憋住了，但是时间一长就容易出毛病，心理受到伤害，身体也受到伤害；或者她在家里得不到唠叨，她就出去唠叨，而一般出去都是找异性去唠叨，你看你愿不愿意？其实"家庭"有一个很重要的功能，就是排解和治愈负面情绪的功能，我们在外面遭到了委屈、受到了伤害，回家可以得到疏解、得到医治，为什么说家庭是个"港湾"？家庭不是个讲理的地方，而是讲情的地方，在家里面千万别太讲理，一家人一天到晚都非常讲道理，每个人都处处为他人着想，真的"相敬如宾"，自己有伤痛都自己消化，从来不把自己的痛苦带给家人。也许按照社会的标准来讲这正是我们理想的家庭，但你们知道我们把这样的家庭叫什么？我们把这样的家庭叫"心身疾病的家庭"，这种家庭的成员很容易患各种心身疾病，如肿瘤、高血压、冠心病、消化道溃疡等。所以，在家里、在亲人之间千万别太讲理。当我们在外面受到伤害，我们就要回到家里来排解、来医治，在恋人之间、朋友之间都是这样，如果你的恋人跟你发脾气，你千万不要较劲，你要知道那是他的情绪的表达。如果你的恋人在你面前得不到情绪的排解，他就会出毛病，而且你也要小心你们的关系出现危机了。

　　负性情绪具有人际的转移性，正性情绪也是一样。我们高兴的时候就乐意满足别人的要求而让他人也高兴。所以，你们在向别人求爱的时候，什么情况下最合适呢？是对方高兴的时候，还是不高兴的时候？当然可能有的人说她伤心的时候我们更容易得手，但是，你一定要知道，一旦等她情绪好转以后，当她醒过味来她就会后悔的。还有，我们现在讲究公关心理学，什么时候协议最容易签下来？酒桌上。酒足饭饱以后，再给他送一点礼，这个协议就很容易签了。当然，我们并不提倡这样。举这个例子是说机会对于每个人都是平等的，差别只在会不会制造机会、抓住机会。在别人不高兴的时候，你去提要求，就是自找麻烦；有的时候对方不高兴，你就要制造高

兴的机会，对方一旦高兴了，你的要求也容易满足了。

上面和大家讨论了一些情绪的特性，这只是我们在临床和生活当中的一些体会和思考，希望能给大家一些有益的参考。由于时间关系，我今天就简单地先跟大家讨论这些，谢谢大家！

❖ 走出自我的困境

俞吾金

演讲人介绍　俞吾金，1948 年生，浙江萧山人，复旦大学教授、博士生导师，复旦大学现代哲学研究所所长，复旦大学当代国外马克思主义研究中心主任，复旦大学学术委员会副主任暨人文学术委员会主任，上海市政府决策咨询专家。主要著作有《思考与超越：哲学对话录》、《国外马克思主义哲学流派》、《生存的困惑：西方哲学文化史探要》、《意识形态论》、《实践诠释学》等。

演讲时间　2001 年 10 月 30 日晚

演讲地点　复旦大学美国研究中心

今天有这么多同学来听我的演讲，我非常高兴，也很感动。这使我想起了 1985 年我们复旦大学哲学系举办过的"哲学与改革"的系列讲座。当时听众也是人山人海，连教室的窗台上都站满了人。这主要不是因为我们的课讲得好，而是同学们对学术文化、对真理有执著的追求。这种求知的热情深深地打动了我，我首先应该向大家表示真诚的感谢。

我今天讲的题目是"走出自我的困境"。讲到"自我"，可以说没有一个词比"自我"更令我们熟悉了。但是也可以说，没有一个词比"自我"更使我们感到陌生了。这种情况是如何造成的？美国

学者卡耐基做过一个调查，他调查了纽约500次电话通话记录，发现通话者使用得最多的一个词就是"我"，总共出现了3990次。事实上，人们在电话中总是以"我需要……"、"我请求……"、"我希望……"等句型来表述自己的想法。这似乎表明，他们牢牢地记住了"自我"这个词。在卡耐基所做的另一项调查中，他询问了纽约的一些诊所，结果发现，10%的求医者实际上并没有什么疾病，他们只是要向医生倾诉心中的块垒，因为他们在心理上感到苦闷和孤独。这两个调查似乎从一个侧面向我们展示出"自我"的重要性。

此外，不知道同学们是否做过这样的心理测试：如果你拿起一张集体照，那么你首先注意的是照片上自己的形象，还是其他人的形象？一般说来，人们首先注意到的总是"自我"的形象。记得古罗马统帅恺撒也说过这样的名言："我来，我看见，我征服。"短短的一句话中竟然包含着3个"我"字。乍看起来，人们仿佛牢牢地惦记着"自我"，他们对"自我"一定是所知甚深，了然于胸的，然而，实际情形却正好相反，他们所知甚少，以至于最不了解的恰好是这个天天都挂在嘴上，时时刻刻都惦记着的"自我"。这正应了通俗智慧领悟到的真理——台风中心没有风；也应了德国哲学家黑格尔说过的一句名言——熟知非真知。我们自以为最熟悉的东西，恰恰正是我们最不了解的！

在以现代科学技术的发展和市场经济为背景的生活模式中，生活节奏变得越来越快，学习、生活和工作的压力以及"自我"所需承载的信息量也变得越来越重，从而对"自我"提出了越来越高的要求，也使"自我"很容易陷入精神上的困境。各种心理疾病的发生、情感的孤独和精神的迷茫，使我们突然感到"自我"仿佛变得陌生起来。

这不禁使我想起了古希腊德尔斐神庙的著名神谕——"认识你自己"。

然而，在我们通常的思维方式中，这种"认识你自己"的反思

中小学生课间十分钟阅读系列丛书

的方式是十分匮乏的，我们的思维一般都习惯于扑向外界的对象，犹如一个小孩，脱下自己的外套，去扑花丛中飞舞的蝴蝶。也就是说，我们的全部感觉和认识通常都是向外的，我们的思想总是不断地向外捕捉经验性的东西，不断地把外在的东西攫取为"自我"消化的对象。然而，我们几乎从来不坐下来冷静地反思一下，"自我"的含义究竟是什么？"自我"究竟有着什么样的结构？如何正确地认识"自我"？即达到通常所说的自知之明。所有这些追问在我们的日常生活中都处于边缘化的状态中，仿佛我们那么频繁地使用"自我"这个词只是为了表明，我们对它是一无所知的！在今天的讲座中，我要讲 3 个问题：

一、什么是"自我"？

凡是稍稍熟悉人类思想发展史的人都知道，并不是在思想史的开端处人类就已经把"自我"作为自己反思的对象了。按照西方哲学史家的说法，直到近代社会，才产生明确的自我意识，这特别表现在法国哲学家笛卡儿的著作中。众所周知，笛卡儿提出了"我思故我在"的著名命题。也就是说，我可以怀疑世界上所有的东西，如我的肉体、上帝，乃至整个物质世界是否存在，但我却无法否认"我正在思考"、"我正在怀疑"这一简单的事实。正是这个命题构成了笛卡儿哲学的第一真理。我在这里姑且不分析笛卡儿命题所存在的学术上的和逻辑上的困难，无论如何，我们可以清晰地感受到这一命题所蕴含的倾向，即人类的自我意识已经开始觉醒了。

此后，英国哲学家休谟进一步将"自我"理解为"一束知觉"。他这样询问我们：既然"自我"不过是由一束知觉构成的，那么当人们睡着的时候，他们的"自我"是否会消失呢？假如一个人的大脑在一场车祸中受了伤，甚至变成了植物人，或得了精神分裂症，那么他的"自我"是否还存在呢？这些有趣的问题引导着学者们深入地去探索"自我之谜"。

后来，奥地利的物理学家和哲学家马赫又提出了"要素"的概念，强调世界上所有的一切，包括"自我"、"时间和空间"在内，都是由物理要素或心理要素构成的。这种彻底的怀疑主义对爱因斯坦产生了极大的影响。爱因斯坦之所以能超出牛顿的绝对时空观，正是因为他在马赫的影响下，对传统的时空观产生了怀疑。尽管我们通常指责马赫是一个唯心主义哲学家，但他那种彻底的怀疑精神，尤其是将"自我"和"时空"都还原为"要素"的见解，仍然为自然科学和哲学的研究提供了有益的启发。

　　我们还可以发现，在西方哲学中，探索"自我"的另一条捷径发端于德国哲学家叔本华。他把"自我"解剖为两个层面：一是人的意志和欲望，二是人的理性和认识。按照传统的哲学观念，人的理性支配着人的意志和欲望。叔本华却把这个几千年来的哲学定律颠倒过来了。他认为，意志是第一性的，理性是第二性的。一旦意志决定要牟取什么，理性就为之策划，实现意志的愿望。在这个基础上，他建构了自己的悲观主义哲学。他认为人的欲望是无限的，就像古希腊神话中所说的一个没有底的水桶，不管往里面装多少水，这些水都会漏掉。换言之，人的欲望是无限的，而外界所能用来满足人的欲望的资源却是有限的。正是这一矛盾构成了人生痛苦的基调。我们知道，叔本华在美学史上的一个重要贡献是，把古希腊的悲剧转化为每一个普通人的生活的本质。在古希腊，悲剧只出现在国王、王后、大臣、王子、公主这样的人物身上，而叔本华却以其深刻的洞察力向我们表明，悲剧不仅是王公贵族的日常生活，也是所有普通人的日常生活。

　　人一旦有了某个欲望，为了实现这个欲望，意志就会迫使理性为自己进行策划，于是，人的全部身心也就陷入了"痛苦"之中。什么叫"幸福"？叔本华认为，人的欲望被满足的那个一刹那就是幸福。如果第一个欲望得到了满足，而第二个欲望还没有被设想出来，那时人就陷入了"无聊"的状态之中，就像一条在水中漂流的船，

中小学生课间十分钟阅读系列丛书

既没有桨和橹，也没有罗盘和船帆。一旦这个人的第二个欲望产生出来，他就重新陷入了精神的痛苦之中，他的理性又忙于为实现他的第二个欲望而筹划。所以，叔本华说，人生就像一个钟摆，在痛苦和无聊之间摆动。这种方式决定了"自我"发展的轨迹。

叔本华的这一思想启发了弗洛伊德。弗氏进一步将"自我"分为三个层面：一是"本我"，表示人性中潜伏的各种本能和欲望，特别是性欲；二是"自我"，它象征的是人的理性；三是"超我"，即社会中的宗教、法律、政治和道德的规范。正是这些规范促使"自我"对"本我"的种种冲动加以控制。这就构成了一个立体式的"自我"。当一个人的"本我"、"自我"和"超我"三者处于和谐状态时，他就是一个是理智健全的人。当这三者处于非和谐状态时，就会产生乱伦、性变态、精神病等可怕的后果。当"自我"借助于"超我"的力量，对"本我"做出正确的引导时，"本我"中的种种欲望，特别是性欲，就会升华为对科学和艺术的创造。按照弗洛伊德的看法，人类的文明正是通过这种升华的途径造就的。也就是说，人类文明乃是"自我"经过痛苦地挣扎留下的成果。

弗洛伊德的解释使我联想到《简·爱》中的罗彻斯特先生。他的前夫人是西班牙贵族的女儿，由于这个家族有精神病史，她的精神病在婚后突然爆发出来，罗彻斯特不得不把她关进了阁楼。可是，有时候这个疯女人仍然会利用看守的疏忽而偷偷地走下楼来。实际上，这个疯女人乃是一个隐喻。它启示我们：每个人实际上都是罗彻斯特，每个人的心中都关着一个疯女人，而这个疯女人就是"本我"，即人的本能、欲望和情感。也就是说，人们必须牢牢地控制住这些本能、欲望和情感，才能过理性的、健康的生活。当然，任何人都不可能取消这些本能、欲望和情感，而只能正确地加以控制和引导。

这种体现在"自我"中的理性和情感之间的冲突，既构成了德国诗人歌德的《浮士德》的主题，也构成了"自我"内部的永恒矛

盾和发展动力。所以，歌德说过：在浮士德的胸腔里，跳动着两颗相反方向的心。一颗心要追求先人的灵境；另一颗心则要紧贴官能的凡尘。有趣的是，马克思在《资本论》中引用了《浮士德》的这个典故。在马克思看来，资本家赚钱后，胸腔里也跳动着两颗相反方向的心：一颗要追求资本积累，要扩大再生产，要获取更大的利润；另一颗心则要追求消费和享受，因为人生苦短，怎能放弃消费和享受呢？可怜的资本家就在这种痛苦中煎熬。实际上，马克思在这里说出来的乃是自我的普遍命运。

因此，我们完全可以说，什么叫"自我"？自我就是我之为我的人格上的统一性，或理性和情感上的统一性。当然，讲到"自我"，我也会自然而然地联想起黑格尔所说的人的"两次死亡"：第一次死亡是指人的精神死亡，即一个人的精神已经封闭或僵化，不能接受任何新的东西了；第二次死亡是人的肉体死亡，这也就是我们通常所理解的死亡。按照黑格尔的看法，"两次死亡"中的第二次死亡并不可怕，因为人总是要死的。可怕的是第一次死亡，即一个人在精神上的自我封闭和僵化。一旦一个人的精神已经死亡，即使他的肉体仍然走来走去，他的存在也已经被蛀空，成了阴影和幽灵。换言之，他已经消失在历史的黑洞之中。

二、什么是"自我"的困境？

所谓"自我"的困境主要是指自我在精神上、心理上陷入的困境。这种困境主要表现在以下各个方面：

表现之一，是科学技术的凯歌行进和精神世界的迷茫失落。

任何人都无法否认，自然科学和技术发展至今，已经产生了伟大成就。即使有些走极端的人对科学技术采取激烈批判的态度，他们也无法否认，自己已经生活在一个由现代科学技术构成的、高度人化的世界中。有些人矫揉造作地批判科学知识，仿佛要追求一种向原生态的自然的回归。实际上，这样的回归根本上就是不可能的，

中小学生课间十分钟阅读系列丛书

人们至多只能回归到已被现代科学技术高度人化的自然中去。而这个自然也就是人们通常所说的"第二自然"或"人化自然"，它与原生态的自然或"第一自然"存在着重大差别。

也就是说，我们生活于其中的自然早就不再是原生态意义上的自然，而是被人的活动改变和污染了了的自然。从宏观方面看，自然科学和现代技术已经使人类登上了月球，今后还可能要登上火星；从微观方面看，我们现在讨论的基本粒子、夸克、纳米技术等，也表明人类在这方面的探索已经进入到相当的深度。综合起来看，不妨说，"可上九天揽月，可下五洋捉鳖"，这样的诗句已经不再是人类富有诗意的想象和夸张了，而成了人类对自己的现实生活的忠实描写。简言之，对于人类来说，似乎已经没有什么做不到的事情，就像《基度山恩仇记》里的基度山伯爵说的那样："我可以向不可能挑战！"

然而，与现代科学技术的高速发展相伴随的，却是人类精神世界的异化和失落。在某种意义上，人类的精神世界甚至陷入了崩溃的状态中。比如，现在我们都习惯于各自坐在电脑的终端机之前，在网上寻寻觅觅，缺乏一种"面对面的"（face to face）的交流（communication）。我们就像莱布尼茨笔下的"单子"（monad）各自紧闭窗户，孤独地面对着这个世界。

1960年代，法国荒诞派戏剧的一位代表人物尤奈斯库曾经写过一个剧本《秃头歌女》。其中写到：一个中年男子乘火车到某个城市去，他在火车上遇到了一个中年妇女，他们开始谈话，并各自询问对方到什么地方去。结果发现，他们去的是同一个城市、同一条街道、同一幢楼，同一个房间，同一张床。原来他们是夫妻！通过这种夸张的表达手法，作者深刻地揭示了现代西方社会中夫妻之间关系的疏远。尤奈斯库的另一个著名的剧本《新房客》，讲述了一对夫妇在搬家的时候发现，他们所拥有的家具竟如此之多，以至于只能把房间的天花板打开，用吊车把家具一件件地吊进去，而人只能缩

在房间的一个角落里。不仅如此，在楼道上，马路上都堆满了家具，甚至连塞纳河中也漂浮着家具！显然，作者用夸张的手法揭露了西方资本主义社会中普遍存在的异化现象和物化现象，表明了物的主体化和人的物化，即物对人的统治。德国哲学家海德格尔也不无担忧地指出，在科学技术高度发达的情况下，人已经被连根拔起，成了到处漂浮的浮萍。正如德国哲学家尼采所说的，无家可归（homeless）已经成了西方人的普遍命运和感受。

我们现在有不少年轻人，可能记住了三四千个汉字，三四千个英文单词，二三十个娱乐明星的名字，金庸小说中的一些人名，这或许就是他们精神上的全部库藏了。对于他们来说，不要说对中国数千年的文明史，甚至连数10年前发生的"文化大革命"也茫然无知了。这是一种到处弥漫着的、普遍的历史厌倦症。他们仿佛失去了历史的纵深度，成了没有任何深度的人。说得刻薄一点，他们的存在就在他们的皮肤上、外套上，后面再也没有值得探索的东西了。

有人也许会反驳我说，现在电视上都在播历史剧，这岂不表示人们对历史既没有感到厌倦，也没有把它遗忘吗？乍看起来，情形似乎正是如此，其实却不然。因为人们感兴趣的并不是历史事件的本质及它们在今天的意义，而只是历史事件中能够激起今天市场经济中的票房价值的东西，如对帝王私生活的猎奇，对矫揉造作的儿女私情的向往，对性和暴力这类低级趣味的东西的认同等等。于是，我们发现，在铺天盖地的历史剧中，我们所能找到的只是一堆历史的泡沫和编导对票房价值的期待。除此之外，还有什么东西呢？

总之，一方面是现代科学技术在发展的凯歌中行进；另气方面却是人的精神世界、情感世界的普遍失落，而这一痛苦的悖论正反映在自我的全部生存和追求活动之中。

表现之二，是媚俗意识的蔓延和批评意识的缺失。

所谓"媚俗意识"，就是人们普遍地缺乏一种真正有效的批判意识，对外界非常庸俗的文化产物无条件地加以认同。比如，在今天

的生活中，"跟着感觉走"已经成了人们普遍认同的审美口号。在某种意义上可以说，我们现在的审美观念根本上就是一种病态的审美观念。

什么东西才是美的？在人们看来，一个女孩的消瘦苍白就是美的。在消瘦苍白的基础上再补上胭脂和口红，用人为的、外在的形式来表示她的健康和美丽。然而，这种外在的、形式上的美和健康都只具有修辞学的意义，它们并不发自机体本身，而只是一种文饰。这种健康和美丽，就像贴在信封上的邮票，随时都可以把它撕下来。

然而，究竟什么样的女性形象才是美的呢？如果我们到巴黎的罗浮宫底层去看断臂维纳斯的雕像，就会发现，体现在她身上的美乃是一种真正的健壮的美和健康的美，而绝不是在当代人中十分流行的那种病态的、骨感的美。其实，这样的所谓"美"，不如说就是丑。为什么？因为在这样的"美"中，我们找不到生命的活力，我们能够看到的，只是生命的颓废！

在日常生活中，我们常常发现人们审美观念的颠倒。比如，人们认为那些摇摇摆摆地跟在他们后面跑的宠物，如摇尾乞怜的哈巴狗、充满媚态的猫才是美的。其实，这些宠物何美之有？倒不如说，它们是世界上最丑陋的东西。真正美的并不是这些扭捏作态的宠物，而是充满野性和阳刚之气的动物。我们知道，在尼采的笔下，先知查拉图斯特拉最喜爱的动物是鹰和蛇。如果说鹰是眼光的象征，那么蛇就是智慧的标志。众所周知，鲁迅颂扬的动物则是狮子、金钱豹和天上的雄鹰。当狮子和金钱豹在旷野中奔跑的时候，当雄鹰在天空翱翔的时候，它们所展示的，不正是野性的生命的活力吗？

人们还认为，那种几乎遍布江南园林中的假山是美的。其实，这种千疮百孔、东倒西斜的东西何美之有？（笑）不能设想，一个留恋于这些假山之中的青年人会有真正的阳刚之气和健康的审美观念。真正美的山绝不是这些千疮百孔的假山，不管它们制作得如何新奇，如何"别有情趣"，从本质上看，它们都是丑陋的，而真正美的山就

是泰山、衡山、嵩山、华山、峨眉山等等。这才是真正的审美对象，才是值得我们颂扬和留恋的存在物。在这一点上，我就非常赞成北京大学的登山队。登山不光是一种体育活动，而且体现出一种全新的、健康的审美情趣！

再如，人们也普遍地认为，那些失去了主干、被精心地制作出来的盆景是美的。其实，盆景大多是以其畸形和怪异引起某些审美主体的赞扬。事实上，为了增加盆景的奇特性，人们甚至故意通过绳索的捆绑，使树木沿着人为的畸形方式发展。然而，这类畸形的树木究竟美在何处呢？在日常生活中，既然我们不认为一个畸形的人是美的，为什么却认为一棵畸形的树是美的呢？这不正是人们自己畸形发展的人性在审美过程中的一种投射吗？讲到这里，我就禁不住想起清代学者龚自珍的《病梅馆记》。他在这篇短文中写到：他把当时江南园林中的 300 盆畸形的梅树都买回家中，大哭两天，发誓要疗梅。他褪去了绑在梅树树干上的绳索，砸碎了花盆，把梅树重新种植到田里，以便让它们健康地成长。龚自珍的这一做法表明，他绝不认为那些失去了主干的病梅盆景是美的。相反，他认为，这些盆景是丑陋的，唯有那些自由自在地向上生长的梅树才真正是美的。这充分表明，龚自珍是清代学者中真正向所谓"文人画士"的病态的人性提出挑战的杰出思想家。他的可贵之处在于，他始终自觉地把健康的人性作为自己全部审美活动的前提和出发点。

正如德国诗人席勒在《美育书简》中所说的，"美是自由的女儿"。按照这样的审美观念，我们发现，在艺术作品中，最能激起我们美感的也许是米开朗琪罗的《被缚的奴隶》和《垂死的奴隶》、德拉克洛瓦的《自由引导人民》这样的作品，因为这类作品反映出来的主题正是人类对自由的不懈追求。目前中国流行的各种所谓美学理论之所以误入歧途，因为这些美学理论家们总是喋喋不休地讨论着所谓"审美共同心理"或者"审美认知结构"之类空洞的废话，不但把审美与认识活动混淆起来，而且完全忘记了席勒向我们揭示的这个伟大真理，即"美是自由的女儿"，我们应该把自己的每一次审美活动都理解为对自由的一种追求。如果撇开这个根本点，以学究气的方式谈论"审美共同心理"或者"审美认知结构"，这又有什么意义呢？

此外，媚俗意识还表现在：在以市场经济为导向的日常生活中，人们差不多完全失去了独立思考问题的能力，满足于跟着传媒和广告来安排自己的生活。人们既然已经不再使用自己的大脑，他们在某种程度上也就成了"无脑的存在物"了。也许给他们量身高时没有必要量到头顶，只有量到脖子就可以了，（笑）因为在脖子以上，已经没有任何存在物了。记得海德格尔《存在与时间》中曾经提出过一个重要概念——"常人"。在他看来，"常人"无处不在，但我们却到处都找不到。显然，海氏的"常人"并不指某些具体的人，而是指人的一种类型。"常人"就像各个领域中的权威或专家，领导着我们的生活。"常人"通过广告告诉我们，哪些商品是精良的，于是我们就去购买那些商品；"常人"告诉我们，哪些影视作品是优秀的，于是我们就去看那些影视作品；"常人"告诉我们，哪些书是有意义的，于是我们就去读那些书。总之，在"常人"的领导下，现代社会的普通人蜕变为没有任何主见的"单向度的人"。按照德国学者马尔库塞的看法，人们的思想本来应该有两个维度：一个是肯定现实生活，与现实生活认同的思想维度；另一个是反思并批判现实生活的思想维度。然而，人们现在却普遍地只剩下第一个维度，即与现实生活认同的维度，却失去了第二个维度，即反思并批判现实生活的维度。

据说一位专家在电视上做报告说，水果应该饭前吃；另一位专家做报告说，水果应该饭后吃。一个小孩从电视上听到这两种不同的观点后，终于迷失了方向，他不知道应该在什么时候吃水果。于是，他决心调和这两位专家的观点，竟一口饭一口水果地吃起来。（笑）当然，假如我们从哲学上来看问题，就会发现，所谓"饭

前"、"饭后"的对立是没有意义的。请大家仔细想一下，实际上在任何时候，我们都处于"饭前"的状态下，也处于"饭后"的状态下。比如，上午 10 点，既是"午饭前"，又是"早饭后"；凌晨 3 点，既是"早饭前"，又是昨天的"晚饭后"。也就是说，把"饭前"与"饭后"绝对对立起来没有意义。

人们在日常生活中经常可以感受到的"门卫心态"也是单向度思维的典型形式。当一个门卫看到有人拿着大包小包走进自己的单位时，他就闭起了眼睛，他不会去盘问来访者，因为他觉得，拿进来那么多的东西就是为自己的单位增加财富；反之，当有人从单位里把大包小包拿出去的时候，门卫就睁大了眼睛，因为他把任何东西被人拿出去都理解为自己单位的财富流失。然而，这种"门卫心态"毕竟也是单向度的，因为这个门卫也许从来没有考虑过：拿出去的东西可能是垃圾，拿进来的东西也可能是炸药。总之，这个门卫缺乏的正是理论上的反思和批判能力。

媚俗意识的蔓延还表现在，在我们的文化生活中，既缺乏真正的批评精神，也缺乏真正有水平的批评家。众所周知，俄国的文化艺术之所以会出现繁荣，就是因为有一大批真正有水平的批评家，如赫尔岑、别林斯基、杜勃留波夫、车尔尼雪夫斯基等的推动。事实上，没有一批伟大的批评家，一个民族的精神文化要得到提升是根本不可能的。然而，在我们这里，形成鲜明对照的是，我们的作者和评论家总是千方百计地去迎合读者，甚至无批判地去迎合读者的低级趣味，如对性和暴力的着力描绘。这种迎合的结果就是，作者、评论家和读者一起堕落。说得刻薄一点，甚至连"堕落"这个词也还用不到他们的身上去。因为堕落者在堕落之前必先站在高处，而他们的思想则连这样的高度都没有。所以，我们只能说他们的思想是平地上或污泥中的一种移动。

在我们的生活中，批判意识的匮乏表现在很多方面。比如，我们对许多著作的评论，也包括对艺术作品的评论，根本见不到真正

的批评，到处蔓延着的都是对评论对象的恭维。具有讽刺意义的是，人们之所以偶尔对某些作品的细节有所批评，仿佛只是为了证明，他们对评论对象的恭维是多么真诚！又如，文坛上到处泛滥的另一种批评形式是"黑马式的批评"，也就是有些批评家不在学术或艺术批评上真正下工夫，而是专门挑一些名家的"刺"，对名家进行人身攻击。乍看起来，这种批评形式似乎有点真刀真枪的味道，但却走错了方向。批评者的第一动机并不是推动学术和艺术事业的发展，而是通过向名家"叫板"，使自己"暴得大名"。这样的所谓"批评"本身就是不严肃的，就是变了质的，根本不可能对学术和艺术事业有实质性的贡献。

批评的变质还表现在对事物意义的无限夸大上。一杯水就只有一杯水的意义，没有必要去夸大它。然而，在我们这个时代，"意义"的概念却一再被滥用，以至竟成了一个毫无意义的概念！一位学者申请课题经费，哪怕他申请的是"茶文化"或"饮食文化"这样的边缘课题，他也会无例外地使用这样的表述方法，即"本课题具有重大的理论意义和现实意义"。仿佛他申请的这个课题如果不被通过，那么，人类的思想就会继续在黑暗中徘徊。由于每个人都把自己的研究夸大为意义十分重大，于是，本来轻飘飘的东西突然获得了重量，或者换一种说法，本来有重量的一些课题，如"中国政治体制改革"、"产权问题研究"等也就变得轻飘飘了。于是，所有的事物都进入了"太空状态"，失去了自己的真实重量。实际上，这也就是文化发展中的"泡沫化状态"。

媚俗意识的蔓延还表现在忏悔意识的缺失上。众所周知，在西方文化史上，有三部著名的《忏悔录》，即奥古斯丁的、卢梭的和列夫·托尔斯泰的。在我们中国，并没有真正意义上的《忏悔录》。或许我们可以在巴金的《随想录》或韦君宜的《思痛录》里感受到某些真实的东西，然而，在大多数人撰写的回忆录中，却见不到真实。某些人写到自己在过去历次政治运动中的经历时，都倾向于把自己

打扮成"天真无邪的少女"，仿佛所有的罪恶都是从周围来的，从其他人那里来的。众所周知，在"大跃进"时期，许多报纸曾出现了假报道，时有诸如"水稻亩产 10 万斤"这样的文字见诸报端。当时，也有一些著名的科学家，受名利的驱动，昧着良心出来替这类假报道做论证。但现在，这些科学家都到哪里去了？为什么他们不出来承认并忏悔自己的错误？为什么他们在回忆历史的时候，从来也没有产生过负罪感？这类现象是正常的吗？如果大家都认为这类现象是正常的，那么我们民族的忏悔意识的缺失岂不是到了无可救药的程度！

记得米兰·昆德拉曾对当时捷克的情况说过一句令人震撼的名言，即"每个受害者同时也可能是施害者"。事实上，那些处处以"受害者"自居的人难道就没有对其他人进行过"施害"吗？历史学家吴晗在"文革"中是一个受害者，然而，在 1957 年的"反右"斗争中难道他不也是一个施害者吗？历史就以这种悖论的方式塑造着许多人的行为方式，使他们既成了"受害者"，又成了"施害者"。当然，我这里并没有把受害者与施害者等同起来的意思，我只是指出，一个人对自己在历史上的行为应该有一个全面的认识。当一个人在不同的场合下既是受害者，又是施害者时，他就不应该以过于简单的方式来对待自己的历史行为。事实上，只有真诚地去反省并捕捉自己身上的"施害者"的影子，忏悔意识才可能在现代中国文化史上拥有自己的地位和可能有的深度，而媚俗意识的浓雾也会渐渐地褪去。否则，人们写得越多，回忆得越多，恐怕离开自己的良知就越远，而任何一种伟大的民族精神的重建都不可能以谎言作为自己的基础。只有敢于正视自己在历史上的错误，一种真正伟大的民族精神才可能脱颖而出。

自我困境的表现之三，是计算理性的高扬和价值理性的衰落。

在市场经济的负面因素引导下，计算理性正在上升为理性的最主要内容。必须注意，并不是人们手里拿着计算机在计算的时候，

他们才运用计算理性，而是在相当程度上，他们已经蜕化为计算机。也就是说，即使他们不处于计算状态时，甚至处于梦中状态时，他们也在计算！计算和算计已经成为他们的日常生活，成为他们全部思维的基本内容。比如，评价一个学生是否优秀，主要看他的学习成绩是否在班里名列前茅；评价一个企业家是否出类拔萃，主要看他每年上缴的企业利税是多少；评价一个归国华侨是否是爱国主义者，主要看他对地方政府的捐款数量有多少；评价一个普通居民是否道德高尚，主要看他在地震时捐款的数量有多少……总之，一切都还原为计算和算计，统计学仿佛成了一门最重要的学问！而相对衰落的则是价值理性。这种价值理性的衰落表现在许多方面，除了经济生活中的屡禁不绝的腐败现象，还有就是社会上普遍存在的制假贩假现象。据说，甚至连"三计"，即会计、统计和审计都出现了种种做假的现象。这表明，中国传统文化中的美德——诚信也正在当代中国人中慢慢地消失，人与人之间的信任度也在急剧下降。所有这些都表明，"自我"陷入了困境之中。对于"自我"来说，有太多的东西需要反省，也有太多的东西需要清理。

三、如何走出"自我"的困境？

我的主要看法是：

第一，"自我"应该学会如何正确地对待自己，也就是说，"自我"应该有自知之明。在自知之明中又包含着以下 3 个维度：

一是在立志与自己的能力之间建立必要的张力。一个人不应该没有自己的志向，但也不应该把自己的志向定得过高。没有志向，一个人就会失去方向，无所事事，人生就会在虚度中消失；反之，如果立志过高，甚至大大地超越了自己的能力，志向又容易夭折。一般说来，志向应该略高于一个人本身所具有的能力，以便积极地引导他度过自己的一生。另外，也不能老是处于志向不定的状态下。正如黑格尔所说，没有志向的人永远停留在可能性中，是"一片从

不发绿的枯叶"。乍看起来，他的志向的可能性是多种多样的，无限丰富的，然而，只要他不选择自己的志向，不实际地参与真正的现实生活，他就始终停留在幻想的云端中。所以，我们既不能自高自大，立志过高，陷入到"生命中不能承受之重"的状态中；也不能因过于自卑而立志太低，甚至根本就没有什么志向，从而使自己陷入"生命中不能承受之轻"的状态中。

二是"自我"在任何情况下都不应该滥用自己的聪明，要扬长避短，把自己的精力用到最能发挥自己才能的领域中去。歌德在治学中提出的一个重要思想是"人要善于限制自己"。黑格尔非常赞同歌德的观点，也指出，"一个人如要有所成就，就必须学会限制自己"。打个比方，太阳光线在散射状态下并不能产生多大的热量，但如果我们做一个简单的实验，即通过一面放大镜的聚焦，把太阳光线集中起来，就会形成较高的温度，并使一张纸片燃烧起来。换言之，多中心论也就是无中心论，"自我"的一生本来就是十分短暂的，如果再分散自己的精力于各方面，那就可能蹉跎一生，一事无成。事实上，人在 16 岁之前，60 岁之后，都是需要赡养的，而中间能够做一点事情的 44 年，除了其中的 1/3 的时间在床上睡觉，还有数不尽的杂事，如学习、恋爱、结婚、生子、在亲戚和同事关系中尽义务等等。把所有这些因素除开，一个人究竟还有多少时间可以真正地用于自己有兴趣进行研究或参与的领域呢？日常生活的智慧告诉我们，只有"有所不为，才能有所为"。什么都想抓住的人不但什么都抓不住，而且他的"自我"也随之而成了碎片，变得无处可找了。

三是"自我"应该在出世与入世之间建立必要的张力，这也是中国传统文化为我们提供的一个深刻的启示。众所周知，中国传统文化的一大特点是儒道互补。儒家主张经世致用，积极地参与现实生活；而道家则主张顺应自然，逍遥于山林之间。中国传统文化之所以历数千年而不衰，一个重要的原因就是在儒家的"入世精神"

和道家的"出世精神"之间始终保持着一种张力。这一点，对我的启发也很大，所以，我用以下两句话作为自己的座右铭：第一句是"做一点事情"，第二句话是"不要把自己做的事情看得太重要"。可以说，第一句话体现的是"入世精神"，人生在世不能虚度，所以总得从自己的能力出发，做一些力所能及的事情。没有第一句话，人生也就失去了自己的志向，像普希金笔下的叶甫盖尼·奥涅金。与此不同的是，第二句话体现的则是"出世精神"，虽然人生不应该虚度，但也不应该把自己的人生看得太重要，仿佛使自己成了海涅笔下的沙皇保罗。在保罗看来，世界上最重要的就是他自己的存在，而其他人也只有在与他进行谈话时，才可能是重要的。任何一个"自我"，如果把自己看得过于重要，那就显得太紧张了，于是也就陷入"生命中不能承受之重"之中了。其实，只要看看前人已经做过的大量事情，看看图书馆里汗牛充栋的著作，就会发现，我们的"自我"是何等渺小，何必使自己那么紧张，仿佛人类历史的全部重担都压在自己的身上呢？实际上，除了我们自己的幻觉和自作多情外，"自我"还能是什么东西呢？

第二，"自我"应该学会正确地对待他人。毋庸讳言，人是社会存在物，所以，正如海德格尔所说，人的存在本质上是"共在"。对于个人来说，并不存在一个是否喜欢他人，从而决定自己是否与他人共处的问题，而是他的全部存在本质上就是"共在"，即使当一个人处于孤零零的状态中时，他的存在仍然是"共在"。一个人之所以会感到孤独，也就表明他不能以非"共在"的方式生活在世界上。我们应该清醒地认识到，"他人"和"自我"是平等的，"他人"不可能被"自我"所吞并，所消化，相反，"他人"作为"自我"也是始源性的存在物。也就是说，对"自我"进行调适，学会与他人共处，乃是每一个"自我"无法逃避的普遍命运。要自觉地把这样的命运担当起来，就要做到以下两点：

一是要成为人，并尊重他人为人。这是黑格尔在《法哲学原理》

一书中提出的口号。"要成为人"的含义是：人本来是作为自然人而存在于世界上的，但人不应该停留在自然人的水准上，而应该成为真正有独立的法权人格和法律意识的人；"并尊重他人为人"的含义是：他人和我是同样的人格，如果我随意侵犯他人的人格，也就等于赋予他人以各种可能来侵犯和剥夺我的人格。于是，在普遍的无政府主义状态中，所有人的人格也都无例外地被侵犯并剥夺了。也就是说，人格本质上是一种主体际性，只有当一个人尊重他人的时候，他人才可能也尊重这个人。

二是要处理好权利与义务之间的关系。在日常生活中，人们常常只关心自己的权利，而不愿意践行自己应该承担的义务和责任。比如，人们常常使用"违心"这个词就是一种明证。明明做了不好的事情，但又声称自己是"违心"做的，明显地推卸自己的责任。事实上，"心"是我们身体的主要器官，如果连"心"都可以"违"，那么，还有什么东西不可以"违"呢？又如，"身不由己"这样的说法也是推卸自己的责任，仿佛自己的"身体"是不受自己的大脑管辖的。事实上，只要一个人的精神没有处于分裂的状态中，也就是说，他具有责任能力，他就必须对自己"身体"的行为负全部责任。再如，人们也常常用"鬼使神差"这样的提法来推卸自己的责任，似乎一个不好的行为都是由"鬼"、"神"在冥冥之中促成的，与行为的当事人毫无关系。这种推卸责任的做法就显得更可笑了。总之，任何"自我"要与"他人"和睦地相处，就既要维护自己应有的权利，又应该履行自己应尽的义务。

第三，追求人生的崇高境界。按照克尔凯郭尔的看法，人的一生在其发展中展现为3个不同的境界：青年人追求的是审美境界；中年人追求的是伦理境界；老年人追求的则是宗教境界。与之相映成趣的是，中国哲学家冯友兰先生也提出了人生"四大境界"理论：一是自然境界；二是功利境界；三是道德境界；四是天地境界。人作为万物之灵，作为理性的存在物，不应该满足于动物

般的本能状态，而应该自觉地追求境界。总而言之，人只有有了博大的胸怀和远大的追求，才能走出自我的困境，在这个世界上活得有声有色。

❖ 动物的语言与意识

苏彦捷

演讲人介绍　苏彦捷，女，1964 年生于北京。在北京大学心理学系完成本科、硕士和博士阶段的训练，于 1992 年 7 月获理学博上学位。现为北京大学心理学系教授、博士生导师、元培学院副院长、中国心理学会常务理事、北京心理学会秘书长、教育部心理学教学指导委员会秘书长。心理学报和兽类学报编委、国际 IUCN 灵长类专家组成员、中国灵长类专家组副组长。研究兴趣集中在心理能力的演化和发展，特别是心理理论的发生和发展以及社会行为和智力的演化。研究对象涉及鸟类和非人灵长类以及人类儿童。已经发表论文和著作百余篇（章）。曾获北京市优秀青年教师奖（1997）、宝钢教育基金优秀教师奖（2004）。

演讲时间　2001 年 8 月 13 日

演讲地点　北京大学

今天是周末，谢谢大家能抽出时间听我的讲座。今天的讲座还是蛮有意思的，是关于动物的语言与意识问题，而这也是心理学中研究的一个比较重要的问题。有人可能会问，心理学为什么会研究动物？事实上，研究动物主要是为了更好地理解人，因为人类的心理能力、发展状况无论如何都需要一个参照系，而这个参照系就是动物。我自己的研究方向既有动物又有儿童，今天，我主要挑了一

部分主题，就是关于语言和意识的问题。如果说别的大家可能还不那么奇怪，因为语言和意识都是很高级的功能，那么动物会怎样表现呢？我觉得和人比较可能更直接一点，更容易理解。如果有时间的话，我会给大家放一段录像，讲一些关于大猩猩的研究，也会提到许多关于语言的问题。

今天，我主要想从3个方面向大家介绍。一个就是动物的自然交往系统，说动物有语言主要依赖于我们怎么界定语言，如果把语言界定为人类的有声的语言的话，那当然动物就是没有的了。如果把它界定为一个交流的工具，或者说通过这个彼此可以交流信息，那动物肯定就是有语言的。下面，我们主要看一下在自然环境之中，动物是怎样交往的，是怎样交流信息的，并且怎样作出相应的反应。第二，我想用我们人类的语言去和它建立一种关系，研究一下它们是怎样互相交流信息的。第三，我想讲一下动物的意识和自我觉知。

首先，我们先来看一下动物的交流。就像刚才所说，如果我们这样界定语言的话，我们会发现很多动物都可以先发出信号，再通过一些媒介收到信号，然后做出相应的反应。我可以举一个例子。比如，一只雄鸟发出求偶的鸣叫，雌鸟接受还是不接受都会做出相应的反应，这就是一个交流的过程。我们可以把鸟类鸣叫作为一种语言，根据信息接收通道我们就可以把其分成化学通讯或化学交往、听觉上的交往、视觉上的交往、触觉上的交往以及其他感觉道的一些交往。在嗅觉和味觉通道方面，动物的交往是很多的，我们称为信息素或外信息素，其实人也有，只不过我们其他的交往方式可能占些优势，因此这种交流方式就被我们忽视了。可以说，我们人类关于嗅和味的这样一些信息的感觉都有些退化了，有点被有声语言和体态语言所压抑。但是，在一些特殊的人群中，就会有这样的能力，比如盲人的嗅觉就很灵敏。这种化学通道的通讯是有自己的优点的，就是它耗能比较少，但是它速度比较慢，因为它是靠扩散来交流的。听觉应该是动物当中很普遍的一种交流通道，听觉道的优

中小学生课间十分钟阅读系列丛书

点就是我们定位很清楚，但隐蔽性较差，这跟用手势来交流是不一样的。在坐公共汽车的时候，你可能会看见两个聋哑人用手来比划，你根本就听不见他们在说什么，那就是隐蔽性比较好。对于视觉，我们知道动物的典型的行为特征、行为表现都是视觉道，对于人类，书面语言就是视觉的，体态语言也是视觉的。这方面的信息往往都是多样化的、隐蔽的，我们需要有光，要不光比划也看不见，这样的话，就会影响我们的交流。对于触觉，我们知道人类很多的交流是通过触觉进行的，但是触觉也有一个缺点，就是它一定要是近距离的。除了我们上面提到的感觉道外，还有一些不太普遍的，比如说电鳗使用的电信号的传递。中央电视台《人与自然》栏目曾经让我们帮他们解释一个例了，就是：把两个有鱼的池塘用电线连接起来，一个池塘的鱼发出的信号就可以通过电线让另一个池塘的鱼接收，这种情况是否有可能？其实，这种情况是有可能发生的，这就是我们所说的通过电的感受器来觉察到相应的信号。这种电的东西不需要光，有一定的方向性，但是它需要高度特殊的器官，不是每一种动物都是可以用电来交流的，它必须要有特殊的器官才能发出和觉察到这种信号。以上都是我们从信息的发送、接收的通道来看信息交流的形式。我们常用人类的语言来衡量动物，那么，人类的语言有什么样的特点呢？我们做语言学研究的都可以列出十几条，但是有一些突出的特点，也就是说，当我们做人和动物语言的比较研究的时候，我们通常会从几个标准来讨论它到底算不算是一种语言。人类语言最突出的特征是任意性或者叫武断性，就是说人类使用的一些词都是由人类定下来的，比如我们称这个不是桌子而是椅子，这都是我们的老祖宗很早就定下来的，所以有一定的武断性和任意性。现实生活中有很多这样的例子，大家可能也注意到一点，我们现在出现了很多新词，比如"丁宠一族"就是丁克家庭养宠物的意思，大家可以看看这是不是很任意啊，还有些词如"大款"等都具有很武断的特点。另外，我们翻译过来的很多东西也是具有一

定的武断性或任意性的。语法应该是有很多有限的规则的，但用不同的词互换或在不同的场合使用，它可以表达很多东西，这些特点都被我们拿来去对应动物使用的交流工具是不是语言，比如它们所表达的能不能指代一个东西、能不能有些变化。当然，如果说它是语言的话，应该还可以有一些新的表达，就是可以生成、可以转述。过一会儿，你们就可以看看我讲的一些例子是否符合这些标准。当然，如果使用语言学家界定出来的十几条标准严格来说的话，动物是很难和我们比的，因为这都是我们界定出来的，所以我们宁愿用一种功能的角度、功能的尺度来界定动物是否有语言。

在研究语言的过程中会用到很多方法，如果用考古学的方法研究语言的话，那么研究人类的语言还可以，比如说在西宁我们参观彩陶博物馆，它4000多年前的陶罐上就有一些文字，那些都可以作为我们研究语言发展过程的重要依据，我们也可以从中看出人们是通过怎样的途径来完成一些信息的交流。但是，当时行为表现出来的东西和当时发出的声音都无法留下考古的证据，那么我们就可以对现存的物种进行一些交往的分析，来帮助我们构建出可能的演化的途径。我们一直说要与动物之间建立交流，有一个电视片就讲有一些人会讲狼语，至于这是否可信我不知道，但由此可见，人类是非常想和动物交流的，非常希望听得懂动物的语言。

下面，我们来看看动物的自然交往系统，具体讲一些例子。

首先我想说一个蜜蜂的例子。大家都知道，蜜蜂可以通过形体的动作来传递信息，传递食源、新的巢穴等多种信息。我们知道如果它们交换找到食源的信息时就会"跳舞"，一般距离比较近的时候它们就会跳圆舞，这时候并没有什么具体方向和距离的信息，它们只是表示距离比较近。在不同的蜜蜂物种中所谓的近是不一样的，在有些物种中，近距离是指10米以内，有的则是指100米以内。如果远的话，它们就会跳一种"8"字舞或者叫摇摆舞，在蜂巢壁上，它们可以正着走，也可以倒着走，也可以有一个夹角去走。一般来

说，正着走是冲向光源的，也就是说出去就向着太阳飞，背着走就是背向光源的，如果成个夹角走的话就说明和太阳的位置是呈一个夹角的，所以说这些代表了方向的信息。而距离的信息则依据于它跳的情况，它摇摆的速度和转的快慢就表现了巢穴和食源的距离情况。如果巢穴离食源比较近就转得比较快，因为很多工蜂都要出去找食源，回来后大家就"开会讨论"，谁坚持到最后谁的意见就会占上风。如果是寻找食源，找到食源后，工蜂可以带点花粉给其他的工蜂尝，以这样的方法来提供更多的信息。以上我所讲的就是蜜蜂的舞蹈语言，它可以通过舞蹈来表示距离和方向的信息。

其次，我想再说一个特别有名的黑脸长尾猴的例子，这是上世纪60年代就已经开始做的工作，领导这个研究的两位学者现在出了本关于狒狒社会的新书，大家有兴趣可以找来读一读。当时，他们在国家公园里研究黑脸长尾猴的时候，发现它们在遇到不同的天敌或其他动物的时候就会发出不同的叫声。总结一下，他们发现主要有4种叫声，其中有3种都是发现天敌的叫声，还有一种则是遇见其他动物发出的叫声。比如，遇见豹子的时候它们就会发出一种叫声，其他个体听到后一起往树上爬，为什么呢？因为豹子是在地上跑的，所以发出那种声音的时候它们就往树上爬。如果是遇到鹰来的时候，情况则又会有所不同，大家可能知道鹰在空旷的地方很容易就能捕到猎物。不知道大家有没有感受过，我曾经就感受过一次，看它在天上飞还不那么大，但是往下一扑后真是非常可怕的，所以如果真的给它那么一个空间的话，对于个体来说就真的很危险，因此长尾猴听到"鹰来了"就会选择往灌木丛里跑。如果是听到"蛇来了"的话，它们就会站起来看，判断一下蛇的具体方位然后再决定往那边跑。当然遇到其他动物发出的叫声没有特定化的典型的反应，猴子或其他动物都会有一些不同的呼叫表示不同的含义。研究后有些研究者就提出那不一定，不太承认它们和我们一样是有语言的，也因此产生了许多不同的解释。有些人认为这就是一种简单的语言系统；也有人认为这就是一种提示行为，就是什么都没说只是一种提醒；除此之外还有一种解释说不同的呼叫代表着不同的恐惧水平。为了验证一下，我们把不同场合猴子发出的不同声音都录了下来，然后放给猴子听，发现引起了不同的逃跑行为。这样的话，我们就可以排除第二种解释，因为第二种解释认为只是一种提醒，应该都是一样的啊。如果我们改变放音的音调、速度、持续时间，反应没有什么不一样，我们就可以排除第三种解释。但还有人怀疑这到底是条件反射还是真的有含义啊，对于什么叫条件反射我可以给大家举个例子。我在做金丝猴研究的时候，饲养员小鲍总是说："我们的被试豆豆总能知道我在叫它。"那小猴子真的很有意思，每次小鲍叫它的时候它都会应一声，可是我觉得事实可能不是这样，于是我就喊了一声"小鲍"，豆豆还是应了一声，这就说明豆豆只是一种条件反射，就是你对着它发出一个声音，它就会应一声。我们在做金丝猴声音通讯的研究的时候总会用到习惯化的方法，"狼来了"的故事中当小孩喊了 3 声后就没有人理他了，这就是习惯化了。研究者就选了两个声音，都是遇到其他动物或另一群猴子的声音：一个是很长的大的颤音表明两群相遇了；另一个是很尖的声音，表示事态严重，要打起来了。这些发音是不一样的，但是意义是相似的。做实验的时候，研究者就先放 A 猴的尖的声音，记录一个其他猴子反应的基线。第二天的时候每隔 20 分钟就放 A 猴的长的颤音，一共 8 次，到最后 20 分钟的时候再放 A 猴的尖的声音，结果就发现没有猴子有反应了，说明猴子是把这两种发音不同但意义相似的声音都习惯化了。也就是说，A 说遇见谁了，结果根本没有，那你说打起来了，我当然也不信了。第二个实验中，我们先放出 A 猴的尖的声音，第二天每隔 20 分钟就放出 B 猴的长的颤音，就好像是一个小家伙喊"狼来了，狼来了"，喊 8 次，没有人理它，但后来换了一个小猴子喊"狼来了"的时候大家就又都有反应了。在做第三个实验的时候，一开始放一个声音说"鹰来了"，第二天的时候就放些声

中小学生课间十分钟阅读系列丛书

音说"豹子来了"，等到习惯化了后，我再说"鹰来了"它还是有反应的。所以我们就通过这样的实验来表明黑脸长尾猴的警告的确是一种简单的语言系统，可能我们还有很多东西不清楚，但就现有的情况来看就是这样的，这是我们在自然的栖息地看到的东西。它们的语言技能和我们的语言技能其实还是有很多相似之处的。当我们对成年黑脸长尾猴个体观察的时候就会发现对豹子的警告大部分是针对豹子发出来的，但对婴幼个体来说，如果它说鹰来了那范围就很广了，天上很多飞的东西都会被包括在里面，不会那么分化的。其实这是一个需要学习的过程，首先他们要先学会分类——天上飞的、地上跑的，先把大类分出来，然后再精细化。而且它们还可以用语言来撒谎的，怎么撒谎呢？举个例子，当两群黑脸长尾猴相遇，互相争斗地盘，眼看要失守的一群里一个小猴子大喊一声"豹子来了！"这时候大家四散而逃，于是战斗结束。所以我们观察出来的这些东西就有些像我们的语言了，我们可以列出一些特征并比较一下它们的语言和我们的语言是否有很多相似之处。以上就是我所说的自然的交往系统。这种自然的交往系统其实还有很多，我不知道大家是否看过这样一部电影，是关于鲸鱼发声的研究。而在现实生活中，研究者也做过许多关于海洋动物语言的研究，比如说海豚。

下面我讲一些实验室的研究。在这些研究中，有的明星被试被研者研究了一辈子，它们都是有名有姓的，我们就会记住它们，后面我会讲很多明星被试的例子。这是两个海豚的明星被试，主要是学人发明出来的表达某种含义的手势，并跟它们通过一些方式建立起一种交往的关系。比如让海豚去拿一个东西，只需要一个手势，它就去做了。研究者对海狮也做过相应的研究。在海洋馆里我们可以看到许多这样类似的实验，当然那不是很严格，严格的实验应该要做很多限制的，比如发出指令者的眼睛上要戴墨镜，要不然就会提供一些线索。动物有时候是很聪明的，它可以根据很多线索来做一些事情。我不知道大家是否听过这样一个故事，就是在19世纪

90年代的时候，有一只聪明的马叫汉斯，这只聪明的马是可以做算术的，就是你说3加2等于几啊？它都可以算出来。这是德国的一个中学数学老师训练出来的一匹马，影响特别大，于是心理学家就组成一个专家组去考察一下它到底是否真的这么聪明。他们做了很多测试，的确发现这匹马都能做对，后来有一个研究者就提出来说："我有一个办法，还可以测试它一下。"他就拽住马耳朵，悄悄地问：2加3等于几啊？不让别人听到，这马就不会做了。后来人们发现，原来我们问2加3等于几的时候，我们围观的人就会算，哦，等于5，这时候马就开始踏蹄子啦，当它踏前四下的时候发现我们都还很紧张，但是到第五下的时候就会发现我们都不由自主地放松了，于是它就不再踏第六下了，所以说，很多线索都是可以被动物利用的。因此，在实验中，我们就必须对这些线索加以控制，要戴上墨镜，而且发出指令的人也是不记录被试的反应的，因为发出指令的人会有期待的，所以我们要进行实验，因此这些都是非常严格的，海洋馆的那个就显得不怎么严格了，但是我们还是可以利用这些方法与动物建立起一些联系。

下一个这种关于动物语言的研究，就要讲到一只著名的非洲灰鹦鹉，那只鹦鹉是可以说话的。在我比较心理学的课上，我们应该看过相关录像。研究者拿一个玉米给鹦鹉看，你问它这是什么东西，它会说是corn；你问它这是什么颜色，它会说yellow。也就是说，它们是会讲英语口语的。在训练的时候，我们给它找一个竞争对手（实验助手），然后实验者问问题，助手回答，它就会跟着学，于是就学会了这些词，能交流起来。它的学习很有成效，研究者可以问很多问题，比如说"有几个木块啊"、"什么颜色"、"什么形状"，它都可以回答。但不幸的是，这只神奇的非洲灰鹦鹉在今年的9月6日死去了，终年31岁，这真的是很可惜的。据它的网站上说，它之前刚刚做过身体检查没什么问题，还不知道到底是怎么回事，在它死后就马上成立了一个基金会，募集来的经费继续做一些相应的研

中小学生课间十分钟阅读系列丛书

究，这个个案研究特别有名。我曾经还看到过一个报道，但我没有真正见到录像，就是说它可以理解情绪，也可以表达情绪，有一次它病了要在兽医院里住院，它对它的研究者说"我会想你的"，所以他们真的建立起了一个非常强烈的互动关系。

我们刚才讲到了许多自然交往中的例子，当然实验室里也有很多，实验室的例子都是用人样的语言去教动物，希望和动物建立起这样一个交流关系。下面我就讲一个大猿的例子，因为大猿是最多用人样的语言去教它，与人建立起联系的动物。最初的时候，人们都用口语来教它们，如果能够教会一种动物跟你说口语多好啊。在这里我想提一点，大猩猩、黑猩猩、黄猩猩中的黑、黄，大都是不能随便省略的，否则就变成别人的名字了。最开始的时候研究者们就用一种口语训练，就是想让它说话。为了让它说话，花了很多工夫去训练，从上世纪初就一直在教，像过一会儿我给大家放的录像中就有一只叫 Vicky 的黑猩猩，教它很长时间，只学会了"ba""ma""up""cup"4 个词。这是怎么教的呢，其实"ba""ma"还是很好教的，小孩子无意中发出的"ba…"的声音就是那样的，但是"up"它发不出来，于是研究者就把它的嘴撑开，然后手松开，上下唇碰上让它说出来，所以研究者真的是用了很多法子，觉得这太难了。大家就想为什么它就学不会，像鹦鹉学舌这都是很自然的事情啊。这是因为大猿发音器官的整体构造与我们人类不同，很多的元音它发不出来，所以就没法像我们这样去讲话。发现了这一原因之后，大家就改变了方式。后来发现黑猩猩的手势挺多的，于是研究者就准备教它手势语。在上世纪 60 年代就有人开始创立这样的一个研究计划，Gardner 先生做了很长时间，到现在他的很多学生、助手也都还在做，他们用美国南方手势语（ASL）来教一个很有名的被试叫 Washoe。Washoe 有名到什么程度呢？我在 1996 年时去加拿大开会，见到了这个研究计划的创始人 Gardner 先生，他告诉我Washoe 比他还有名。有一次他过海关的时候手里拿了盘 Washoe 的录像带，检查人员问他："你手里拿的是什么啊？"他回答说是Washoe的录像带。于是，检查人员就放行了。因为美国很多研究成果都会在媒体上宣传、放很多片子，所以很多人都知道Washoe。Washoe学了很多手势语，可以用手势语表达很多东西。举个例子，有一次它看到Gardner的助手Fouts（现在是主要的研究者）在抽烟斗，它过去抢但人家不给它，于是它就说"脏"，它用了"脏"这个词来骂人。事实上，有一次Fouts带它逛校园的时候看到有人在和泥，它想过去，但是Fouts不让它过去，用了"脏"这个手势。于是，它就学会了这个词并用在了这个地方来表达它的情绪。还有一次，它在湖面上看见了天鹅，因为它没学过天鹅这个词，于是就比划出水和鸟两个手势，研究者提出这可能表明它可以产生新词。在Washoe怀孕的时候，当有人用手势语问它"你的baby在哪儿啊？"它就会指着自己的肚子，所以它可以在自然的环境中建立一个交往的关系。我刚才讲的都是些关于黑猩猩的研究，因为这种研究是从黑猩猩那里开创出来的，后来还有些有名的被试，比如Koko。Koko也会很多手势语，而且它还能听懂很多口语。目前的研究成果是，我们完全可以通过语音合成器来和一些大猿交流。我看到过一个录像，Kanzi（一只有名的倭黑猩猩）还可以听电话。Koko可以和人在互联网上聊天。那么有人可能就会问啊，它怎么上互联网聊天啊？其实，它不会敲键盘，就在一旁打手势，然后旁边的工作人员会把它的手势翻译出来并输入到电脑上和网友聊天。除此之外，它还会叫自己的名字、比划鸟以及写字，在平时的生活中，它还很喜欢猫。当然，在黄猩猩中也有很多有名的被试，但这些被试可能没有刚才我说的那两个被试那么有名，它们也都学会了很多手势语。后来，有研究者提出手势语太模糊了，它们用一些小塑料片，各种颜色和各种形状的塑料片，比如红圆代表苹果，黄方块代表香蕉，研究者教它们按顺序将这些塑料片摆出来，就像是把各种词组成一个句子一样，这就叫做人造词汇的学习。后来，也真有黑猩猩学会了，可

中小学生课间十分钟阅读系列丛书

以表达"Mary 给我香蕉"等。在上个世纪 70 年代，人们使用一种像键盘那样的大大的板子，上面有很多符号，被试按就行了，按了一个后显示屏上就会显示出来被试到底想说什么，这样的话，它就能更容易地与人交流了。这段时间，又有一个很有名的被试就是前面提到的倭黑猩猩 Kanzi。以往一些研究者认为大猿的语言学习只是条件反射，但是 Kanzi 则有力地证明它可以像小孩学说话那样通过模仿学习语言。当时研究者做一个键盘词汇学习实验是以 Kanzi 的妈妈为被试的，当时并没有给 Kanzi 教什么东西，但有一天 Kanzi 竟然在屏幕上敲出"我想到哪儿去"，研究者们感到特惊讶、特兴奋，因为 Kanzi 的这一举动就像是小孩子学语言一样，你并没有有意识地教它就学会了。于是，后来人们就开始专门来研究它，到 2000 年的时候，国际心理学大会还有一个专场专门来介绍 Kanzi 研究的进展情况。现在，我还可以给大家举一个很有意思的例子。看这些照片，大家知道这些实验应该都是双盲的，所以记录反应的人不知道耳机里给 Kanzi 的指令是什么，这时候 Kanzi 的指令是通过耳机由另一个房间传达过来的，比如我说"苹果"，它就要在一个图片册里把苹果的图像找出来。在开始实验时，Kanzi 看起来很认真，研究者把书打开问它："你听到的是什么？" Kanzi 看了看后就找出了一张图片，表示我听到的是什么，这个研究者只需要记下 Kanzi 指的是什么就可以了，他并不知道正确还是不正确，这就是实验的过程，所以实验控制得真的很严格。而且，在做动物的实验时人们也常会加一些强化，不仅有物质强化，还有社会性的精神强化，比如说"真不错"，"鼓掌"等。Kanzi 还可以作画，看照片上的这幅画卖了 1500 美元，用于野外类人猿的保护。我在日本京都灵长类研究中心参观时，他们也有一个很有名的被试叫 Ai，Ai 要的鼓励是什么呢？——大家鼓掌，就是如果它做对了的话，人们要既给它吃的又要给它鼓掌，所以它总是需要一个强化，这个强化可能是物质性的也可能是社会性的。这些就是用人样的语言来训练动物，就是我能够告诉它我要什么，它能够做出一些相应的反应。

下面我想简单地提一下关于动物意识的研究，动物意识的研究和动物语言的研究还不是特别一样，因为语言还是能够看到一些，但意识是个很复杂的现象，一提到意识很多人就会想到哲学，觉得它还是挺难的、挺抽象的东西，因此我想引笛卡儿说的一句话"我知道我存在，问题是我是什么。"意识就是这样，看不见摸不着，所以这种实验真的很难做，即使在人类中间都是很难做的，那么在动物身上就更难做了。在研究当中，研究者用了很多行为的方法来帮助我们了解动物到底是不是有一种觉知、一种意识，其中最有名的一种监测的方法就是镜像测验。孩子还小的时候，当他们照镜子时，他们会和镜子里的自己玩耍、交流；到了大一点的时候，比如18到24个月左右，他们就会用镜子作为一个能够观察自己的东西，照着镜子动动这啊、动动那啊，或者做些鬼脸，这些就是我们所说的对镜像的反应，如果他能够认识到镜中的像就是自己，那我们就认为他有意识，或者有自我觉知的能力。这是个非常有名的实验，在儿童中做实验的时候我们也常会使用这种方法，我们有时会在小孩脸上点一个口红印，然后让他们照镜子，看看会有什么反应。在动物中做也是这样，有一个实验就做了10只黑猩猩，之前它们都没有照镜子的经验。在做实验的时候，人们先把镜子放在了它们的笼舍中，就是让它们先熟悉镜子。这些黑猩猩看到后产生了各种各样的表现，但一开始的时候它们都是做一些指向他人的行为，就是把镜子中的个体当作其他个体并产生了各种各样的社会反应。但慢慢的，它们就有了一些自我指向的反应，剔剔牙啊、摸摸嘴或者脸啊，也就是说它们已经逐渐熟悉了镜子。后来，研究者把黑猩猩麻醉，并在它的额头上点了一个红点，当它醒了再照镜子时你就会发现它就开始蹭这个东西，那它为什么蹭自己而不蹭镜子中的像啊，这就表明它已经意识到镜子中的个体就是自己，出现这种自我指向性的反应就表明它已经知道镜里的个体是它自己，这就是镜像测验的一个范

例。事实上，我们还可以研究其他大猿，如猩猩（黄猩猩）、大猩猩等。我参加国际灵长类学学术会议的时候，曾经看过一段录像，是做黄猩猩的。让动物面向墙坐在那里，在它后面晃动帽子，光在墙上照出影子，这只黄猩猩就知道转过身去抓，它知道帽子在后面，其实，这和镜子的形式是一样的，这就表明它也是有自我觉知的。我刚才说过，黑猩猩、大猩猩、黄猩猩都是可以被研究的，但是猴子不行，不能通过镜像测验。报纸上有一次登了一个报道，说有些鸟把很多汽车的后视镜都啄烂了，为什么呢？原因是它看到后视镜中还有一只鸟，于是就和镜子中的个体打架。这种实验我们也做过，就是我们把镜子放在小鸟的面前，它看到后就会绕到后面去找，也就是说，它并不知道镜子中的像就是自己。除了大猿外，海豚也是可以的，它也是可以通过镜像测验的。最近又有研究表明，大象也是可以的。大家都认为大象很聪明，认为大象有那么大的脑袋，但是我们一直没有证据表明大象可以通过镜像测验，结果在去年年底发表的一篇文章中就提到了亚洲象被试可以通过镜像测验。文章里面提到以前的实验没有做出来的原因可能是因为没有用一个足够大的镜子。因此，在这个实验中，研究者就用了足够大的镜子来做，大家如果感兴趣的话都可以看些相应的文献。所以，如果总结一下，我们会发现大猩猩、海豚、大象都是可以通过镜像测验的，但是其他动物就不行了。我可以告诉大家，有些动物如小鸡、小鸭等是没法通过镜像测验的，但我们可以通过它们这种能力的状况改善它们的生活条件，因为这些动物都需要成群，如果只有它一只或只有很少几只的时候，你就可以给它在周围放上镜子，让它感觉周围有一群，从而自己会感觉好一点儿。

下面我想给大家简单介绍一些我们做的实验。我们完成了一些金丝猴的研究，有的是在动物园做的，有的是在野外做的，但我们做野外的研究时其实和一些生物学背景的研究者是不一样的，因为我们比较关注它们个体的表现以及社群的结构，因为社会性在心理

学中是很重要的，我们关注它们怎么对社会生活适应、这些社会生活怎样对它的能力有所推动。其实，正是因为一个复杂的社会生活才促使我们的能力发展到今天的这个样子，因此我们对它们的社会生活很感兴趣。我以前在《百家讲坛》讲过一个关于金丝猴的社会的讲座，如果有兴趣的话，大家可以从网上找来看看。这张图片显示的实验是我在大兴濒危动物驯养繁殖中心（现在是北京野生动物园）做的，被试叫豆豆，还有一个小家伙叫京九，我做的是一个关于断奶的研究，因为我很感兴趣动物发展的过程。我们就每天观察什么时候小猴子会断奶，后来发现大概在一岁的时候，妈妈就开始引起断奶的过程，因为哺乳是抑制排卵的，所以如果它一直都喂奶的话就没法进入下一个繁殖周期，所以它就要慢慢地开始断奶。但这一开始都是妈妈的一厢情愿，小猴子才不管呢，一不让它吃奶，它就发脾气（甩头、撒娇）。刚开始的一段时间，妈妈往往会妥协"好，好，你吃"，这一段时间就像拉锯战。金丝猴是有午睡的习惯的，而且常常是两只个体相拥而睡。还吃奶的时候，小猴子就会在阿姨和妈妈中间午睡，但等到断奶的时候，它只有往里挤才能挤得进去。但在一岁半左右的时候，我就在两只小猴子身上都观察到了一个特别明显的分界点：一天中午，小猴子还想往妈妈和阿姨中间挤的时候，妈妈说什么也不让它进去了，因此小猴子就特可怜地依偎在妈妈身边"叫"了一中午，以后就再也没有观察到它吃奶，所以断奶是特别有意思的。我们可以看出，断奶也是一个过程，一开始的时候小猴子想吃奶，妈妈躲不开的时候就只好妥协，但最后到了一定时候就说什么也不让吃了，因此我们能很明显地看到母子关系的变化。后来，我们的观察数据还有一些是关于父子关系变化的。父亲对于女儿和儿子的态度是不太一样的，这个当然和它的社群结构和生活是相关联的。这是第一个例子。第二个例子也是很有意思的，我们叫代理母亲，代理母亲就是如果哪个个体去世了或者不会带孩子，其他个体就会代替或帮助母亲去抚养它的后代。但我们这

中小学生课间十分钟阅读系列丛书

个代理母亲还不是同种的代理母亲，我们这个是跨物种的代理母亲。在实验室里我们有红面猴也有恒河猴，我们有只红面猴就是代理妈妈，有只恒河猴的妈妈在怀着它的时候就长了一种口腔的鳞状细胞癌，我们就一直在担心不要小猴子还没有出世妈妈就死了，结果妈妈就一直支撑着，到小猴子出世20天的时候妈妈就去世了。这时候小猴子还没有断奶啊，我们就想着给它人工喂奶，我们实验室的老师还试图把它带到家里面去喂养。小猴子很喜欢被人一直搂着，可是大家都要干事，于是我们试过给它一个布娃娃让它搂着，可是这也不够自然，于是我们就想办法给它找个代理妈妈。这个红面猴妈妈有个半岁的孩子，可以自己吃食了。我们就想让才20天大的小猴子去吃那个妈妈的奶，但它们不是同种。大家都知道认仔是需要认味道的，我们将母猴麻醉，把它原来的孩子拿了出来，把那只小猴子放了进去，可是我们就特别担心那只母猴不认这只小猴。我们一直在观察。等母猴醒了之后，它就对着小猴子看过来看过去，最终还是接受了并把它养大了。等到它原来的孩子一岁的时候，我们又把它的孩子放回去让它们团聚了，还想看看它的妈妈到底还认不认它的孩子。这个小猴子是认妈的，它一过去就往它怀里钻，可是这只母猴子手里还抱着一只呢，于是就把它的亲生小孩往外推，想着怎么又来一个。不过没多久，两只小家伙都可以呆在妈妈怀里了。

其实，我们在做实验的过程中观察了许多，这就体现了一种比较心理学，就是动物给我们提供一个参照系，这可以帮助我们来了解人有什么独特的地方。第三个例子是我们在动物园做的一个研究，也是很有意思的。北京动物园有一个幼儿园，大家知道动物园是一个人为的环境，因为那里的个体没有生活经验，所以有些个体不会带崽儿，于是动物园就会人工抚养动物幼仔。为了不让它们孤单，动物园就会把很多小动物都搁一块儿，我们当时做研究的时候就觉得这样的情境太难得了。这次的被试总共有4只动物，一只金丝猴，一只黑猩猩，还有两只小老虎。金丝猴是群居动物，我想看看它从

群体中出来后还能不能再回去，这就是我最初做这个研究的初衷，但很可惜的是这只猴子并没有活到它能回去的时候，在实验做到一半的时候它就夭折了。但我们还是看到了许多很有意思的事情。这只黑猩猩是非常活跃的，不断地上下翻腾；这只小猴子则非常弱，而且特别安静，虽然想和它们玩但是玩不了；这两只小老虎中有一只眼睛不太好，因此也不太灵便，和那只金丝猴成了玩伴；另外一只则非常活跃，于是和那只黑猩猩成了玩伴。也就是说，动物们在成长过程中需要伙伴，但谁和谁能够成为玩伴是有条件限制的。

我就想让大家通过以上几个例子来感受一下我们的实验都是怎样进行的、是怎样表现的。以下我想给大家展示一段大猩猩 Koko 的录像，这段录像很长，我就给大家看看前面的一段，让大家来感受一下就可以了。

（……一段英文录像）

我说一个故事，就是有一个大猩猩的笼舍掉进去了一个小孩，结果那个小孩就不断地哭，围观者当时就特别害怕，生怕大猩猩伤害了小孩。因为大猩猩的力气是很大的，它在自然界中是没有天敌的。我曾经看过一张来自非洲的照片，就是一只大猩猩被人们绑了起来，被人们抬着，这其实是氏族间打仗作为一种示威的东西，因为大猩猩代表着一种强大的力量。因此，当时围观者就特别害怕那只大猩猩伤害那个孩子，但是它走过去后，只是轻轻地摸了摸那孩子，然后就把他护在那里了，后来饲养员过来就把那孩子救起来了。这件事情发生后就有人讨论当时大猩猩有没有什么情绪上的反应，它会不会对孩子的痛苦产生共鸣。其实动物有很多和我们人类相似的地方，通过对它们的研究，我们就在想人是怎样的。由于我也做儿童的研究，其实动物研究和儿童研究有很多相通的地方，特别是在小孩子还不太能说话的时候是和动物很像的，所以我们希望能用更多的方法去理解它们，和它们建立起很好的关系，这样才能做出更好的研究。

今天我就讲到这里，谢谢大家！

❖呼唤礼仪回归传承文化之魂

——传统礼仪文化与现代社会

彭 林

演讲人介绍 彭林，男，1949 年生，无锡市人。1984 年考入北京师范大学历史系读研，因学业优秀，1986 年提前攻读博士学位。1989 年毕业，获历史学博士学位并留校工作，1991 年晋升副教授，1993 年破格晋升教授。现为清华大学人文学院历史系教授、博士生导师，人文学院学位委员会委员；兼任中国社科院古代文明研究中心客座研究员，《中国文化研究》编委。主要从事中国古代学术思想史、历史文献学研究，尤其注重对儒家经典《周礼》、《仪礼》、《礼记》以及中国古代礼乐文化的研究。著有《<周礼>主体思想与成书年代研究》、《文物精品与文化中国》、《中国古代礼仪文明》、《古代朝鲜礼学丛稿》；主编《经学研究论文选》、《清代经学与文化》、《清代经学讲希》等；点校的文献有《仪礼正义》、《礼经释例》、《观堂集林》等；已在《历史研究》、《中国史研究》、《考古》、《清华大学学报》、《台大中文学报》等刊物发表学术论文 100 余篇。

演讲时间 2003 年 4 月 14 日

演讲地点 北京大学

各位老师、各位同学，首先我要感谢北大学生会和主办单位给了我这一次机会，使我能够就传统文化与现代社会的问题与北大师

生作面对面的交流。

一、礼乐文明诞生是伟大的历史进步

我们史学界有一位泰山北斗叫钱穆，20 世纪 60 年代，钱先生在台湾接见美国学者邓尔麟时，向他谈了自己对中国传统文化的见解。大家知道，中国传统文化博大精深，可是它的核心在哪里？在这样一个博大的体系中，起着最深层的影响的东西是什么？钱先生说只有一个字，就是"礼"。他说，礼是中国传统文化的核心，从一个家庭到整个国家，我们所有的行为准则都是由"礼"来笼罩的。我们中国幅员如此辽阔，从南到北，从东到西，各地的风俗差别非常之大。西方人是以风俗来划分国家的，如果按照西方人的观点，这么大的差别，就是不同国家了。可是在中国，不管你的风俗有多么不同、方言有多大的差别，但是在"礼"这个层面上都是认同的。礼是我们中华民族的一种思维方式，一种行为准则。所以，要了解中国文化，就非要了解"礼"不可。

正如大家所知道的，近代以来，每当人们对传统文化进行抨击的时候，"礼"总是首当其冲地受到批判。到了"文化大革命"时，对"礼"的冲击达到了登峰造极的地步。"四人帮"说，"礼"就是奴隶制。《论语》上有句话叫作"克己复礼"，江青说"克己复礼"就是复辟奴隶制。江青把礼与奴隶制直接划了等号，它的恶劣影响，直到今天还远远没有肃清，所以，我们今天要做的第一件事就是要为这个"礼"来正名。

如果要用一句话来谈对礼的认识，那么，我要说"礼"不仅不是反动、落后的东西，恰恰相反，它在中国的诞生，是一个伟大的历史进步。为什么这样说呢？我们一谈到礼，就不能不去找它的源头，就一定会从"周公制礼作乐"谈起。大家知道，殷周之际，武王伐纣，把商朝推翻了。那时候武王身体不好，几年之后就死了。他的儿子成王年龄幼小，还在襁褓之中，不能亲政，于是就由成王

的叔叔周公来摄政。这个周公非常了不得，原本是一次寻常意义上的改朝换代，经过他的手，就变成了天翻地覆的一场体制和思想领域的革命。我们清华大学的前辈学者王静安先生在他的《殷周制度论》里说过有一句非常著名的话，他说："中国政治与文化的变革，莫剧于殷周之际。"中国古代 2000 多年文明，政权发生过很多次转移，但大多没有发生本质上的变化，只是天子换了；这中间只有一次真正意义上的革命，就是武王克商。拿今天通俗的话来说，殷周革命就是奴隶制变成了封建制。殷商是奴隶制，我们在河南安阳的殷墟可以看到，一个商王死了以后，要杀掉几十个、甚至几百个奴隶或者战俘来殉葬。殷墟的王陵区有上千个祭祀坑，一个坑往往埋有 10 个被杀死的人。处于社会底层的战俘和奴隶，没有尊严可言，他们的价值与牛、羊、猪一样，不过是奉献给神的牺牲。殷商时代的青铜文化非常灿烂，我们所看到的司母戊大方鼎、四羊方尊等许多最为雄伟、精美的青铜器，都是这一时期的作品。但是，殷商王朝是一个跛足的巨人，它的物质文明虽然相当发达，但它的精神文明却是一片空白。殷墟出土十几万片甲骨告诉我们，商王无论什么事情，包括明天下不下雨、打猎能否有收获，乃至做了什么梦等等，都要占卜，这是一个神权的时代。物质文明和精神文明完全失调，只能依靠暴政来统治人民。所以，牧野之战，70 万刑徒前线倒戈。一个物质文明那么强大的王朝、像纸房子一样顷刻之间就倒了！如此迅速的变化，令人感到惊讶不已。《史记·周本纪》说，周公晚上睡不着，就去找武王，发现武王也没睡。他问武王："你怎么还不睡？"武王说："我哪里睡得着？一个国力那么强的王朝，顷刻之间就灭亡了，我们如何避免重蹈它的覆辙？"怎样才能长治久安？这是摆在周人面前的一个现实问题。作为政治家的周公，对商朝的历史做了一个详细的梳理和思考。他发现商朝前期的一些王还是很好的，特别是像祖丁啊，武丁啊，有的在位 50 多年，有的在位 70 多年，当时国力非常强盛。到后期的那些王，在位时间都很不长，或五六

年，或三四年，都是短命的王。周公认为根本的原因是他们失德。周公认为商朝的灭亡不是由于天命，而是由于他们失德。失德者失人心，失人心就必然灭亡。所以我们今天在《尚书》还可以读到很多篇周公对当年臣下的训诰，他反反复复提到："殷鉴不远，在夏后之世"，商朝亡国的教训并不远，就在夏的后面。那么怎么办？他提出一个口号，叫"明德"。周公是历史上第一个提出要把"明德"作为执政纲领的政治家。为了保证这样一个纲领的实施，周公制定了一系列人性化的制度，后人称之为"礼制"，这就是著名的周公"制礼作乐"。

德政要怎么样体现？德政要有制度来加以保证。周公设计的这套制度跟商朝截然不同，王静安先生在他的《殷周制度论》里面有一些非常精彩的论述，他说："殷周间之大变革，自其表言之，不过一姓一家之兴亡都邑之转移；自其里言之，则旧制度废而新制度兴。又自其表言之，则故圣人之所以取天下及所以守之者，若无以异于后世之帝王；又自其里言之，则其制度文物与其立制之本意，乃出于万世治安之大计，其心术与规摹，迥非后世帝王所能梦见也。"周公那样地深思熟虑，制定的体制那样完备，后面有多少个朝代都在跟着往下走，但他们根本不能想象、也无法明白周公的用心和胸襟。王静安先生在概括了周公制定了一些礼制之后说，周公用来纲纪天下的宗旨是什么呢？是"纳上下于道德，而合天子、诸侯、卿大夫、士、庶民以成一道德之团体，周公制作之本意，实在于此"；王先生还说："周之制度、典礼，实皆为道德而设。"周公执政，不是靠行政权力或者暴力，而是靠道德。这是我们首先要谈到的，只有理解了道德在儒家思想中的地位，我们才能往下谈。

我们现在读《尚书》，感到非常亲切，因为它里面很注重民意。它里面有一篇非常著名的《酒诰》，商朝人很喜欢饮酒，惟长夜之饮，喝得连日子都弄不清了，最后亡国了。周公就告诫自己的官员不要酗酒，谁要是酗酒就把他杀了，要吸取历史的教训。他里面有这样一句话："无于水鉴，当于民鉴。"意思是说，要把老百姓对执政者的反映当作一面镜子，而不要仅仅把水当作镜子。《尚书》里还说到："天聪明自我民聪明，天明畏（威）自我民明威。"以前人们讲到周的时候，总是说周朝人爱讲"天命"。其实周人的"天命"是个幌子，他讲的是天，实际上是在说人民。《尚书》里还有那样一句话可以作为我们这么说的证据，叫做"天视自我民视，天听自我民听"，天之所见，是通过人民的眼睛得到的，老百姓看到的，就是上天所看到的；天之所听，需要借由人民的耳朵，老百姓听到的，就是上天所听到的。这是一种何等进步的思想！江青说周公代表的是奴隶制，简直连起码的事实也不顾了，真是"欲加之罪，何患无辞"！天下哪有这样的奴隶制？周人的这种思想，把人民看做是社会之本，我们把它叫做"民本主义"。

史学界多数学者认为，从商到周，是从奴隶制迈向了封建制，当然这是有争议的，比如郭沫若就说到战国时才进入封建社会。"文革"之前，学术界里多数学者认为西周时开始进入封建社会，殷周之间差异实在太大了。有一位叫方东美的台湾学者说了一段非常精彩的话，我觉得可以和王静安先生的话相互印证。方先生说，殷周之际是历史上变革最为巨大的时代，殷是一个神权主义的时代，而西周则是进入到了人本主义时代。他说，殷商是神话时代，当时的古希腊也处在神话时代。中国的神话时代比较短，因为中国从西周起就进入了人本主义时代，而古希腊直到我们的战国时期才转入人本主义时代，所以古希腊的神话特别发达，我们的人本主义思想特别早熟，这是东西方不同的地方。周公制礼所规定的一套制度奠定了我们 2000 年文明的底蕴，在他之后，基本上只有量变，没有什么质变。中华礼乐文化的底蕴在这时就奠定了。孔子非常推崇周公，他说过"我很久没有梦见周公了"这样的话。他认为周公推行的制度最好，他说"郁郁乎文哉，吾从周"。他赞成周公的德政，但是德

在内心，外边看不到。于是他把德理解为一个"仁"字，说"仁者爱人"，有德的人必然最懂得爱人，懂得珍视人的价值，懂得尊重别人。后来，孔子的学生把孔子仁的理念理论化，发展了孔子的思想。那时候，百家争鸣，很多人提出了各自的政见。但凡一个思想家，在提出自己学说的时候，总是要寻找自己学说与人的特性的契合点，这个契合点找得越好，越最符合人类的特性，就越容易推行。法家认为人都怕死、怕受刑，所以主张用法来治国。道家认为人都不愿意受束缚，不愿意受限制，所以提出无为而治的主张。儒家不然，儒家认为人是有感情的动物，人的喜怒哀乐之性最值得尊重。人性是与生俱来的，《中庸》说"天命之谓性"，它有天然的合理性，所以执政者应该尊重人性，"己所不欲，勿施于人"，你不喜欢暴力，就不要把暴力强加在人民头上；你不喜欢痛苦，就不要把痛苦强加于人们头上。但是，如果把人性的合理性过分地张扬、无限地夸大，不许有丝毫的约束，那就无异于把人等同于畜性，牛马之性不需要受约束。人性不能自发地达到一个无过、无不及的理想位置，所以要教育。人跟动物的不同之处，是人能接受教育，《中庸》又说"修道之谓教"，修正人性之道就是教育。周公所制的礼，主要体现在一些典制上，到孔子之后，又加进了一套修养性的东西，一套教学方法。到了荀子，他把法家的东西吸收了过来，把礼和法结合起来，逐步形成了一个礼学的体系，影响非常之大。礼学体系内容非常庞大，包括理论形态、典章制度、行为规范以及修身养性的东西等等。

二、礼乐文化所体现的人文精神

在 20 世纪 80 年代文化大讨论的时候，人们常常讨论的一个问题，就是人和动物的根本区别在哪里？怎样界定"人"？实际上，在儒家的典籍《礼记》中早就讨论过这个问题。人与动物的区别是什么？《礼记》说："人之所以为人，礼义也。"人懂得礼而动物不懂

中小学生课间十分钟阅读系列丛书

得礼，《礼记》还说："鹦鹉能言，不离飞鸟。猩猩能言，不离禽兽。今人而无礼，虽能言，不亦禽兽之心乎！"人如果不懂礼，就是衣冠禽兽、会说话的禽兽。所以《礼记》又说："是故圣人作，为礼以教人，使人以有礼，知自别于禽兽。"儒家认为，人与动物的差别是懂不懂礼，举手投足是不是体现出礼的精神。《礼记》说："礼也者，理也。""礼也者，理之不可易者也。"礼的精神所体现的，是一种不能改变的一种道理，只有固守这一点，才算得上是一个真正意义上的人、一个大写的人。

在儒家的眼中，礼又是区别文明与野蛮的标准。唐代学者韩愈在他的一篇非常著名的文章《原道》中曾经非常深刻地谈到这一点。孔夫子用"六艺"教学生，其中有一部叫《春秋》，原本是鲁国的史书，写得非常简略，猛一看，看不出什么深奥的问题来。孔夫子为什么要把它作为教育学生的教材呢？据《史记·太史公自序》，司马迁曾经与上大夫壶遂讨论过这问题，司马迁认为孔子之所以的意思是要人们懂得"防微杜渐"的道理，因为乱臣贼子的出现都是有一个过程的，要懂得防范。韩愈不太同意司马迁的说法，认为孔子作《春秋》，是因为春秋是一个文化碰撞非常激烈的时代，周边的夷狄与中原发生了非常频繁的军事冲突。韩愈认为，军事冲突从本质上讲是文化冲突。在彼此的冲突中，文化发生了转换，有些夷狄之邦发现中原的礼仪很先进，就模仿和学习；而中原的某些诸侯却向往夷狄的文化，也在模仿和学习。而这两种学习的性质是完全不同的，它的要害在于，是落后文化向先进文明靠拢，还是相反。韩愈认为，孔子修《春秋》，是要严格区分夷夏之别，夷夏之别的根本是在礼。韩愈说，中原的诸侯转而用夷狄之礼，那么，我们就要把你"夷狄之"，就是把你当作夷狄来看待，不再认为你是中原的一员。相反，你原本是夷狄之邦，但转而使用了我们中原的礼法，认同了我们的文化，我们就要"诸侯之"，把它看做是中原大家庭中的一员。韩愈的说法没有种族歧视，唯一的标准是文化。他认为，春秋

时期中原与周边四夷的冲突是文化冲突，就是先进文化和后进文化的较量，是让历史走向进步，还是走向倒退的大问题。这才是孔子修《春秋》的深意之所在。中原文化代表了当时亚洲最先进的文化，我们形成了自己独特的文化传统，人民有非常好的文化修养，这就是礼仪文明。韩愈在《原道》中讲的道理，我们千万不能忘记。现在有些学校也在讲授一些礼仪课，但它的目的非常清楚，就是将来你去求职，如果不注意礼仪，就会被人家刷掉。所以，你只要学习了礼仪，求职时就可以过关了。为了这样的目的来开礼仪课，貌似有理，但从根本上来说，则是不对的。中国古代的礼仪是以修身作为基础的，《礼记》说，只有"德辉动于内"，才能"理发诸外"，你内心树立了德，德辉动于内，表现在行为上才是合于理的礼。所以，我们强调礼要和修身结合起来，如果离开修身，行为即使中规中矩，也不能叫礼，而只能叫仪。鲁昭公到晋国去访问，到达晋国的郊外，晋君派大臣去迎接他，称为"郊劳"。迎接的仪式从郊劳开始，步步为礼，极其复杂。鲁昭公居然一点都没做错，晋国人看了佩服得不得了，说他真懂礼呀！晋国一位叫女叔齐的大夫说，他哪是懂礼呀，他做的不过是"仪"罢了。礼的根本是要治国安邦，而他国内的政治非常混乱，还到处欺骗大国，凌虐小国，喜欢乘人之危，灾难将要降临在他的头上，却浑然不知。他不知将精力放在礼的根本上，却屑屑于礼仪的末节，这样的人怎么能够懂礼呢？女叔齐的话很有道理。所以，礼是以内心的德作为基本前提的，否则就是作秀。我目前在清华开一课介绍中国古代礼仪文明的课，经常有同学问我，怎样树立起新时代的行为规范？我总是回答说："去读读《礼记》吧。"《礼记》的主题就是讲如何修身，例如说"礼者，自卑而尊人。虽负贩者，必有尊也"，要懂得自谦和尊重他人，即使是一个摆地摊的，也一定有值得尊敬的地方，不要因为贫富和地位等因素而歧视别人。《礼记》又说："傲不可长，欲不可纵，志不可满，乐不可极"，是说人要懂得谦虚自守；"临财勿苟得，临难毋苟

中小学生课间十分钟阅读系列丛书

免"，看到钱财，不要总是想怎么去占有它；遇到危难，不要总是想怎么去逃脱它。又如"公庭不言妇女"、"公事不私议"、"朝言不及犬马"等等，都是非常好的格言、警句，如果大家都能谨记于心，社会风气就会好得多。

我们清华有些理工学生非常可钦佩，他们非常喜欢学习古代经典。有一次，我听说有一些研究生在自发地学习《礼记》，我问一位同学：《礼记》的第一篇《曲礼》开头就说"毋不敬"，你知道它的意思吗？那位同学听后觉得有些奇怪，因为这 3 个字都认得，有什么难解的地方呢？我告诉他，礼是以敬为主的，所以朱熹说"毋不敬"是一部《礼记》的纲领。我在清华讲课时，要求学生在心里有一个大写的"敬"字，要时时想到尊重自己，尊重同学，尊重老师，尊重学业。有了这个大写的"敬"字，很多事情你就知道自律了。我们现在老是要求学生不要这样、不要那样，总是在行为上作硬性规定，而很少让学生在内心把"德"树立起来，所以效果很差。如果让学生懂得礼的核心是"敬"，那么就可以让他凡事用这个"敬"字去衡量，效果就会好得多。现在大学里边上课，上课迟到已经是屡见不鲜的现象，而且迟到之后毫无愧疚之色，大摇大摆地走进来。此外，上课时打手机，回答老师的问题时，连站都不愿站起来。殊不知，这样做既不尊重老师，也不尊重自己，是胸中没有"敬"字的表现。东汉经学家郑玄在为"毋不敬"三字作注的时候说："礼主于敬。"唐朝的贾公彦《礼记疏》申述郑玄的话说，古人把礼分成吉、凶、军、宾、嘉五类，五礼的实质，无一不是通过"拜"的形式来表达"敬"的。夫妇相敬，君臣相敬，士与士相敬，对自己的亲人就不用说了，哪怕已经逝去，依然要保持敬意。由这个"敬"字，可以衍生出很多东西，就会有礼让。"文革"时候造反，老师也成了资产阶级，我怎么会尊敬你？我不反你就是好的。现在这些流毒并没有肃清。我以前看过一个报道，贵校的一位副校长到韩国某大学访问，对方校长陪着参观校容，走到某处，有几个韩国的学生

正在那里玩，他们看到校长陪着客人过来了，马上自动站到路边，向校长和客人恭恭敬敬地鞠躬。北大这位校长很惊讶，说我在北大可没享受过这种待遇！今天我在来北大的路上遇见我们清华中文系的老系主任徐葆耕教授，他问我去哪里？我说去北大作一个关于礼乐文化的讲座。他很感慨地说："我最近老坐公共汽车，我已经六十八九岁了，从来没有人给我让过座。让我感到难过的是，这趟车上大部分是北大、清华的学生。"当时听了，我也很惭愧，我们作为老师，没有跟学生讲做人的道理，没有讲"毋不敬"的道理。无论什么事情，你首先应该为对方着想才对，比如你在家里开电视机或者开生日聚会的时候，应该想到，我这么闹，会不会影响邻居休息？人家还能不能看书？在饭店里面吃饭，不管周围有人没人，我们都喜欢大声嚷嚷，这也是一种不尊重他人的行为。改革开放以后，我们出国的人越来越多，大家都嚷嚷惯了，到了哪个国家都是一样，闹得人家饭店里的客人没法谈话。我们做事很少考虑别人的感受。时间不多了，就说这么一些，点到为止。

三、人文奥运离我们还有多远？

2008 年的奥运，举世瞩目，我们政府已经把绿色奥运、科技奥运和人文奥运作为本届奥运的目标。对于我们中国来说，绿色奥运和科技奥运不难做到。我想，难的是人文奥运。什么是人文奥运？我到现在没有看到一个比较满意的解释。给我的印象是，报纸、电台宣传的人文奥运，主要是指古代文明，北京有天坛、长城、故宫、颐和园等等，还不够你看的？我们有五千年文明。可是，我们常说"人文日新"，这些古迹怎么日新？所以，我认为这样的宣传口径是值得商榷的。"人文"一词原出于《周易·贲卦》，在这一卦里边，"人文"是与"天文"一起提出来的。在古代农业社会，要得到丰收，就一定要注意观测天文，顺应节气的转换，在农事的关键之处，有时连一个时辰都不能差。"文革"时我们在江西劳动，有一句口号叫"不插五一秧"，4月30日必须全部插完，如果拖到五月一号，这一年的收成就一定会减少。所以要"观乎天文"，一个农业社会要连天文都搞不懂可不得了。而人类社会的进步则要注意人文，人文是指礼乐教化。老百姓要教育，只有不断提升他们的素质，社会才能走向文明、走向进步。中国要走向世界，要让世界了解中国，我们在经济建设取得翻天覆地的变化之后，人民的精神面貌也应该有相应的进步才是，要让人觉得我们确实是一个有着五千年文明积淀的民族。可是，现在看报纸上的报道，往往觉得很气馁，有的外国人批评中国是一个吐痰的王国，北京是一个吐痰的首都，等等。事关中华民族的形象，我们绝不可以等闲视之。可是，眼下有关部门的兴奋点集中在能拿多少奥运金牌、奥运经济带来多少收入，把"人文奥运"丢到了一边。

在这里，我还想谈谈"观光"这个词。目前似乎大家都把"观光"理解成游山玩水。这个理解并不正确。"观光"一词最早见于《周易·睽卦》，这里所说的观光，是说观国家的盛德之光辉。盛德之下，人的精神面貌和文明程度自然是不同凡俗的。假如2008年奥运会上我们多拿了几块金牌，钱也多捞了一把，而且中国人的精神面貌也得到了全世界的赞扬，那就是全面丰收了。但是，照目前的情况来看，"人文奥运"的目标能否达到，还不太好说。前些日子，北京在巴黎街头举办了中国文化年的大型活动，我在电视上看到后很兴奋，于是给一位正在巴黎访问的朋友发了Email，说巴黎对中国文化如此迷恋，让我觉得特别高兴。

不料，这位朋友回信说，当时西欧的某些媒体污蔑中国的负面报道特别多，说中国人没有文化、没有教养，为了钱可以不顾一切等等。当然，总有一些欧洲人喜欢作这样的文章。可是，"谣言止于智者"，只要我们身上没有了这些毛病，谣言自然就会平息。到2008年奥运时，到中国来旅游和考察的外国人会比任何时候都多，亲身感受中国、感觉中国人，世界将由此了解一个真正的中国。那

时，每个中国人都是形象大使。但是目前我们的这种文明状态是肯定不能合格的。前几天，我和几个朋友在一起聊天，有位朋友说：你们想一想，现在我们的生活中还有什么是可以称为礼的东西？大家想了半天，都想不不出来。真是感到悲哀。

现在韩国、日本生活中的礼，基本上都是从中国传过去的，如今成了人家的文化。我现在课上就有几个韩日留学生，其中有一位韩国留学生来之前曾想，中国不得了，他们是礼仪之邦呀，这次来中国一定要多多地学习。结果到中国一看，根本就没有礼。连在韩国最简单的一个礼，就是见到老师要鞠躬，她在这里也从来没有看到过，没有一个中国同学向老师鞠躬。她说，我还是坚持见到老师要鞠躬的礼仪，否则我会很不安的。我听了以后很感慨，打算请他来给我们的学生上一课，她已经答应了。人都需要得到别人的尊重，人与人相互尊重，可以使人际关系变得比较温馨。

总之，我希望全社会都来关注"人文奥运"，脚踏实地走向"人文奥运"，而不要只是说空话，那样永远不会改变现状。

新一代互联网时代的机遇与挑战

史蒂夫·鲍尔默

演讲人介绍 史蒂夫，生于 1956 年 3 月 24 日，毕业于哈佛大学，获数学和经济学学士学位。宝洁公司产品助理经理；微软公司销售支持执行副总裁；微软公司总裁。鲍尔默先生于 1980 年加盟微软，他是比尔·盖茨聘用的第一位商务经理。史蒂夫·鲍尔默最引人注目的特点就是"易于激动"。激动的时候，鲍尔默习惯于把任何东西都强调三遍，他是天生的销售明星和演说家，一站上演讲台就会有难以抑制的澎湃活力。

| 演讲时间 | 2000 年 9 月 9 日 |
| 演讲地点 | 清华大学 |

　　能够在这里跟大家交流，是我无比的荣幸。对我来说，学生几乎是我最乐于为之作演讲的听众。（掌声）张亚勤介绍了我的学生时代，当时我和比尔·盖茨一道在哈佛读书。我可以向大家保证，我曾经当过学生，我也曾经有过头发。（大笑，掌声）

　　与清华大学的关系对微软公司来说是十分重要的，微软中国研究院也和清华有着密切的联系。我最近接受了邀请，出任清华管理学院的顾问，我为此感到十分高兴。目前，有 100 多名清华毕业的研究生在微软位于西雅图附近的雷德蒙总部工作，我本人也非常荣幸有这个机会初次拜访清华。

　　微软在中国发展业务，至今已有 8 个年头。从信息技术的角度讲，在这里发生了许多令人难以置信的变化，包括研究、开发以及硬件等方面，所有这些变化都是令人欣喜的。实际上，中国是微软除美国以外唯一同时设有销售、支持、开发和研究机构的国家。因为在中国，有无数优秀的、富有创造力的技术天才。在座诸位有的来自其他赋有声望的高等学府，但是有人告诉我，清华是强中之强，所以能够来到这里演讲是我的荣幸。（掌声）

　　在我开始进入正题之前，我想问你们几个问题，只是希望对我的听众有个大概的了解。你们中间有多少人希望在日常工作中使用微软的 Windows 产品？有多少人在工作中使用 Linux？有多少人在过去 24 小时之内上过因特网？（Steve 笑了）我发现只有微软的人举手回答所有的问题。我发现今天的演讲有一点与众不同，就是由我来主讲。这是系列讲座的一部分，讲座是关于如何成为一个优秀的研究人员，它与众不同的地方就在于讲座的第一课是由一个非研究人员主讲。我从来就没有研究过计算机科学。我相信，在第一次演讲过后，这门课程将回到严谨的学术氛围当中。但我还是希望利用这个机会告诉大家一些有意义的事情，一种不可思议的转变，是我们预见今后几年内将要发生在网络领域里的。这就是我今天希望跟大家谈的主要内容。

在我开始之前，我想组织一场关于个人电脑方面的知识竞赛。个人电脑的发明大约是 19 到 20 年以前的事情。你大概会说计算机的历史可能更长，但是个人电脑的历史大概就是 20 年左右。令人惊奇不已的是，个人电脑总是在根据市场上出现的新事物、新机会而不断地变化和改造着自己。个人电脑刚刚出现的时候，它只是一个编写程序的工具。当人们需要个人电脑时，它是处理工具、分析工具、教育工具，后来成为播放音乐、看录像、发送电子邮件和连接网络的工具。因为它是一种通用性的设备，人们在其中安装了不同的应用程序，但是它的定义和灵魂并没有改变。我提到这些，因为它对于帮助我们认识未来的因特网是很重要的。因特网将如何变化，保持它的灵活性？它需要什么样的新技术？因为从信息技术方面看，未来 20 年的革命，将围绕"个人电脑＋网络＋无数新颖而令人惊奇的设备"这个主题。个人电脑在很大程度上被一个称为"摩尔定律"的法则驱动着。这个定律是以英特尔公司的奠基人高登·摩尔的名字命名的。

高登·摩尔认为，处理器的能力每一年半的时间就会翻一倍。所以大家可以稍微想象一下 10 年以后这个曲线的走向。通过我们的分析、实验室工作和英特尔的研究，我们发现摩尔定律在过去的 10 年里并没有放慢速度——摩尔定律的 10 年。有了摩尔定律，我们可以将处理能力转换为令人眼花缭乱的电波，在过去的 20 年里，个人电脑因此而变得越来越廉价、快捷和优秀。如果我们仍然沿用 20 年前的低速设备，我们就不可能创造图形用户界面和其他令人惊异的东西，个人电脑也不会像今天这样成功。然而，今天，摩尔定律将要运用到一个新的方向，它正在被运用到传播领域中。

因特网为什么会存在？带宽为什么会被拓展来联系世界各地的

人们？因为人们以新的方式将微处理器的能力应用到了电子通信领域，我们看到使用费用的降低和世界各地的联通。这种处理器的能力将被应用到新的设备中：小型的手持设备。就像我手上刚巧拿到的东西一样。这玩意儿比 4 年前我拥有的任何计算机的功能都要强大。我可以留下语音笔记（对机器说）"你好，我是史蒂夫，我正在清华大学，请留言给我。"我可以将录音回放，可以将百科全书、我家人的照片、我的日程表、电子邮件放在里面，甚至装上完全版的因特网浏览器，而且屏幕尺寸刚好够用。这就是摩尔定律的奇迹。摩尔定律给了我们这样令人不可思议的机会，以全新的方式运用处理器的能力。我们在谈论下一代因特网，同时我们也在谈论摩尔定律运用的新领域。以在座的各位为代表、遍及全球的一代人，将是第一代这样的人。他们在成长的过程中始终认为因特网是工作和生活不可或缺的一部分。我猜，在这张幻灯片上的我就是人们所说的"Baby Ballmer"。

我生于 1956 年，我长大之后个人电脑才出现。在我的印象中，电脑就是长长的纸条和捧着一沓卡片来回地跑。甚至在我的阅历中，也看到了随着无线电广播和电视的发展成长起来的几代人。我的孩子，他们年龄还小，属于基本上认为个人电脑和因特网的存在是理所应当的一代人。我 4 岁的小儿子对我说："爸爸，我想上 www. tolls. com。""好吧，我们去！"我承认，我还是先审阅了一下这个网站。我是他的"私人内容顾问"，无论如何，也许不是你们这一代，而是我孩子这一代人，也许会认为下一代因特网是理所应当的。这一点是很重要的，我们在谈论下一代因特网，其实使用者适应所使用工具的方式，恰恰改变了工具本身。当个人电脑还是少量生产、用途单一、并且只有技术专家才可以使用的机器时，它的定义并没有得到扩展。

成千上万每天使用因特网的用户的介入，为技术的改进创造了某种条件。因特网在接下来的一段时间里会发生怎样的变化？在座的大都是技术人才，如果向你们提出这个问题，你们是否认为 10 年之后的因特网还会像现在这样吗？或者你们认为 10 年之后的因特网会发生巨大的变化？我猜，在座的人中有大多数会回答"不同"。不错，这很有帮助。第二个问题是：与现在相比，10 年后的因特网会有什么样的不同？了解这样的不同，并为此投入你们的精力、了不起的创造力、最好的主意，帮助塑造未来的因特网，这就是下一代因特网为所有学生提供的机会，也是为微软和全球众多的企业提供的机会。我们思考未来 10 年将发生的转变，我不知道它是否会在 1 年、3 年或 5 年内发生，但我确信它会在 10 年内发生。我相信将要发生的一些基本的变化。为了更好地了解这些变化，我回顾了个人电脑在最初 10 年内的发展变化。

目前的因特网，大家通常一次只能访问一个站点，而且并没有什么范例说明若干网站之间的协同工作。如果我们回到个人电脑最初的年代，并没有什么范例能告诉我们不同的应用程序如何在机器里面协同工作。我们一次只能执行一种程序，而且这些程序之间不能对话。我们现在也只能逐个地浏览网站。只要设想一下，你现在需要从 4 个不同网站上收集信息，并将它们放在一起阅读；设想一下你可以创造能够与其他网站实现交流的网站；设想一下你是用户，又不想记住 20 个不同的上网密码。如果因特网变成用户的一个整合使用体验，结果又会怎样？这就是我们预言将要发生的事情。

设想一下，你要编写一个应用程序，用于航班订座。这是个很不错的例子。你要设计这样一个网站，当你订了机票之后，它能在你远方父母的日历上标明你回家的日子。比如，你将于 9 月份一个星期天的中午 12 点回到家中，假如你的航班延误了，能不能设法告知你的父母，你将稍后回家呢？是否有办法让你的父母告诉你："如果在周日，请传呼我或给我打手机，如果在周一，请到办公室找我"？也许你可能会说，每个网站都可以做到这些，但是把这些网站

整合起来的模式并不存在。所以，我们正构想一种称作 XML 的标准，作为基础，来整合所有的网站，建立一个崭新的世界。

下面谈我们认为的第二个不同点。今天的因特网，可以说是愚笨而瘦小的客户对机灵而有学问的服务器说话，明天的因特网应该是机灵的客户对机灵的服务器说话。我喜欢把聪明的客户端，而不是愚笨的客户端放在口袋里，因为这样我可以得到更多的利润。目前的客户端有什么问题呢？他们需要有人照顾，要有人及时告知他们，为他们安装最新的软件——在座所有人都知道是什么。关键是如何对下一代因特网上软件的定义作出新的诠释。软件将演变成服务，软件会自我维护，自我更新，在未来 10 年内将成为现实的宽带因特网，所有这一切都是自动的。今天，因特网应用的 99% 都是通过个人电脑实现的。个人电脑将继续作为一种非常重要的设备，但是 10 年之内，你的电视机也将成为接入因特网的工具，还有你的移动电话。

我在设想这样一种图景：周末，我在家中观看篮球比赛，当时正在进行一场精彩的比赛，有我喜欢的奥尼尔参加。我的块头和他差不多。我对电视机大声叫喊道："比尔，你在看比赛吗？"我的电视机配有语音识别装置，网络回应："比尔？他指的是谁？——比尔·盖茨！"网络说："查看好友名单，把他选为短信息的收件人。""比尔·盖茨"，于是比尔在家里听到了声音。他容许我在周末打扰他。"比尔，你在看奥尼尔的比赛吗？"10 年内，所有这些都会在因特网上实现。一句话，这些都是在谈对新型用户界面的需求。今天的因特网界面就是浏览器，它的功能还不像别的个人电脑应用程序那样丰富，也没有自然语言界面和语音识别。这种技术将使用户界面变得更加灵活，从移动电话到电视机和个人电脑。我们将有全新的用户体验，全新的用户界面。我们刚刚把微软中国研究院的创院院长李开复请到了西雅图总部，他实际上将作为新型用户体验部门的开发负责人，将各种元素集合起来。

最后一点，但绝不是最不重要的一点，我们建立网站的方式必须改变。建立网站的确是十分困难的事。要让网站吸引更多的访问者更加困难。我们需要提供工具，使新时代的网站和应用程序的创建、剥离和运行变得更加容易。让我给大家举几个例子。我刚刚谈到了旅行，现在说说医疗保健方面的例子。我并不知道中国的医疗系统是如何工作的，但是知道美国的医疗系统是非常难以理解的。如果我家住西雅图，但是不幸在旧金山患病，当地的医护人员是根本无法阅读我的医疗记录的。也许你们中国没有这样的问题，但是在美国，真是一团糟。如何去解决呢？答案当然是下一代因特网。我必须把我的医疗档案放在网上，并且告诉医生如何进入、查看。"但是，我今天只是摔断了腿，所以你只能看有关我的腿的内容，而不是我的心脏或者我的脑袋，今天只看腿。"你对这些信息保留隐私权。在下一代因特网的新世界中，就是采用这种方法在保证适当的安全等的前提下分享共有信息。

在这个世界中，我注意到了许多方面正在发生变革的事例。如果你想一想我刚才描述的下一代因特网在工作中的能力，它可以做的事就更多了。现在，我们中的大多数人仍然使用纸张，台下在座的各位几乎每个人都拿着纸，用来作记录。我们不仅需要无纸办公室，还需要无纸学校。10年之后，我们不是带着这样的笔记本，而是手里一个类似写字板、带着计算机屏幕的东西，它看起来像个普通的笔记本，通过无线方式与高速因特网相连。你不仅能够记笔记，而且能够用我们称之为写字板电脑（Tablet PC）的下一代设备浏览因特网，屏幕又大又清晰，谁还愿意带着纸到处走？我为所有的纸张制造商感到遗憾。我本人非常喜爱读书，但是我的孙子们可能会认为屏幕就是书，因为他们无论在工作场所、学校还是在家，都是从那里阅读东西。

今天的因特网是了解消费者反馈的方法之一。全世界每天有大约2500万人次访问Microsoft. com网站，我可以非常精确地告诉大家，他们在看什么、他们关心什么、对订购什么产品感兴趣。如果我们把这些信息按照适当的形式排列，这就形成了一个巨大的数据库，帮助我们更好地了解消费者。类似的数字反馈循环将继续得到改善。其实这个问题不仅存在于企业内，甚至存在于高校里。如果大家真正地花精力收集研究项目所需的资料，可以到因特网上搜索。但是如果为建立新一代因特网而搜寻所有的资料、信息和建议，你们想从包括微软在内的大多数机构的行政部门的办公桌上寻找资料的话就相当麻烦了。

再来看看我们的家里将发生什么变化呢？大家可能知道一些关于电视方面将出现的变化，但是还有更多。我们甚至今年就能推出一种新技术：你在家里看电视，觉得口渴，于是按下暂停键，休息5分钟，取一些冷饮，然后再回来，接着看，而所有的节目都会从你离开的那一点重新开始。为什么可以这样呢？就是因为你的电视机连接了一个硬盘，在你离开期间所有的节目都被存储到了硬盘上面，然后回放给你观看。它能够让电视暂停5分钟，让你录像和回放。这只是我们电视体验方面变革的开始。我们在谈论一种成为数码存储器的东西，实际上，10年之后，我们就可以把你一生所有的日常生活录像资料通过联网，存储在价格不超过150美元的装置里。你一生的情况都可以用一种可以查询的格式存储，你会发现很多一生只出现一次的画面。你一生的图像、喜爱的音乐，还有你的照片，都能以电子手段存储和再现。

更重要的方面，就是教育如何改变。昨天晚上，我和来自教育部的副部长韦钰女士共进晚餐。我们在谈话中关心的首要问题就是如何改善远程教育。你怎样才能让一个生活在中国农村的学生听到清华校园里最棒的讲座，如何能让一个因为工作繁忙而拉下课程的学生赶上进度，继续从学习中得到益处，这还要花费大量的努力。如何才能让学生之间相互合作？大家是否想到10年之后的情形？所有的这些幻灯片将以电子形式，通过大会堂无线设备传送到大家的

写字板电脑上，大家可以坐在那里，在幻灯片上作注解、记笔记，这就是大家通常的工作方式。大家收集资料、写文章、与其他同学共同进行学术研究，将从根本上转变到电子的方式上。微软为这种转变所开发的软件平台，就是 NET 平台。

NET 平台跨越许多新型设备，具有新的用户体验，它还有新型的编程指导功能，帮助大家创造可以相互协同工作的 XML 程序。将出现一系列新型服务，它们可以在客户端或服务器上运行，也可以在因特网上运行。大家可以在网上存储信息，并不一定要在你们的校园网上或自己的笔记本电脑上，而是遍布世界各地。

我还想重点说明用户体验的几点问题。首先是（应用程序）自如地跨越不同设备工作的重要性。有一个理念，我们称之为信息助理，这个工具帮助大家管理来自下一代因特网的大量信息。你们每天要接收多少封电子邮件？我要收到大约 100 封，而且希望不要那么多。现在连阅读邮件都变得很困难，何况我还要接电话和即时信息。我们需要这样的工具来帮助我们管理通知和讯息，查找我们需要的信息。通过神奇的 XML 技术，我们就有这样的机会，来重新设计用户界面，一个可以灵活处理呈现的信息的界面，帮助用户获得更多的信息。

当你使用文字处理软件书写今天的备忘录时，为什么不能让界面有这样的功能：当它发现有"清华大学"的字样时，会询问你是否希望到清华大学的网站上浏览一下？你希望到清华读书吗？你想看一看清华学生的照片吗？这是因为界面要有智能，不仅对内容本身，而且要了解内容的背景含义。这就是我们正在研究的称为"Smart Tags"（智能标记）的技术，是下一代因特网体验的组成部分。关于这种设备，我前面已经谈到了一些，而且相信这对微软，对现在与未来的整个产业，都是自然的演进趋势。如果大家从技术的角度思考这个问题，个人电脑是由硬件和可编程的界面构成，是存储信息的地方，可以通过应用程序将信息剪贴在一处，呈现在用户界面上。如果大家思考一下下一代的因特网，它同样建立在平台的基础上，包括多种设备，装有一系列可以在网络上运行的服务程序，可以用我先前提到过的 XML 灵巧格式存储信息。在界面风格向导的积极参与下，你可以从多个网站上组合所需的信息。

我们无法预见到计算机科学的发展将面临的所有问题，只是看到了一小部分。需要在基础设施层面上解决的问题，在历史上曾经出现过类似的现象，但我们将要处理的问题在复杂程度上是空前的。无论是对微软，还是对于其他的企业，要解决未来因特网发展的问题，就必须与高校进行紧密而深入的合作。

目前，我们在全球各地拥有大约 6000 位研究人员，这是世界上最大的计算机科学实验室，但是我们明白，自己还是只能做很小的一部分研究工作。我们需要与各地的大学建立联系和合作。我们在中国与包括清华在内的 4 所高校合作建立了研究实验室，并且从中国 20 所高校取得支持。我们的研究人员同时给学生们上课，就像在我的帮助下，在清华开始的这个系列讲座一样。我们为中国学生设立奖学金，并接收中国学生在微软实习——目前在北京的机构里大约有 200 名实习生。高校里有微软的员工担任客座教授，微软位于北京的研究机构里有来自高校的访问教授与我们并肩工作，我们在一些高校的学生中间组织了学生俱乐部。我们在中国开展这些方面的工作，要比在世界其他地区多得多。我们必须这样做，因为未来大量富有创造力的工作，只有一小部分会在微软完成，大量的要在高校完成，更多的要通过合作完成。这就是我为什么如此高兴，有机会在这里讲话。

我们于 1998 年成立了在华研究机构——微软中国研究院，仅仅在北京的研究人员就发表了 150 多篇论文，提供了 70 多个研究范例。我们正在通过国家自然科学基金委员会资助一些基础研究项目，我们正在致力研究对于下一代因特网至关重要的问题：多媒体、用户界面、自然语言等。有一些是全球各地通用的，但也有一些是特别针对中文语言的，而且必须由我们在中国的科研人员完成。下面，我打算请我的一些同事上台来演示一下他们的研究成果。（掌声）

谢谢大家。我希望上面的演示能够让大家对微软中国研究院正从事的研究项目有个大致的了解。但是，关于下一代因特网将会带来什么影响的研究，在世界各地都进行着。下一代因特网的真正的领袖，就是在座的诸位。今天的学生将成为明天的科研人员和工程师，去发掘下一代因特网的体验。你们将改变世界的未来，改变商务模式，政府管理模式，做学问、研究的模式，还有其他的模式。你们将帮助推广那些我们今天甚至无法想象的技术。

如果让我为大家提出一个如何当个优秀研究人员的建议，那就是先想想明天的技术可能是什么样的。受到明天可能出现的事物的鼓舞，做一些将来有所成就的事，这是一件了不起的事情。大家从今天能够做到的事情入手，也许你们可以在明年、后年或大后年让梦想成为现实。我把自己关于下一代因特网的见解告诉大家，但你们必须作出决定。做一个研究人员，头脑中有这种预见，把它表述出来，然后再非常非常非常努力地工作。我们还有足够的时间让大家和微软中国研究院的人交流。我本人也希望能够更多地与大家交流，共同工作。像我刚才说的那样，在微软西雅图总部，有100多名清华毕业的研究生。可能我不该说这些。但是如果你们希望在北京工作，可以联系微软中国研究院的人。我的电子邮件地址是 steve@ microsoft. com，如果大家希望在微软西雅图研究院得到一份的工作，可以与我联系。我期待大家的来信，哪怕就是对我今天讲话的评论或微软正在做的事情的看法。我感谢大家的时间和耐心，现在欢迎大家提问。谢谢大家。

从冰穹 A 到可可西里

陈晓夏

演讲人介绍 陈晓夏，中视传媒股份有限公司（中央电视台上市公司）高清频道节目部经理、节目集成部经理、中央电视台高清影视频道节目总监。在中央电视台长期从事纪录片和特别节目的策划和创作。2004 年至 2005 年期间，作为中国第 21 次南极科学考察队内陆冰盖队队员和随队记者首次到达南极冰盖最高点 dome A，制作了大量现场报道，圆满完成《挺进南极冰盖最高点》的持续播出。2005 年，任中科院可可西里科考队副队长兼首席新闻官和中央电视台可可西里前方报道组组长，策划报道人类首次在青藏高原腹地可可西里无人区进行的大规模科考探秘活动，独立设计的卫星通讯技术在科考电视报道中的集成应用获得成功。先后获得中央组织部、国家人事部、中国科协联合颁发的第九届中国青年科技奖，2006 年度全国优秀新闻技术工作者，中央电视台年度先进个人，中国南极科学考察纪念奖章和香港"极地精神"奖章，第八届全国优秀科技音像制品奖一等奖，全国公安消防部队特勤业务训练展评一等奖等称号和荣誉。

演讲时间 2006 年 12 月 25 日

演讲地点 北京大学

　　非常高兴能跟北大学子分享自己在做记者时到达南极冰盖最高点可可西里无人区的两段经历，世界"两极"无人区的穿越都是在

我 20 多岁充满激情时完成的。值得庆幸的是，多次死里逃生之后今天还能站在北大讲堂和大家交流自己的体验。我今天讲座的题目是"从冰穹 A 到可可西里"。"冰穹 A"是英语"dome A"的直译，"dome"这个词是"穹顶"，dome A 也就是南极冰盖的最高点。2004年底到 2005 年初，我们作为中国第 21 次南极科考队的"特种部队"代表人类首次到达"冰穹 A"。我先讲在南极的探险经历，之后再介绍 2005 年三次进入可可西里无人区的经历。

南极洲面积 1400 万平方公里，大致的形状像一个巨型的逗号。它是地球上唯一没有明确归属和尚未被开发利用的国际区域。在南极地区开展科学研究，一方面对加深认识地球环境具有重要意义，另一方面也是政治、经济和军事上的战略需要，是维护国家权益的国家行为。1984 年，中国在南极这个"大逗号"的末端边缘位置设立了第一个科考站"长城站"，长城站虽然位于南极大陆，但是它在南纬 66 度以北，它还不在南极圈以内。此后，中国又在东南极方向建立了第二个科考站"中山站"。

在南极有 4 个非常关键的点，它们是冰点、南磁点、极点和南极冰盖最高点。首先是"极点"，美国在那里设立了"阿蒙森—斯科特站"；"冰点"位于东南极高原内陆腹地，顾名思义它的温度非常低，在那里测得过地球上有记录以来的最低温度，温度在零下 89度多，俄罗斯在那里设立了"东方站"；还有磁点，法国所设立的迪维尔站；最后一个点就是最高点，即 dome A。这里需要介绍的是，南极是无主权大陆，历史上许多国家在南极大陆进行科考后就宣布在此拥有主权，但此后《南极条约》的签订就冻结了各个国家对南极的主权要求，并规定南极只用于和平和科学目的。虽然《南极条约》冻结了各国对南极洲的领土要求和领土要求权，但南极的所有权问题并未得到真正的解决。鉴于条约的约束，目前各国都在开展科学考察的同时，为争得其在南极洲的领土所有权和资源开发、使用权进行着不懈的努力。这就意味着哪个国家率先在南极某个地方进行科研，那么这个国家就对该地的科学探索拥有较大的发言权，从这个意义上理解南极科考不仅有科研上的意义，还有政治上的意义。刚才说到 4 个关键点此前分别被 3 个国家设立了科考站。从地理位置和科学意义上具有突出优势的地点仅剩南极冰盖最高点冰穹 A，它是开展一系列科学研究的理想地点。冰穹 A 是一直以来没有人到达过的，在座的各位可能就有疑问了，在人类对南极的上百年科考历史中，是什么原因阻挡了我们的脚步到达 dome A 呢？这就需要将被称作"人类不接近之极"的南极冰盖最高点 dome A 的特点给大家介绍一下。

首先它是非常高的。我们在科考之前用卫星遥感估算过它的高度，它的绝对高度在 4000 米以上，高海拔决定了该地空气中含氧量非常低。不仅如此，大家知道南极内陆是被上千米冰盖覆盖的，上面没有任何植被，这样就不可能有植物光合作用产生的氧气，所以那里的空气含氧量就更低了。再加上南极是高纬度地区，平流层和对流层都相对较低，高度在 4000 米以上的最高点含氧量相当于中低纬度地区的海拔高度再加上 1000 米的水平，也就是大致相当于现在我们所处北京海拔空气中的含氧量的 60% 以下。

第二点是它极度寒冷。刚才我说过在俄罗斯的冰点测得地球上有史以来的最低温度，可是我们达到 dome A 后测它的雪温，它的温度其实比冰点还要低，南极冰盖最高点有可能是地球上温度最低的地方，只不过由于现在全球气候在变暖，所以说最低的温度由于这个大环境我们无法测得，但是它的同期温度实际上是比冰点还要低的。我们去 dome A 的时候是南极的夏天，那时的温度是零下 50 度，冬天那里的温度超过零下 80 多度。

第三点就是南极内陆非常干燥。大家可能觉得奇怪，干燥跟南极这样一个冰雪覆盖、充满了固态水的地方是不相干的，印象中只有像撒哈拉沙漠这种地方才是非常干燥的。实际上，南极的冰盖内陆由于降水量非常小，它的干燥程度跟撒哈拉沙漠差不多。降水少产生了一种非常特别的地貌，冰面上出现了结晶状况，冰晶直立在冰面上，像长了小草一样，非常漂亮。当然在那里时间待长了，我们早上起来就会觉得鼻腔充血，嘴唇和身上的皮肤常常干裂，甚至科考后期出现了便血症状。

第四点是在向最高点挺进过程中，我们要经历非常多的冰裂隙，冰裂隙就是冰川在缓慢移动过程中由于运动速度差和基岩阻力不同造成的。冰裂隙的宽度有大有小，可能是半米或者是数米，但是一些冰裂隙上面有积雪覆盖，所以就如同陷阱一般。在冰裂隙密集区里，我们很难判断下一步走上的可能是冰裂隙还是坚实的冰面。

南极内陆的自然环境比南极沿海地区恶劣得多，存在非常多的未知因素，这些随时会出现的问题都可能夺去我们的性命。而我们要去的南极冰盖最高点地理位置距离海岸线非常遥远，这就意味着我们这支像特种部队一样孤军深入内陆的考察队，如果出现任何人员伤病的情况，救援将很难实施。我们内陆队是从南极中山站通过地面来进入南极内陆，不像美国的极点站等别的国家是通过飞机运输把人员直接送到里面去。我们13个人乘坐特种雪地车沿着东经77度附近的这条经度线一直往里走，最后到达南极冰盖最高点的中心区域。这个直线距离大概是在1200公里左右。在南极中山站我们有两架直升机在那随时待命，但是直升机的续航能力非常有限，大概是在400到600公里，所以当我们超出了直升机能够救援的范围，就超出了中国科考站的救援范围了。我们13个人在挺进过程中每时每刻都处于高度紧张的心理状态之下。不仅如此，南极远离现代社会，特别是我们去的南极内陆离南极中山站和长城站都很远，所以由此产生的心理压力对于要在无人区工作几个月的人来说考验更大。

另外，还要面对的就是机械故障问题。我们这次去南极冰盖最高点依靠的是4辆雪地车，这4辆雪地车全部是德国进口的，靠履带行进。雪地车在行进过程中会出许多诸如发动机故障、履带断裂、轮胎损坏等意外，如果4辆车中的任何一辆出现无法修复的故障，

中小学生课间十分钟阅读系列丛书

那么我们 13 个人能不能安全回来就是疑问了。我们队员出发前曾经开过这样的玩笑，说我们 13 个队员的组成是比较复杂的，有冰川学家、气象学家、机械师、测绘专家、冰钻师，也包括我们两位记者。我们做最坏打算，雪地车一旦出现无法修复的故障的话，如果我们必须得抛下某些人减负的话，我们两个记者肯定是第一批被抛下的，因为在事关生存的情况下，记者是科考队里最没有用的。所以，我常开玩笑说自己时刻处于担惊受怕之中，害怕出现了。尽管他们从事的科研工作非常重要，但是在保命的时候，他们也没有任何用处。那么最后抛下的是谁呢？就是机械师了。因为靠徒步走出南极内陆是非常危险的，只有借助机械师把车辆驾驶出去。从这一点上看，机械师虽然提供的是后勤保障工作，但是他们的使命非常重要，是我们科考队的生命线。

接下来，我从媒体传播层面介绍一下我们的电视报道任务。我们在 2004 年年中的时候得知国家要搞挺进南极冰盖最高点这样的大型活动。因为 2004 年是中国南极科考 20 周年，也是邓小平题词和平利用南极 20 周年。代表人类首次去南极冰盖最高点的机会非常难得，全世界 50 亿人中只有十几个人可能到那里。当时从我们国家台的角度考虑，就是想做一个追踪报道，每天随科考队行进，跟踪拍摄整个挺进的过程安排，然后每天通过海事卫星向国内发回图像，然后加上演播室访谈和背景资料，做一档持续数月每天 15 分钟的特别节目，这在当时来讲是没有类似经验可参考的节目形态。以前大家看过我们台的《极地跨越》、《走进非洲》这样大型的系列节目，它们基本上是事后报道的，就是跟随科考队拍摄大量的素材，回来之后再精心制作专题节目，但是这么做时间上就非常滞后了。这是因为当时策划节目时预计在 2005 年 1 月左右能够达到南极最高点，科考队在 3 月底才能回国，如果 3 月底再做这样的节目的话，就有炒冷饭的感觉了。所以，我们策划在挺进全过程的每天发回实时报道，这么做对于中央电视台来说是一个非常大的挑战，要克服很多技术问题、人员问题和不确定

因素问题。经过权衡，我们最后还是决定要做这种行走体验类的特别节目。能够见证和记录这种历史时刻，对于电视人来讲是难能可贵的。所以，当时中央电视台张榜纳贤的时候，很多记者报名了。我也报了名，因为觉得自己有几个方面的优势：第一，我从1998年到中央台工作干了6年纪录片，工作经验比较丰富，而且几年前就为去南极科考做了准备；第二，我做节目跑野外的不少，包括特大灾难事故、海上演习等，户外经验比较丰富；第三，我自认为身体素质和心理素质不错，所以我就报名了。

电视台要从众多报名者里面层层选拔出两名随队记者。选拔的标准，首先是从业务方面考虑，看你有没有在极端环境下的节目制作能力。因为随队记者名额有限，两个记者要干很多活，不光是要拍摄、要编辑、要写解说词、要出镜，还要有运用海事卫星传送的能力，包括如果它出现损坏的情况我们要尽量去维修。

其次是身体和心理条件。一个是体能考核，在预选队员之前，报名人员的身体状况要做体检。然后把初选出来的人拉到新疆51号冰川进行一周左右的适应性训练。此外，还有心理方面的考核。大家可能感觉去南极只要身体好就可以了，其实不然，进入南极内陆以后，心理素质的好坏显得尤为重要。因为南极内陆远离社会，自然环境和生活条件很差，而且有太多关乎生死的未知因素在等待着我们，你要往前踩的每一步，都有可能决定你的生死。在这种压迫和焦虑的状况下，你还必须在限定时间里完成任务，而此时全世界人都通过传媒看着你，只许成功，不许失败的要求使得我们每个人在承担着超常工作的同时，也承担着非常大的心理压力。我举个后来的例子。我们登顶之后，在往回撤的过程中，大家几乎都处于几近崩溃的边缘。比如说队里抽烟的人带进去的烟都抽完了，他们就能翻箱倒柜把所有的东西都掏出来，看看能不能找到烟头来过几口烟瘾，加上后期物资消耗差不多了，如果哪个队员心理出现问题，或者出现偏差的话，就会影响整个科考队的计划。所以选队员的心

理考核非常重要。记得做心理测评时，各方面组成的小组对每个报名的人提出了一些尖锐问题看你的反应，有的问题很尖锐，比如说你在里面如果死了，你的尸体怎么处理之类的。如果你有很平和的心态，积极应对的话，就表明你的心理状态是合格的。

还有需要考核的就是政治素质方面。有些人可能会觉得政治跟我们科考没有什么关系，实际上这次我们到南极去事关国家利益，做什么都要讲政治。比如这次我们到南极内陆，有一个机械师突然出现了高原反应，因为我们中国中山站的空中保障能力不足，所以我们就请求美国极点的科考站进行国际救援。在这种情况下，如果报道者不能找到恰当的口径和报道角度的话，就会在宣传上造成被动。

经过层层选拔出来的记者一旦选定，就投入了非常繁重的报道准备工作。因为要搞这么一个大型的报道，一般就是大兵团作战，像珠峰直播一上去就是几十上百号人，可是随队去南极冰盖最高点只有两个记者名额。要把这么多人的工作都集中在两个人身上，其繁重程度可想而知。这里举一个例子，就是我们报道设备特别多，两个人一共带去了 28 个箱子，重量在两吨多。

2004 年 10 月，也就是我们中国在南极开展科考 20 周年的时候，中国南极第 21 次科考队从上海出发了。我们乘坐的是雪龙船——中国唯一一艘具有破冰能力的科考船，这艘船非常大，全长是 167 米，载重量是 20000 吨，破除冰的能力应该说还是不错的，在连续航行的情况下能够破除 1.2 米厚的冰。船上的条件应该说还是比较艰苦的，因为它长期远离大陆补给，所以吃的不是很好。里面的篮球场、游泳池、乒乓球台都是迷你型的，游泳池大概只比浴缸大几倍。我们从上海出发，经过香港、赤道、澳大利亚、西风带，甚至是海盗出没的地方，从北半球一直走到南半球，跨越了非常大的纬度。我们经过了非常复杂的航海状况，比如经过赤道时，风平浪静的海面就像一面镜子一样油汪汪的，比咱们北大的未名湖还要平静，如果不

看周围环境很难想象此时身处外海海域。当然，在外海的风浪大部分时候还是很大的，特别是穿越南纬40度到60度之间的"魔鬼西风带"时，这片环状的海域陆地少，常年受季风影响，大部分时间都刮着10级以上的风浪。特别是2004年底，我们的运气非常不好，遇到了中国科考20年以来气象情况最复杂的状况——在我们向南行进的过程中，前后左右一共有5个气旋在跟随着我们。如果我们雪龙船在气旋当中穿过的话，涌浪很容易使船发生倾覆，所以我们必须躲过气旋主力，从它的边上擦肩而过。而这个穿越风浪的过程是非常值得记录的，因为场面实在太震撼了。以往也有记者在西风带拍摄巨浪的画面，但是所有的拍摄都是在船顶驾驶室里隔着玻璃拍的，这样做比较安全，但是不容易给观众以直观和有冲击力的画面，所以我们当时做了一个非常大胆的决定，就是冒险到船头去直面巨浪拍摄。大家可以想象一下当时的状况，船头在巨浪中就像一把勺子从海里舀水出来那样，浪的高度在15米到20米之间，一个浪打下来人很可能被打下船去。人一旦被浪冲下海之后，死亡几率就非常高了，因为西风带的水温在零度左右，人体在零度水温中失温是非常快的，三到五分钟你的性命就没有了。而万吨级的雪龙船，它如果要掉转航向去救落水者的话，所需的时间远远大于落水者体能的支持时间。所以我们这个决定确实是非常冒险，当然拍摄出来的画面也非常震撼，所以今天能够活着也是很幸运的。

说到幸运，其实从上海出发直到南极冰盖最高点的整个行进过程都是非常危险的，在出发之前，我们每个人都要签一个生死状，所幸生死状没被用上。在座的各位可能看过进口影片《南极大冒险》，在里面展示了冰裂隙的危险场景。在南极内陆覆盖着非常厚的冰，它的平均厚度在3000到4000米。冰盖从宏观上看是由高往低缓慢移动的，在移动过程中由于冰层的厚度和基岩之间的摩擦力不同，所以会造成非常多的断裂，这种断裂就是我们非常害怕的冰裂隙。在冰裂隙上面如果有积雪，我们从地面上就很难判断什么地方

有冰裂隙，因而每往前走一步对于我们来说都是未知的，所以我们的生死状上就有这样一句话：在科考队员失去施救意义的情况下，科考队将继续前进。这句话其中有一点含义就是针对科考队员可能掉到冰裂隙里的情况的。如果我们的科考队员掉到冰裂隙里面，施救将非常困难，因为冰裂隙里面是犬牙交错的冰碴，人掉下去之后往往是卡在里面的，很难把他弄出来。这不像高山滑坠，有人高山滑坠以后，能够通过绳索把人拉上来，而在冰裂隙的狭小空间里面拉起来非常困难。万一发生这种情况，我们只能人道性地投一些食品和水之后，其他队员继续前进，而这个掉下去的人就成为南极的永久标志物了。所以我们在去南极之前每个人都要签一个生死状，因为每个人都不知道能不能完整地回来。

我们对付冰裂隙有两个办法，一个是绕过冰裂隙发育的区域，另一个就是在冰裂隙上架上木板，雪地车从上面经过。有些冰裂隙非常的长，可能花一天时间都不能绕过去，碰到这种发育很大的冰裂隙，我们就必须在上面铺上木板从上面通过。通过的时候也非常危险，这种冰裂隙最大的威胁不是对于人，而是对雪地车，车在过的时候要非常谨慎，履带要准确地压着木板走，稍微偏了一点，车体就会发生倾覆，连人带车都会掉到冰裂隙里去了。所以我们在过的时候，车上只留下一个机械师，其他人都得下来，机械师开的时候车门也是开着的，要随时准备往外跳。

讲点危险之后，我做一下调剂，讲讲南极的动物吧。靠近南极大陆时，迎接我们的是一群非常可爱的动物——帝企鹅。它们的高度一般在 1.2 米左右，颈部有一圈黄色的纹路，动作非常有绅士风度。我们在中山站装运物资大概待了有 10 天时间。在中山站中间有一个小湖，我们起名"莫愁湖"。有一天晚上我正在站里传节目，忽然看到有一群企鹅摇摇摆摆地朝"莫愁湖"走过来，我当时就纳闷，这里又没有鱼，它们跑过来干吗？我很好奇，就偷偷跟着它们，发现它们来这之后是在这里睡觉。经过一个小时的观察，我感觉企鹅

非常有团队意识，睡觉时并不是所有的企鹅都睡觉，而总会留着两个"士兵"，一旦周围有动静，这两只企鹅就会负责地把其他企鹅全叫起来防止危险。

在南极海岸线，有非常多的海豹。海豹出现的位置常常在潮汐缝附近，它平常休息的时候是在冰面上，要是肚子饿了，或是想活动活动，就通过潮汐缝钻进海里，它们是以鱼类和企鹅为食。南极的鸟类也不少。比如贼鸥什么东西都吃，是个杂食性动物，而且非常凶猛，翼展开大小跟鹰差不多。每天我们在科考站吃完饭以后，它们就会到我们的科考站附近寻找有没有吃剩下的东西。它们还有浓厚的领土意识，一旦我们靠近它们的领地，就会扑来啄我们。

我们花了大概 1 个月时间从南极中山站向冰盖最高点挺进。行进过程中会看到很多大的冰丘，它们在风的侵蚀作用下变幻出很多奇怪的造型。这些冰丘对于雪地车来说是很大的威胁，不仅行进在上面就像汽车走搓板路一样非常颠簸，而且它对雪地车的轮胎有很大的破坏作用。如果轮胎被扎坏，在零下 50 度，而且高原反应呼吸困难的情况下更换轮胎是非常麻烦的，大家可以想象要先把雪地车履带卸下来，然后要躺在冰面上花几个小时的时间来换轮胎是什么感受。

南极还会遇到恶劣的天气，比如说白化天气，也叫乳白天气。在南极这种旷野，在正常情况下可以看到一望无际、一马平川的景象，可以很清楚地看到天和地的分界。但是在遇到白化天气的时候，就是白茫茫的一片，人在其中就像是掉在牛奶里的感觉一样，没有方向感。这是由于南极在冰面上有非常多的小冰晶，冰晶被风吹起来后，在太阳的漫反射下造成了这种天气现象。这种天气是非常危险的，人在里面会失去方向感，也辨不清距离，两米以外你自己刚走的脚印就看不见了。我们车队行进过程中也是最怕这一点的，因为在行进过程中为了避免掉进冰裂隙的潜在风险，我们是严格地按照后车压着前车的车辙印一字形走的，而在无法判断方向感和距离的白化天，一旦发生追尾就很麻烦。

科考队每天要行进十几个小时，每天早晨起床以后先吃早点，早餐剩下点东西当作路粮，在中午休息的时候拿出来，到了晚上建立营地后加热航空餐再吃一顿。我们两个记者由于晚上都在干活，白天抽空休息一会，但是南极内陆里面冰丘非常多，雪地车跟走搓板路一样，颠簸非常厉害，我在行进休息时头上都带着一个帽子用于减震，防止头撞到舱壁上。我们车队是采用一拖二的方式，即一辆雪地车后面拖载着两个雪橇，每个长约 8 米的雪橇上要装载我们这 13 个人内陆生存所需的所有物资，包括油料和科考设备，我们离开中山站以后就意味着没有任何后勤保障的补给了。我们一辆雪地车后面还拖挂着一个发电舱，我们所有用电就靠它了。如果发电机出现问题的话，不仅仅无法用电取暖，对我们来说最致命的危险是雪地车无法启动。因为雪地车每天宿营停下来后，如果不对车内机械进行加热的话，第二天因为温度太低肯定就发动不着，所以头一天晚上机械师都得把加热工作做好，保证第二天车辆能够正常发动起来。

晚上宿营的时候是我们最幸福的时候，总算能不再颠簸安静下来了。安静下来并不意味着你可以休息了，我们记者还得干活。我们一到营地就开始拍东西，编片子，写稿子，传节目。因为海事卫星越过南纬 78 度，就不在卫星服务承诺范围之内，这里找卫星信号非常的难，有时候我们可能找一晚上还没有找到信号，所以我们基本上晚上都不能睡觉。传完之后我还得把解说词写好，然后用铱星电话和后方连线录下来。在开始的时候，海拔低，录解说词非常顺，能一口气读完，越往上走，由于缺氧和极度疲劳，我录音时的停顿越来越多。

我这里介绍一下通讯问题。我们跟中山站的通讯是采用两种方式，一种是无线电台联络，在南极容易出现因为太阳黑子而造成的磁暴现象，这会严重干扰无线电跟后方联系。还有一种方式比较好，但是很昂贵，就是卫星通讯，科考队里面有一台铱星电话，我们中央台记者带了 3 部铱星电话。它的费用是一分钟 2 美元左右。我们记者还有两部海事卫星电话用于传输视频信号和语音联络，它的费用更贵，一分钟是 8 美元。

挺进过程中，我们还经过了 1999 年我国科考队到达过的地方，当时他们在那里用油桶做了永久性标志物，上面插上了五星红旗，怕被风吹坏了，他们把国旗缠起来套好。6 年后，曾经到过这个点的老队员这次见到已经褪色的国旗非常激动，当时两位机械师在接受采访的时候真情流露，抱头痛哭，他们自己都是非常普通的人，一辈子没有干过什么大事情，但是 6 年之后还可以来到这里是非常不容易的事情。每次看这个画面，我的眼睛都是湿润的。

2005 年 1 月 9 号，我们中国南极冰盖科考队进入了南极南纬 80 度，雪地车一列纵队缓缓越过了实际上不可见的南纬 80 度纬线。南纬 80 度以南是人类从来没有从地面进入的南极区域，当时我们拍了一张照片，记录下我们的脚步在松软雪面上留下的深深烙印，它的意义不逊于当年阿姆斯特朗登月的"人类一大步"。

经过 20 多天的艰苦努力，2005 年 1 月 18 日北京时间凌晨 3 点 15 分，队长李院生、测绘专家张胜凯、我和同事李亚玮 4 个人确定了南极最高点的准确位置。实际上这个点距离我们的营地就 300 米，但确定最高点的工作量非常大，因为我们需要采集大量的点来做高程比较。找到最高点让我们 4 个人非常激动。我们让队长李院生对着摄像机说两句话，他连说了 10 遍才说利落。测绘专家张胜凯属于平时情绪非常平静的那种人，我让他说说找到最高点的感受。他说半年来我天天梦里想的就是这个，今天终于找到它了，我非常激动。然后他就哽咽了。几个小时后，我们所有队员在冰盖最高点举行了一个升旗仪式，每个人把手放在胸口，目视国旗升起的方向，清唱国歌。这时候每个人都非常激动，因为经历了这么多生死和磨难，最后到达了这个位置，确实非常不容易。

找到最高点之后，我们还进行了一系列的科研工作，例如打了深度在 108 米的冰钻，建自动气象站和自动天文站。2005 年 1 月 21

日，完成科考任务后我们开始往中山站回撤。我们在内陆里面所有的垃圾全部都拉回来了，要运回国内进行集中处理。回撤的过程，可以说是疯狂地跑。为什么呢？因为有登山经验的人都知道，往上走有心劲，然后回去就是归心似箭，所以下撤得非常快。而且那个季节南极内陆的天气状况变化非常快，马上就要进入南极的极夜了，温度变化非常大。我们计划争取在大年三十前赶到中山站过春节。所以同样的路程，我们去的时候用 25 天时间，回来的时候用了 18天就到了，总算在大年二十九赶到了中山站。50 多天里我们没有洗过一次澡，当时我特别巴望 3 件事情：第一吃蔬菜；第二能安稳睡觉，因为我跟亚玮两个人每天除了干活之外，没有能睡过两个小时的，非常的辛苦；第三能洗澡。这 60 多天没洗澡是什么滋味，我们当时很担心洗澡后脏东西会把下水道给堵了。到中山站以后，我们在南极过了个春节，搞了一个春节联欢晚会，内容非常丰富多彩。2005 年 2 月份我们开始乘雪龙船回国。

下面接着跟大家分享一下我在可可西里的故事。相信大家对可可西里的了解应该是藏羚羊、无人区等这样的概念，今天我想带给大家一个真实的可可西里。我参加的科考是由中国科学院青藏高原研究所主办、中国青藏高原研究会等承办的首次穿越可可西里无人区核心地带的考察活动，科考分 3 年进行，在每年的秋冬季分不同线路进行为期 40 多天的考察。我们这次穿越经过多种气候带，可见火山、温泉、高原喀斯特、冰川冻土等多种地貌类型。沿线经过地质类型中的缝合带与构造带，综合科学考察价值较高。可可西里位于青藏高原上，青藏高原是印度板块和欧亚板块碰撞后隆起的"年轻"高原。大家可能会问：可可西里跟我有什么关系呢？但是实际上可可西里跟我们在座的每一个人都有关系，甚至跟亚洲的每一个人都有关系。因为喜马拉雅山系把这片高原区域分成了两块，两边的气候非常不同，尼泊尔那边是温暖湿润，而我们国家这边西藏是寒冷干燥，研究它对整个亚洲大气环流的影响都是有意义的。再比

如现在全球气候变暖使得喜马拉雅山系上的冰川越来越少，因为冰川是一个固体的水库，从一个长的时间段来说，它的变少对我们每个人的生命都是有威胁的。正如活动指导委员会主任、中国科学院院士孙鸿烈所说，"尽管青藏高原科考已经进行数十年，但是240多万平方公里的高原面积实在太大了，人类对其中一些地区的了解还是太少，可可西里地区就是其中之一。我们分析这一地区可能是世界干旱和寒冷的核心地区之一，至于究竟是不是，还有待考察。"

自从100多年前西方学者在青藏高原首开科学考察以来，特别是新中国成立以后，已经有几代科学家踏上包括可可西里在内的这块土地进行各种各样的研究。我国科学家也曾3次前往可可西里地区进行考察——1973年至1976年，中国科学院青藏高原综合科学考察队从南侧进入该区获得了第一手的综合调查资料；1987年至1988年，该队在对喀喇昆仑山—昆仑山区的东段考察期间，从西侧进入该区发现了世界上的寒旱核心；1989年至1990年，中国科学院可可西里综合科学考察队从东侧进入该区开展了地质、地貌、冻土和生物分布的综合考察。我们这次科考分为野生动物、冰川、冻土、火山、矿产品、地震等多个专题考察组。

——野生动物考察将考察无人区珍贵野生动物的分布、种群变化、迁徙规律，为青藏铁路建成后更好地保护野生动物提供科学依据。

——冰川考察将调查无人区冰川分布、冰川生长或退缩情况，从冰川学的角度证实"西部未来湿润说"的变化，对长周期气候变化规律的揭示有重要意义。

——冻土考察将对无人区这一敏感地区的多年冻土的变化情况进行了解，揭示黄河断流的原因。

——无人区地下是一个地震横波不能通过的地区，推测是部分岩石已熔融为液态或半液态，通过地质考察对上述情况进行实证。

——无人区有多条古大洋的缝合线通过，以此可研究古大洋的

演化。

——无人区是研究青藏高原隆升过程和历史最理想的地区之一，可以寻找揭示高原隆升历史的证据。

"可可西里"本来是蒙古语的音译，意思是"美丽的少女"，它是指处于青藏高原腹地，以可可西里山为主体，唐古拉山脉以北，昆仑山脉以南的广袤的高海拔中低山、丘陵和湖盆平原区。这里平均海拔5300米，高寒缺氧，自然条件十分恶劣。虽然我国科学家数十年来也曾多次涉足这一地区，但由于各种各样条件的限制，迄今没有一支科考队到达2万多平方公里的可可西里核心地带。可可西里是世界第三大、中国最大的一片无人区，正因为自然条件的极端恶劣使得它能够保持非常纯美的自然环境。我这里先阐释3个"可可西里"的概念。一个是地理上意义上的可可西里，它是指位于西藏、新疆、青海三省交界的地方；第二个是指可可西里自然保护区，它是以藏羚羊保护而出名的，位于青海省境内。第三个就是可可西里核心地带。我们2005年穿越的就是这个区域。我们走的路线是从西藏进入，经过新疆，最后从青海出来，整个科考穿越历时40多天，行程超过10000公里。这40多天里，我们穿越了羌塘、阿尔金和可可西里3个自然保护区，羌塘保护区是在西藏境内，阿尔金保护区是在新疆境内，可可西里保护区是在青海。

2005年中国科学院可可西里野外科考队由科学家、通信支持人员、后勤人员和新闻记者组成，队长由中科院青藏高原研究所丁林研究员担任。科考队从西藏拉萨出发，途经双湖、普若岗日、格仁错、岗扎日、可可西里湖、鲸鱼湖、茫崖，最后抵达青海格尔木。我们是2005年9月20号从拉萨布达拉宫出发的，当时温度还不错，25度，但是随着越往后走温度越低，最后降到零下20度。我们科考期间都是住帐篷，不像在南极是住在雪地车的生活舱里面。帐篷里面的温度是零下18度左右。我们平均的工作海拔高度是5000米以上，在海拔5000米的地方空手走路相当于通常负重50斤，呼吸是

相当困难的。道路情况方面，在可可西里比较害怕的就是陷车。在青藏高原基本上是冻土带，冻土是指在土层和岩石之间有非常多的固态水，固态水在温度比较低的情况下很坚硬，但是在太阳辐射比较强烈的时候或者温度高的情况下就会融化，地面上非常泥泞，陷车情况非常严重。在可可西里陷车是很危险的，要是出不来的话，人就死在里面了。

我们的车队由4种车型组成，小的是丰田的陆地巡洋舰4500，它的越野能力非常强。4辆六轮驱动的卡车装载我们所有的生活物资。两辆油罐车保证我们进入无人区以后的油料供应。两辆联通通讯车保证我们与外界的通讯和联系，也包括我们电视台的视频信号传输。下面我讲一下在可可西里陷车的故事。先说2005年9月份进入的这次，比如有一次发生陷车时其实距离我们的宿营地已经非常近了，大概就在一两百米的地方，有一条非常细的小溪，它的宽度大概就在1米到2米左右，当时大家都没把它放在眼里，都觉得开过去没问题。没想到第一辆六轮驱动车一进去就陷在里面了，第二辆六轮驱动车试图在距离它10米多的位置冲过去，结果也陷在里面了。第三辆六轮驱动车在距离它500米左右的位置想冲过去居然也陷在里面了，最后一辆六轮驱动车在救陷进去的卡车时自己也陷进去了，这意味着我们所有的四辆卡车都陷进去了。这对我们来说是很危险的一幕，因为我们所有的生活物资都在卡车上，如果车陷在里面的话，意味着我们所有的人将死在里面。因为这种卡车非常重，靠越野车"陆地巡洋舰"根本拉不出来。所以当时摆在我们面前的已经不是科考计划能不能进行的问题，而是我们这60多个人能不能活着走出来的问题。后来我们想出来一个不是办法的办法，决定用5辆越野车的绞盘同时拉一辆大卡车，很幸运，越野车绞盘同时发力终于把第一辆卡车带出来了，一辆卡车出来之后，它又去救其他3辆车。整个营救过程大概花了6个小时，能把卡车全部弄出来是非常幸运的。还有一次陷车也很惊险。那是2005年6月底，在我和科考队的先遣队进去探路的时候陷车了，就在挖车的时候，我们遭遇了当地百年不遇的暴风雪，温度一下降了40度。而第二辆车在救援的时候也被陷住了，这样所有的车辆都被陷在了里面。后来我们做了一个大胆的决定——放弃车辆，徒步返回。我们在5000米的高原上走了7个小时，步行了22公里，最后返回了大本营。而在此前的一个月，青海也发生了一起类似的事故，最后是导致15个人死在里面。

我们这次的通讯保障可以说是在科考界和电视界绝无仅有的，我设计了5套设备来进行通讯保障。首先是两辆无线应急通讯车，它本来并不是用于科考的，而是电信运营商在出现突发事故或战争状况时应急保障的。它的应急通讯能力很强，天线支起来以后，就能保证方圆几公里到十几公里的通讯，而且它的传送速率非常快，VCD以上画质的电视画面能够1：1地实时传送，也就是说可以基本达到直播的技术水平了。但是通讯车的越野能力非常有限，它一般是在公路上行进的，不是给我们这样来越野使用的。第二套设备是IPSTAR卫星。它的好处在于机动灵活，我们只要有个车把它装里面，到营地之后，把它的卫星支起来，就能应用了。它可以实现上网冲浪，也可以通过它来传信号，还可以打电话。但是它的传输比例是1：10，比较慢。第三套方案是海事卫星通讯B站，它的好处是非常方便灵活，在哪儿都能用，但是它的传输的比例是1：30，非常慢。我们还带了海事卫星M站，最后备份就是铱星电话，在前几套方案都不能用的情况下，可以用铱星电话和后方连线口播新闻，也就是没有画面，只有连线录音。

可可西里无人区被称作生命禁区，可是我们2005年穿越时非常惊奇地发现在可可西里核心地带有人。我们行进到多格措仁强措附近时发现，这个地区的水系非常发达，水草丰美，按照我们的推断，这个地区的动物应该非常多，但是当我们到达的时候却发现动物非常少，这引起了我们的疑问。有一天我们在行进的时候，对讲机里突然传来非常兴奋的声音，前面的队员说："报告陈队长，前面出现

三个不明物体。"我就说："你报告一下这3个不明物体是什么样的状况。"他说："两个横着的，一个立着的。"我当时想"两个横着的"可能是野牦牛，"立着的"可能是棕熊，因为棕熊有时会站起来。但是也觉得奇怪，因为棕熊站的时间不可能那么长。然后我们继续往前行进，发现横着的确实是牦牛，但不是野牦牛，而是家牦牛，立着的那个是一个小孩。当时我们就很兴奋，居然在可可西里无人区发现人！当时我就跟小孩沟通，把我能用上的语言都用上了，最后问他"妈妈在哪里？"他终于听懂了，说"妈妈在那儿呢。"我往远处一看，远处还真的隐隐约约有几个毡房。我们就一路摄像机开着，到了毡房也没跟人打个招呼，撩起帘子一大帮子人就进去现场报道了，估计也把他们吓坏了。后来才知道他们是从青海境内进入的，他们保持着游牧的生活习性，赶着一大群羊，走到哪算哪，在他们眼里没有无人区有人区的概念，因为在边缘区域的草场基本划分完了，所以他们就一直往里走，因为他们不像我们是机械化大队伍，车辆进来以后可能出现故障，还需要用油保障。而他们就靠步行，吃也不愁，渴了可以喝雪山融水，饿了可以吃羊。当然，在无人区发现人是一个不好的现象，人的存在将对可可西里核心地带的生态环境产生不好的影响，特别是像藏羚羊这样敏感的动物，它们只要发现一块区域有人，就不会在这里呆了，这也就解答了我们发现这里动物少的疑问。

　　下面讲一下可可西里的动物。首先说野牦牛，我们在藏区一般看到的是家牦牛，不是野牦牛。野牦牛的重量一般在一吨左右，我们的陆地巡洋舰的越野车可以轻易被它顶翻。藏野驴一般会成群结队地出现，我发现在青海境内的藏野驴有非常大的"驴脾气"——它非常喜欢跟我们的车赛跑。它们看到我们的车开过来，就奔到我们的车前面去，然后非常骄傲地转过头来看着我们。还有一种非常可爱的小动物，叫"鼠兔"，它长得像鼠，实际上属于兔科，它非常爱打洞，以吃草籽为生。可可西里的鹰能起到一个非常好的调节作

中小学生课间十分钟阅读系列丛书

用，它通过吃鼠兔来保持自然界的生态平衡。除此以外，可可西里的动物还有藏原羚（黄羊）、棕熊等。

藏羚羊是可可西里的标志性物种。每年 6 月份的时候藏羚羊都要迁徙产仔。从它们的原住地迁徙到青海境内的库赛湖等地产羔需要长途跋涉。藏羚羊的样子非常好认，就看它的角，两个角又长又黑，形成一个 V 字形。藏羚羊的绒非常名贵，细和柔软，保温性好，在南亚有一种工艺叫"沙图什"，就是把藏羚羊的绒做成披肩。这种披肩有一种说法叫"戒指披肩"，就是一个大披肩可以从一个戒指的口径里面穿过去，由此可想而知它的柔软和细腻程度。但是制作一个披肩需要许多藏羚羊的绒，这导致了大量的藏羚羊被猎杀。特别是每年的迁徙时期，这是藏羚羊出现最密集的时候，以往盗猎分子就会在那时等待藏羚羊从而进行大规模的捕杀。现在藏羚羊保护工作做得不错了。在可可西里是没有树的，只有低矮的植物，比如分布比较广的一种植物是红景天，很多去高原的人吃它的中成药，因为它有抗缺氧、抗疲劳的功能。

记得有一篇名为《世界上最遥远的距离》的诗，诗的最后写道："世界上最遥远的距离不是生与死，而是明明看到了生的希望，却无法逾越死亡的沼泽。"也许是有过几次死里逃生的经历，我深深地感受到活着本身就是一种美好，活着需要感恩。

谢谢大家！